Sina Blackwood

Unter dem Banner des Gefleckten Drachen

Bibliografische Informationen der Deutschen Nationalbibliothek:
Die Deutsche Nationalbibliothek verzeichnet diese Publikation in der Deutschen Nationalbibliografie; detaillierte bibliografische Daten sind im Internet über http://www.dnb.de abrufbar.

© 2. Auflage: September 2023
Sina Blackwood

Coverbilder: Fiery Dragon © Chien Hsiang Chiu / fotolia14581578
Umschlaggestaltung: Sina Blackwood
Layout: Sina Blackwood

Die Personen und Namen in diesem Buch sind frei erfunden. Ähnlichkeiten mit heute lebenden Personen sind rein zufällig und nicht beabsichtigt.

Herstellung und Verlag:
BoD – Books on Demand, Norderstedt
ISBN: 978-3-7392-2523-4

Sir Vincents Krönung

Mit eiligem Schlag der riesigen Schwingen flogen drei Drachen der Königsburg entgegen. Auf ihren Rücken trugen sie die besten Ritter des Landes und in den Klauen deren Pferde. In der aufgehenden Sonne gleißten die Prunkrüstungen der Drachenreiter wie flüssiges Gold.

Prinz Vincent sollte die Regentschaft übernehmen und noch zu Lebzeiten seines Vaters zum König gekrönt werden. Doch nur die Drachen wussten, was das wirklich bedeutete, nämlich, dass die Krönungsfeierlichkeiten mit einem Totenschmaus enden sollten.

Der Geist des Großen Drachens war bereit, nach dem Ableben des Königs, auf ein anderes Mitglied des Clans überzugehen. Für die Sippe gab es mehrere Kandidaten, die man favorisierte. Dazu zählten, neben den Prinzen, auch Sir Elliot und Sir Timothy, sowie die Damen Faye und Shona. Die Lebensspanne Lady Brendas, der ältesten Tochter des Königs, des ersten weißen Drachens, den es jemals gegeben hatte, neigte sich bereits dem Ende zu, so dass ihre Wahl als unwahrscheinlich galt.

Sir Timothy, der Herr der Smaragdberge, sah sich selber auch nicht im Kreis der Auserwählten. Seine Wandlung vom Menschen zum Drachen, ohne jegliche Vorfahren im Clan, war für ihn schon das Höchste, was man wohl je erringen konnte. Zudem war ihm die Ehre zuteilgeworden, einer der Schwiegersöhne des Königs zu sein. Lady Shona, der zweite weiße Drache, hatte ihn zum Gatten auserkoren.

Ihr gemeinsamer Sohn, Ian, war erst vor vierzehn Jahren auf die Welt gekommen, verfügte aber über gewaltige Körperkräfte.

„Ihr seid Euerem Vater unglaublich ähnlich", pflegte Lady Shona zu sagen, wenn er beim Kampftraining fast spielerisch die anderen Knappen besiegte und manch gestandenen Ritter aus dem Ring stach.

„Ich bin ja auch unglaublich stolz darauf, der Sohn des ungewöhnlichsten Drachens zu sein", bekam sie dann stets lächelnd zur Antwort. „Ich möchte werden, wie er ist – schier unbesiegbar, stark im Willen und mildtätig Bedürftigen gegenüber."

Shona warf einen warmherzigen Blick zu Vater und Sohn hinüber, die mit fast synchronem Flügelschlag ihre Bahn zogen.

Wann werden die Drachen von Löwenfels kommen, fragte Ian soeben.

Sie sind bereits unterwegs und werden in einer Viertelstunde zu uns aufschließen, erwiderte Sir Timothy.

Ian drehte sich um, konnte aber nichts entdecken. *Manchmal machen mir Eure Fähigkeiten Angst, Vater.*

Der begann genau so zu lachen, wie Lady Shona, was für die Ritter wie ein tiefes Grollen klang. Die hellseherischen Fähigkeiten des Gefleckten Drachens sorgten immer wieder für Aufmerksamkeit, zumal er stets recht behalten hatte.

König William nahm Warnungen aus dem Mund seines Schwiegersohnes sehr ernst, ersparten sie ihm und seinen Untertanen viel Ungemach. Es war ihm von Beginn an niemals in den Sinn gekommen, auch nur eine in den Wind zu schlagen.

Wisst Ihr, mein Vater, was mir noch mehr Furcht einflößt? Dass Ihr seit Tagen angespannt wirkt, als stände uns ein großes Übel bevor. Ian schaute ihm tief in die Augen.

Lady Shona erschrak. Sie hatte die Schweigsamkeit ihres Gatten ausschließlich auf den bevorstehenden Tod ihres Vaters bezogen, den er über alles verehrte. Sie zuckte sogar so deutlich zusammen, dass der Ritter auf ihrem Rücken besorgt nachfragte, ob es Probleme gebe.

Gut beobachtet, mein Sohn. Ich habe Ahnungen, die ich nicht erklären kann, antwortete Sir Timothy.

Sofort hakte Shona nach: *Wegen der Ereignisse, die genau vor uns liegen?*

Nein, deswegen nicht, beruhigte sie Timothy. *Es betrifft die nahe Zukunft.*

Ich bin sicher, Ihr findet eine Lösung, erwiderte Shona zuversichtlich.

Hoffentlich.

Inzwischen war der andere Pulk Drachen in Sichtweite gekommen, machte sich durch Begrüßungsrufe bemerkbar und unterbrach die düsteren Gedanken.

Sir Elliot nahm den Platz links neben Sir Timothy ein, während sich die Damen Shona und Faye hinter ihnen einordneten. Im Windschatten der drei gigantischen Drachenmänner konnten sie Kraft sparen, zumal sie die gleiche Last wie diese trugen, obwohl sie viel kleiner waren.

Warum müssen Freud' und Leid nur so nah beieinanderliegen, seufzte Shona. *Die Krönung meines Bruders kann ich ja fassen, aber nicht, dass es meinen Vater in wenigen Tagen nicht mehr geben wird. Diese Vorstellung will einfach nicht in meinen Kopf.*

Ich wüsste nicht einmal, womit ich Euch trösten könnte, gab Lady Faye zu.

In der Ferne tauchte die Silhouette der Königsburg Drachenstein auf. Banner wehten im Wind, Blumengirlanden verströmten einen betörenden Duft und Dutzende Zelte verwandelten das Areal um den großen Turnierplatz vor den Toren der Festung in eine bunte Stadt.

Menschenmassen schauten zum Himmel, um die heranfliegenden Drachen zu bestaunen. Einer nach dem anderen landete hinter der hohen Mauer, setzte Pferde und Reiter ab, ehe er menschliche Gestalt annahm.

Königin Fran begrüßte sowohl die Drachen als auch die Ritter persönlich.

„Wie geht es Vater?", fragte Shona, ihre herzliche Umarmung erwidernd.

Frans Augen füllten sich mit Tränen. „Wenn ich es nicht genau wüsste, dass er gehen muss, würde ich alle Worte darüber für einen schlechten Scherz halten."

Ian führte seine Mutter am Arm in den Thronsaal, wie es Vater mit Lady Fran tat.

König William erhob sich, als die vielen neuen Gäste eintrafen. Mit fester Stimme hieß er alle herzlich willkommen. Es war wieder einer jener Augenblicke, wo Ian ernsthaft daran zweifelte, einen fast 700-jährigen Mann vor sich zu haben. Nach einem Menschenleben bemessen, hätte er ihm bestenfalls 40 zugestanden.

William schloss seine Lieben fest in die Arme. Timothy bat er für einen Moment auf einen Schemel neben seinem Thron.

„Ich weiß, welche Gedanken Ihr hegt. Nur habe ich Lady Brenda den Lebenszauber verboten, wenn es meine Person betrifft. Lasst mich einfach gehen. Ich habe ein langes, sehr schönes Leben gehabt. Es ist an der Zeit, Platz für einen anderen zu machen. Nur die Kraft des Großen Drachens hält mich noch am Leben, um Vincent die Geschicke meines Reiches übergeben zu können."

„Ihm bin ich genau so treu ergeben wie Euch, mein König."

„Das weiß ich und es lässt mich ganz beruhigt meinem Ende entgegengehen." König William lächelte, den Blick in eine imaginäre Ferne gerichtet. „Aber erst wollen wir den neuen Regenten gebührend feiern."

Im Lauf der nächsten beiden Stunden trafen die Mitglieder des gesamten Clans ein und am Nachmittag begann man mit den Krönungsfeierlichkeiten.

Prinz Vincent schritt, so wie es das Protokoll verlangte, durch die Gasse, welche die vielen Schaulustigen bildeten. Lady Maya folgte ihm mit ein wenig Abstand. Sie überquerten den großen vorderen Hof, stiegen die Stufen des Haupthauses hinauf, um Augenblicke später im Thronsaal zu erscheinen.

König William erhob sich, ging ihnen einige Schritte entgegen, nahm die Krone von seinem Kopf, um sie sofort Vincent aufs Haar zu setzen.

„Heil dem neuen König!", rief er und die Edelleute im Saal stimmten ein.

Vincent dankte, reichte Maya die Hand und führte sie zum Thron, wo sie an seiner Seite Platz nahm. Ein Herold verkündete den Gästen im Hof die frohe Botschaft, worauf der Jubel aus Tausenden Kehlen bis in die Burg erklang. Die Hochrufe steigerten sich, als der neue König mit seiner Gattin am Fenster erschien und das Fest eröffnete.

Auch im großen Rittersaal wurde festlich aufgetafelt. König Vincent bestand darauf, dass sein Vater zu seiner Linken, der Herzseite, Platz nahm und Lady Fran neben Königin Maya. Die wenige Zeit, die Sir William noch blieb, wollte Vincent mit ihm gemeinsam verbringen.

Die Familien aller anderen Kinder Sir Williams mischten sich locker mit den Rittern an der Tafel. Das Schicksal schien es so zu wollen, dass ihm Sir Timothy genau gegenübersaß. Seit dem Augenblick, als Vincent die Krone empfangen hatte, fühlte Timothy jene Stelle brennen, auf der sich einst die Schuppe aus dem Drachenpanzer des alten Königs untrennbar mit seinem Körper verbunden hatte und ihn schließlich selbst in einen Drachen verwandelte.

„Was ist mit Euch?", raunte ihm Shona ins Ohr, weil er immer wieder unbewusst an seine Brust fasste.

„Nichts", gab er genau so leise zurück und bekam ein kaum merkliches ungläubiges Kopfschütteln als Antwort.

Ihr fühlt mich, hörte er eine fremde Stimme in seinen Gedanken.

Wer seid Ihr?

Das werdet Ihr zeitig genug herausfinden.

Mit den letzten Worten des Unbekannten legte sich das seltsame Gefühl auf Sir Timothys Haut. Das verschmitzte Lächeln in Sir Williams Mundwinkeln hielt er für eine optische Täuschung.

Am nächsten Morgen rief man für die Knappen aller Herren Geschicklichkeitsspiele in voller Rüstung aus, um den neuen Herrscher zu ehren. Dem Besten sollte der Ritterschlag zuteilwerden, so er es schaffte, Sir

Andrew, den Herrn von Sternfels und jüngeren Bruder des Königs, zu besiegen.

Ehe die anderen einen klaren Gedanken gefasst hatten, meldete sich Ian zum Kampf an.

„Oh, ein Déjà-vu!", lachte der König. „Ich kann mich bestens an einen jungen Knappen namens Timothy erinnern, der einige Ritter das Fürchten lehrte."

Ebenjener lächelte breit, als er seinem Sohn das eigene Lieblingsschwert umgürtete. „Es soll Euch Kraft und Glück bringen. Ein wundervoller Mensch hat es vor über 200 Jahren extra für mich geschmiedet. Macht tüchtig Gebrauch davon, mein Sohn."

„Das ist ja schon fast unlauterer Wettbewerb", grinste Sir Andrew. „Wie sollen die Knappen gegen ihn siegen, dem bereits Drachenkräfte zur Verfügung stehen?"

„Das, mein Lieber, ist deren Problem", schmunzelte Sir William.

„Richtig", meldete sich Sir Finnegan zu Wort. „Ich, der Drachenritter, bin damals von einem sehr jungen Menschlein verdroschen worden, dass es eine Art hatte!" Er drückte fest Timothys Hand. „Ich werde Euerem Sohn die Daumen halten, bis die Gelenke knacken! Genau so, wie ich es damals für Euch getan habe, als es um alles oder nichts ging."

Inzwischen war ein Parcours aufgebaut worden, den die Knappen mit ihren Pferden abzureiten hatten. In jeder dritten Runde wurde ihnen eine Aufgabe gestellt, die sie lösen mussten, ehe sie ihren Weg fortsetzen durften. Es galt, bei jeglichem, der Schnellste zu sein.

Königin Maya ließ ein Tüchlein fallen. Als es den Boden berührte, preschten etwa 40 Reiter davon, den Sieg zu erringen. Ian hielt sein Pferd stark zurück. Sollten sich die anderen ruhig um die besten Zielscheiben prügeln. Das taten sie auch, ohne zu bedenken, dass ihnen so wertvolle Zeit verloren ging.

Ian wählte die erstbeste freie Scheibe, nahm bedächtig den Bogen von der Schulter und setzte alle zehn geforderten Pfeile innerhalb weniger Augenblicke ins Schwarze. Als Dritter ritt er zum nächsten Test.

Dort standen pro Teilnehmer zehn Streitäxte, die exakt geworfen werden mussten. Denn, wie schon beim Bogenschießen, durfte ein Knappe erst weiterreiten, wenn er tatsächlich zehn Mal die Scheibe getroffen hatte.

Hier machte er sich als Schnellster wieder auf den Weg, während andere noch immer verzweifelt versuchten, die erste Aufgabe zu lösen, und wenigstens alle Pfeile innerhalb der Ringe zu platzieren.

Nach der neunten Runde legte man ihm Dolche vor. Ian wog jeden in der Hand, suchte den Schwerpunkt und schleuderte die Waffen aus dem Handgelenk. Er traf acht Mal das Zentrum und zweimal den Ring genau daneben. Bei seinen beiden Kontrahenten sahen die Trefferbilder nicht ganz so gut aus, wie er aus den Augenwinkeln bemerkte, als er sich auf sein Pferd schwang, um als Sieger auch aus diesem Vergleich hervorzugehen.

Unter großem Applaus ritt er an der Tribüne vorbei.

„Für Emerald Castle!", rief er, mit der Faust auf das Wappen seines Brustpanzers schlagend.

„Emerald Castle dankt!", erwiderte Sir Timothy laut.

„Unglaublich", murmelte Sir William. „Fast wie damals. Das schönste Geschenk, für einen, der bald sein letztes Lebewohl sagen muss."

Nur noch 32 junge Männer blieben im Rennen, nachdem viele, zum Gespött ihrer Herren, aufgegeben hatten.

Ian beobachte sehr genau, was nun aufgebaut wurde. Mittels einer Lanze sollten während des Rittes Ringe gesammelt werden, die an Stricken von einer Stange herabhingen. Des Weiteren mussten ein Pfeil abgeschossen, eine Streitaxt aus einem Balken gezogen und in den nächsten eingeschlagen werden. Mit einem Gewaltritt über eine volle Runde um den Platz, zum Abschluss, sollte man etwaig gleichstarke Gegner noch überholen können.

Ein Gongschlag startete das Geschicklichkeitsrennen. Ian schaute weder links noch rechts. Voll auf seine Aufgaben fixiert, stürmte er auf seinem Rappen voran. Der Wind versetzte die Ringe in schaukelnde Bewegungen, was es den Reitern noch schwerer machte. Vier Ringe musste Ian betrübten Herzens hängen lassen. Dafür bewies er erneut seine Treffsicherheit mit Bogen und Axt.

Kopf an Kopf erreichte sein Pferd mit dem eines anderen Knappen die Ziellinie.

Ein kurzer Blick des Schiedsrichters genügte, um Ian zum Sieger zu erklären, denn dessen Kontrahent hatte sieben Ringe verfehlt.

Lady Shonas halb freudiger, halb entsetzter Aufschrei entlockte den anderen Drachen ein Schmunzeln.

Die meisten ahnten, was sich soeben in ihrem Kopf abspielte. Timothy nahm ihre Hand. Auch er wurde an jenen Tag erinnert, als sie ihm unter Aufbietung all ihrer Kräfte das schon verlorene Leben gerettet hatte.

Alle guten Geister mögen Euch beschützen, mein Sohn!
Danke, Mutter, ich werde mein Bestes geben.

Genau das befürchte ich.

Ian blieb weder Zeit, zu antworten, noch über ihre Worte nachzudenken, denn Sir Andrew betrat mit gezogenem Schwert den Kampfplatz.

„Ich hab es geahnt, als Ihr ihm Euer Schwert gabt", hauchte Shona, sich an Timothys Arm klammernd.

Ian hob grüßend die Waffe, um gleich darauf den Angriff seines Onkels zu parieren. Mit jeder erfolgreich absolvierten Runde seines Sohnes wurde Timothys Lächeln breiter. Dabei schenkten sich die beiden Kämpfer nichts. Sie droschen aufeinander ein, als ginge es um Leben oder Tod.

Beider Helme und Rüstungen sahen nach vier Runden aus, als seien sie zwischen Mühlsteine geraten, Blut tropfte aus den Panzerhandschuhen.

Ian wusste, dass er gegen Andrew nur eine Chance haben werde, wenn er alle legalen Tricks und Kniffe anwendete. Also ließ er Andrew glauben, seine Kräfte seien am Ende, indem er sich in eine Position drängen ließ, wo ihm die Sonne ins Gesicht schien.

Als sich der Herr von Sternfels fast auf der Siegerstraße wähnte, drehte Ian sein Schwert blitzschnell mit der polierten Verzierung so, dass die Sonnenstrahlen direkt in Andrews Augen abgelenkt wurden. Andrew zuckte geblendet zusammen. Ian schlug mit dem Knauf der Waffe zu und schickte seinen Onkel ins Land der Träume.

Er selber stützte sich völlig ausgepumpt auf das linke Knie, um zu Atem zu kommen.

„Perfekt in jeder Weise", hörte er plötzlich die Stimme Sir Vincents genau vor sich und hob überrascht den Kopf.

Vor ihm stand tatsächlich König Vincent, der von Sir William und Sir Andrew begleitet wurde. Letzterer nickte ihm sogar aufmunternd zu, obwohl der Schlag nicht spurlos an ihm vorübergegangen war, wie ein Bluterguss an der Schläfe deutlich zeigte.

Da fühlte Ian auch schon das Schwert des Königs auf der Schulter und hörte die Worte: „Ich schlage Euch zum Ritter von Drachenfels. Erhebt Euch, Sir Ian."

Sir Williams Abschied

Ian nahm die vielen Glückwünsche wie ein Traumwandler entgegen.

„Ich habe nicht erwartet, dass Ihr so schnell das Geheimnis der Waffe ergründen würdet", gab Sir Andrew zu. „Nur wenige wissen darum."

„Behaltet es, mein Sohn", sagte Sir Timothy, als ihm Ian das Schwert dankend zurückgeben wollte. „Bei Euch ist es in den richtigen Händen."

„Wo er recht hat, hat er recht", ließ sich Sir William sehr zufrieden vernehmen. „Ich bin stolz, solch einen Enkel zu haben."

„Ein Bad für die Herren Ritter!", befahl der König.

Ian atmete tief durch. Ihn hatte von jüngsten Kindesbeinen an die unglaubliche Lebensgeschichte seines Vaters fasziniert und nun war er hier, im gleichen Alter wie dieser damals, und gehörte dem Stand der Ritter an.

„Rasch, Herr Ritter, ins Bad! Sonst verpasst Ihr noch die Feier, Euch zu Ehren." Lady Maya deutete blinzelnd zur Tür.

„Das ist wahr, Mylady. Ich bin schon weg." Ian eilte mit großen Schritten davon.

Er genoss es mit allen Sinnen, wie sich zwei junge hübsche Bademägde ausschließlich um seine Befindlichkeiten kümmerten. Ach, wäre nur mehr Zeit gewesen ...

So stieg er rasch wieder aus der hölzernen Wanne, warf sich in seine Festkleidung und kehrte zum Festsaal zurück. Sir Andrew kam wenige Sekunden nach ihm zur Tür herein und nahm an der schier überquellenden Tafel Platz.

„Ohne Schwert, Herr Ritter?", versuchte Lady Brenda, Ian zu necken.

„Zum Braten schneiden reicht mein Dolch", erwiderte der junge Mann lächelnd. „Ich will doch hoffen, dass der Koch sein Handwerk versteht."

Brenda brach in Gelächter aus. „Euer Vater meinte damals, er könne sich mit bloßen Händen seiner Verehrerinnen bei Tisch erwehren."

„Die muss ich mir erst verdienen", blinzelte Ian.

„Oje, dann wart Ihr wirklich ausschließlich auf die Kämpfe fixiert."

Ian nickte. „Daran werde ich auch in Zukunft festhalten. Das Leben ist zu kostbar, um es leichtfertig wegzuwerfen."

Brenda bedachte Vincent mit einem zufriedenen Blick. „Ein König, der solche Ritter um sich hat, kann sich wahrlich glücklich schätzen."

Vincent nickte. „Das tut er mit großer Freude."

Sir William winkte Ian auf den Platz neben sich. „Das ist der Vorteil daran, die Königswürde abgegeben zu haben. Die Etikette verbietet es mir nicht mehr, den jüngsten Edelmann als Gesprächspartner bei Tisch zu wählen. Alle meine Wünsche sind erfüllt worden, auch der, Euch noch als Ritter erlebt zu haben."

König Vincent hob seinen Weinbecher. „Auf den jüngsten Ritter des Reiches!"

„Danke, mein König!" Ian hob ebenfalls den Becher.

So feierte er die ganze Nacht mit den anderen, die sich schließlich zu wundern begannen, dass er, außer etwas mehr Farbe auf den Wangen, kaum Auswirkungen des Gelages zeigte. Darauf angesprochen, hob er die Schultern und antwortete: „Ich bin es gewohnt, die guten Ratschläge meines Vaters zu befolgen."

„Übersetzt heißt das, Ihr bevorzugt die gleiche Mischung", vermutete Sir Andrew mit einem Blinzeln.

„So ist es, mein Herr. Ein Drittel Wein und zwei Drittel Wasser. Und wie man sieht, es funktioniert." Ian amüsierte sich über die verblüfften Gesichter.

Auch am nächsten Morgen, als er pünktlich mit dem ersten Hahnenschrei aus dem Bett sprang, um mit den anderen Rittern des Königs zu trainieren.

Sir Vincent hatte die Rüstung seines Neffen sofort nach dem Kampf reparieren lassen und so fand dieser sie gegenüber seiner Zimmertür in der Fensternische.

„Nehmen wir es als gutes Zeichen", murmelte Ian erfreut.

Sir William wohnte zum ersten Mal nicht den Kämpfen bei. Auch bei Tisch erschien er nicht. Lady Fran bat König Vincent mit völlig verweinten Augen dafür um Entschuldigung.

Vincent sprang auf und hastete zu seinem Vater, wohin ihm die Geschwister sofort folgten.

Sir William konnte kaum den Kopf heben. „Ich glaube, ich werde diesen Tag nicht überstehen", erklärte er flüsternd. „Meine Lebenskraft ist aufgebraucht. Gern möchte ich alle noch einmal sehen."

„Ich werde Euch hinunter in den Rittersaal bringen lassen", versprach Vincent. „Ihr sollt einen Abschied haben, der eines großen Königs würdig ist."

Shona übernahm es, an seiner statt, den Saal entsprechend vorbereiten zu lassen. In Windeseile wurden die Blumengirlanden entfernt, ein Bett aufgestellt und mit blutrotem Samt bedeckt, welcher bis auf dem Boden reichte. Mehrere Knappen polierten die Prunkrüstung und das Lieblingsschwert des alten Königs auf Hochglanz.

Lady Fran saß neben dem Bett ihres geliebten Mannes, hielt seine Hand und telepathische Zwiesprache mit ihm, weil ihn andere Kommunikation zu sehr anstrengte.

Versprecht mir, dass Ihr Euch nicht aufgebt, bat er sie inständig.

Es fällt schwer, das nicht zu tun. Ich werde in den Nebelwald gehen und so lange dort leben, bis das Schicksal etwas anderes mit mir vorhat.

Die uralte Magie wird Euch schützen. William schloss die Augen.

Fran schluchzte auf.

Ich will nur etwas ruhen, wisperte Williams Stimme.

Shona steckte den Kopf zur Tür herein. „Es ist alles bereit."

„Die Männer mögen ihn hinunter tragen", gebot Fran mit erstickter Stimme.

König Vincent, sein Bruder Andrew, Sir Elliot, als Freund Williams, und Sir Timothy fassten die vier Ecken der Decke. Vorsichtig brachten sie den Schlummernden zu jener Liegestatt, die sein Sterbebett werden sollte. Fran hüllte William in die Farben des Königshauses, eine schwarz-rote Samtdecke. Dann versammelten sich alle Drachen um ihn und warteten schweigend, ob er noch einmal erwache.

Erschüttert vernahmen die Menschen die Botschaft, dass Sir William im Sterben liege. Als Gewissheit nahmen sie es aber erst an, als auch im Burghof und an den Zelten die Blumengirlanden verschwanden.

Als die Sonne bereits unterging und Öllämpchen angezündet wurden, öffnete Sir William noch einmal die Augen. Vincent und Andrew legten ihm die Prunkrüstung an und gaben ihm sein Schwert in die Hand.

Sir William ließ seinen Blick über die Versammelten schweifen. Selbst in den Augen der härtesten Männer glänzte es verräterisch feucht.

Der Augenblick des Abschieds ist gekommen, hörten sie seine telepathische Stimme. *Der Große Drache gewährt mir eine letzte Gunst. Ich darf noch sehen, auf wen von Euch sein Geist übergeht.*

Die Haut des Sterbenden begann blau zu leuchten. Der Schimmer löste sich, glitt lautlos und zielstrebig unter den erstaunten Blicken der anderen auf Sir Timothy zu und umhüllte ihn.

„Ihr seid der Auserwählte", hörten alle die tiefe Stimme, welche Timothy schon einmal vernommen hatte.

Dann drang das blaue Licht exakt dort in seinen Körper ein, wo die Schuppe des Drachenkönigs saß.

Sir William lächelte erleichtert. *Genau jener, den ich erhofft habe. Dort steht der Mann, der in allen Kriegen ein siegreicher Feldherr sein wird, wenn Ihr all seinen Befehlen gehorcht. Und nun lebt wohl.*

Fran brach ohnmächtig neben ihrem leblosen Gatten zusammen. Shona, deren Zwillingsschwester Caitlin und Williams älteste Tochter Brenda kümmerten sich um sie, selbst beinahe in Tränen zerfließend.

Dann hielten alle gemeinsam die Totenwache.

Mit dem ersten Sonnenstrahl ließ Vincent die Tore öffnen und Hunderte kamen, um sich von seinem Vater zu verabschieden. Mit dem letzten Licht des Tages betteten seine Söhne den Toten in einen prunkvollen Sarg. Gemeinsam mit seinen Schwiegersöhnen trugen sie ihn zur Gruft.

Sir Ian stützte Lady Fran, die in einem Zustand verharrte, der einer Ohnmacht nahekam. Sie nahm die Welt um sich herum gar nicht mehr wahr.

Für persönliche Gespräche war seit dem Tod Sir Williams keine Zeit gewesen, jeder der Edelleute, egal, ob Drachen- oder Menschenritter, hatte vor dem Volk zu repräsentieren gehabt. Für den späten Abend rief der König deshalb alle in den Rittersaal zum Totenschmaus.

„Trauer und Freude liegen bei uns oft sehr eng beieinander. Wir gedenken eines Toten und feiern gleichzeitig den Auserwählten des Großen Drachens", sagte er, als alle am Tisch versammelt waren. „Genau wie mein Vater, habe ich erwartet, dass Sir Timothy Drachenherz fortan der Heerführer des Clans sein wird. So wie er mir ewige Treue geschworen hat, schwöre ich, stets seinem Rat zu folgen."

„Da seid Ihr nicht der Einzige, mein König", erklärte dessen Bruder Andrew. „Wenn einer eine vernünftige Lösung für irgendein Problem findet, dann Sir Timothy. Das war schon immer so und wird immer so sein. Sein Banner weht nicht grundlos seit fast 200 Jahren auch auf einem Turm meiner Burg, selbst dann, wenn er nicht anwesend ist."

Lady Shona vernahm die Worte mit der gleichen Freude, wie in Ians Augen der Stolz auf seinen Vater zu erkennen war.

Sir Finnegan, der langjährige Kampfgefährte Timothys, reichte diesem wortlos die Hand. Seine Heirat mit Lady Caitlin hatte die beiden noch enger zusammengeschweißt. Zudem war es Finnegan gelungen, auf halbem Weg zwischen der Hauptstadt und den Smaragdbergen ein Stück Land zu erringen und eine ansehnliche Burg errichten zu lassen. Der König hatte ihm Erbrecht garantiert, zumal das Land durch Caitlin buchstäblich in der Familie blieb.

"Ihr seid unruhig und schweigsam, mein Freund", bemerkte Finnegan besorgt.

Sir Vincent horchte auf. Timothys Blick traf den seinen. Daraufhin befahl der König: „Meine Herren Ritter, morgen nach dem Frühstück ist Lagebesprechung."

Shona strich mit der Fingerspitze über Timothys Handrücken. „Ihr habt den Großen Drachen schon seit langem gespürt, ohne es zu ahnen. Da bin ich nun ganz sicher."

„Ich gebe Euch in allen Punkten recht", erwiderte Timothy lächelnd. „Er hat mich ja sogar angesprochen und ich hab nicht gemerkt, wer es war."

„Wie und wann?", riefen einige erstaunt.

„Sofort nach Sir Vincents Krönung", erklärte Timothy. „Ich hatte ein seltsames Gefühl in der Brust, da wo die Drachenschuppe Sir Williams sitzt. Meine Gattin hat mich bei Tisch darauf aufmerksam gemacht, dass ich ständig unbewusst jene Stelle betastete. Da hörte ich in meinen Gedanken deutlich jemanden sagen: Ihr fühlt mich. Es war die Stimme des Großen Drachens gewesen, wie ich seit seinen Worten, die alle gehört haben, weiß."

„Dann sind Eure Ahnungen der letzten Monate wohl auch nicht nur Träume gewesen", murmelte Shona nachdenklich.

Der König gebot mit einer Handbewegung Schweigen. „Darüber sprechen wir morgen, denn Sir Finnegans Worte zu Euerem Gatten kamen nicht von ungefähr."

Shona deutete mit einem Nicken Zustimmung an. In ihrem Kopf kreisten genügend andere Gedanken, mit denen sie sich beschäftigen konnte.

Konzentriert Euch dabei auf die angenehmen Dinge, vernahm sie Sir Vincents Stimme in ihrem Kopf und schenkte ihm ein dankbares Lächeln.

Es gab inmitten der Trauer um ihren Vater tatsächliche viele Glanzlichter, die dieser wohl ganz genau so geplant hatte, um die Tränen aller rasch zu trocknen. Da waren die Krönung ihres Halbbruders, der Ritterschlag für ihren Sohn und die unerwartete Ehre, die ihren Gatten zum Heerführer aller Drachen erhob.

Heerführer – das Wort bereitete Lady Shona mit einem Mal Kopfzerbrechen. Seit über 100 Jahren herrschte Frieden …

Seufzend folgte sie dem Befehl ihres Bruders, alle Fragen bis zum nächsten Morgen zu verdrängen.

Wie der Vater so der Sohn

Ian verbrachte die Nacht in Gesellschaft seiner Großmutter Lady Fran in der Bibliothek der Burg. Sie weihte ihn in die letzten Geheimnisse des Clans ein, die er als Ritter wissen musste.

Sir Timothy und Lady Shona hatten ihr gern diese Aufgabe überlassen, lenkte es sie doch ein wenig von ihrem Kummer ab.

Als die ersten Sonnenstrahlen durch den Raum huschten, erhob sich Fran. „Ich werde jetzt eine Stunde ruhen. Aber vorher müsst Ihr mir versprechen, sofort nach mir zu rufen, wenn ihr irgendwann zu meinen Lebzeiten keinen Ausweg mehr seht."

„Wie meint Ihr das?"

„Wörtlich, mein lieber Sir Ian. Schwört mir, dass Ihr nicht zögern werdet, einen telepathischen Hilferuf zu senden, wenn Euer Leben verloren scheint!"

Nach kurzem Überlegen schwor der junge Ritter, genau dies zu tun. Der seltsame blaue Schein in Lady Frans Augen bewog ihn dazu. Als er ihn bemerkte, fiel ihm plötzlich jene Geschichte ein, nach der Fran in Sekundenschnelle einen ganzen Landstrich niedergebrannt hatte, um die Männer aus einer tödlichen Falle zu retten.

„Ich möchte nur nicht, dass Ihr Euch für mich opfert", erklärte er.

Fran blinzelte ihm zu. „Das lasst meine Entscheidung sein."

Ian atmete einmal tief durch. Er wusste, dass nichts und niemand sie davon abbringen konnten, für ihn genau das zu tun, was sie für ihre große Liebe William riskiert hatte.

„Und Ihr versprecht mir das Gleiche!", bat er.

„Ich schwöre es", erwiderte Fran mit fester Stimme.

Bereits zwei Stunden später war er sehr dankbar dafür. König Vincent kam sofort auf den Punkt, kaum dass alle ihre Plätze am runden Tisch des Saales eingenommen hatten. „Sir Timothy, berichtet uns, welche Ahnungen Euch bedrücken!"

Mit den Worten: „Wir Drachen werden in einen ungewöhnlichen Kampf ziehen müssen", begann Timothy, den Clan in ein unglaubliches Geheimnis einzuweihen. „Nicht in unserer Welt möchte ich es nennen. Es gibt noch ein anderes Drachenvolk, dem der Tod droht, sollten wir ihm unsere Hilfe verweigern."

Er schaute in die Runde und Gesichter, die deutlich Erstaunen, Erschrecken und völlige Verblüffung widerspiegelten. König Vincent beugte sich nach vorn, um sich nicht ein einziges Wort entgehen zu lassen.

„Bisher haben wir alle geglaubt, unsere Welt ende am Rand des Ozeans. Wir haben uns geirrt. Unsere Ländereien sind nicht der einzige bewohnte Punkt im unendlichen Blau des Wassers. Ich habe es mit eigenen Augen gesehen."

Der letzte Satz bewirkte, dass einige aufsprangen und wild durcheinanderredeten. Sir Vincent ließ ihnen ein paar Sekunden, ehe er sie zur Ruhe rief.

Sir Timothy dankte mit einem Nicken und berichtete weiter: „Viele von uns sind schon weit hinausgeflogen und haben nur Wasser gesehen. Ich hingegen bin so hoch aufgestiegen, dass ich kaum noch atmen konnte in der dünnen Luft und ich habe in großer Ferne mehr entdeckt. Auf der anderen Seite des Salzwassers gibt es riesige gelblich-braune Flächen und Bäume, wie sie hier nicht wachsen. Genau von dorther kommt der Hilferuf."

Keiner wagte, zu fragen, ob er sich nicht vielleicht geirrt habe. Schon gar nicht jetzt, wo ihn der Geist des Großen Drachens leitete.

Also bat der König um Informationen, zu jenem geheimnisvollen Volk, die ihnen Timothy gab, soweit sie ihm bekannt waren.

„Es sind Drachen, die tief im Meer leben. Sie ähneln uns von Gestalt. Aber ihre Körper sind langgestreckt, haben winzige Flügel, mit denen sie perfekt durch die Fluten, doch nicht durch die Lüfte gleiten können. An Land überleben sie nur wenige Stunden. Einige von ihnen sind im süßen Wasser eines gigantischen Sees gefangen, welcher nun auszutrocknen droht.

Für uns ist das nicht das einzige Problem – es gibt dort Menschen, die alle Drachen töten wollen. Gut möglich, dass sie begonnen haben, den See trocken zu legen."

Mit einer Handbewegung bat er, weitersprechen zu dürfen, was ihm Sir Vincent gewährte. „Da gibt es noch etwas, worauf wir uns einstellen sollten. Die fremden Drachen können sich nicht in menschliche Gestalt verwandeln. Eine Annäherung ist also nur im Schuppenpanzer zu empfehlen, wenn wir nicht zwischen ihren Zähnen landen wollen.

Das ist im Augenblick alles, was es an Fakten gibt. Mein Vorschlag ist, telepathischen Kontakt aufzunehmen, um mehr zu erfahren. Die Entscheidung darüber, und zum weiteren Vorgehen, obliegt unserem König."

Sir Vincent bedankte sich für die umfassenden Informationen, um Timothy sofort aufzutragen: „Ihr sollt mein Botschafter sein. Versucht, die Fremden mit Euren Gedanken zu erreichen. Eure menschliche Vergangenheit, gepaart mit Euerem Dracheninstinkt, sind hier die besten Ratgeber. Nichtsdestotrotz sollten wir uns auf einen Kampf vorbereiten, falls das andere Volk tatsächlich unsere Hilfe wünscht."

„Wie sollen wir diese immense Entfernung überfliegen können?", fragte ein rangniederer Drache skeptisch.

Ein kurzer Blickwechsel zwischen den Herren Timothy und Vincent genügte, dann antwortete der Herr der Smaragdberge. „Sollte es wirklich zu dieser Unternehmung kommen, müssen wir große feste Boote haben, mit denen wir Waffen, aber auch Proviant transportieren können. Drachen werden sie ziehen und, wenn ihre Kräfte nachlassen, mit jenen tauschen, die in den Booten sitzen."

Andrew schaute triumphierend um sich: „Ich wusste doch, dass er immer eine Lösung findet!"

Am Nachmittag des gleichen Tages schnürte Lady Fran ihr Bündel. Sie verabschiedete sich vom Clan und besonders innig von ihrer Familie, um zum Nebelwald aufzubrechen. Eine Begleitung durch Ian, oder einen anderen Drachen, lehnte sie kategorisch ab.

„Ihr könnt mich aber gern besuchen kommen, wenn Ihr, irgendwann einmal, nichts Besseres vorhabt", erklärte sie, verwandelte sich, griff nach ihrem Kleiderpaket und segelte majestätisch davon.

Timothy zog Shona fest an sich. „Sie wird lange brauchen, um den Verlust Eures Vaters zu verarbeiten."

König Vincent krallte die Finger in die Steine der Burgmauer, von wo aus Fran gestartet war. Obwohl sie nicht älter war, als er, hatte er die Frau seines Vaters sehr verehrt. Maya legte ihren Kopf an seine Schulter und schaute der Davonfliegenden wehmütig nach. *Vielleicht wäre sie ja hiergeblieben, wenn wir Kinder hätten?*

Womöglich kommt sie wieder, wenn wir eines Tages welche haben? Vincent hob hilflos die Schultern. Das Schicksal ließ sich nicht zwingen. Den einzigen freien Platz im Clan würde demnächst ganz sicher ein Baby einnehmen. Nur wessen Kind, konnte keiner voraussagen.

Die Nächsten, die abreisten, waren die Gäste von Emerald Castle. Sir Timothy verwandelte sich unter den neugierigen Blicken der anderen Clanmitglieder als Erster. Die Macht des Großen Drachens ließ ihn zu einem Giganten werden, der sogar den alten König in den Schatten stellte.

Zwei Ritter, zwei Pferde, gebot er, damit Lady Shona ohne Last fliegen konnte.

Ian half ihm, die Pferde sicher zu greifen. Als er abhob, war es, als träfe eine Orkanböe die Zuschauer. Einige, die zu nahe standen, fanden sich auf allen vieren wieder.

Ian konnte sich ein amüsiertes Grinsen nur mühsam verkneifen. Er wartete, bis seine Mutter ebenfalls gestartet war, ehe er sich mit seinem Ritter und dessen Pferd auf den Heimweg machte.

Die sonst so menschenleere Gegend wimmelte geradezu vor Reitern, welche schon am Tag zuvor die Burg verlassen und den Weg nach Hause angetreten hatten. Ian fing mit seinen scharfen Drachenohren belanglose Gesprächsfetzen auf.

Manchmal hatten sich mehrere Ritter zusammengeschlossen, um die Reise kurzweiliger zu gestalten. Sie winkten zu den Drachen herauf und zogen weiter. Im Anflug an einen dieser Züge gewahrte Ian etwas, das seine Neugier erregte.

Es waren vier Berittene, denen ein Fünfter mit einigem Abstand folgte. Jener letzte Mann hatte Blutergüsse im Gesicht und wurde mit Schmähreden bedacht, wenn er sich nur um einen einzigen Meter näherte.

Sogar Ians Begleiter wurde aufmerksam. „Das da unten ist Kunz mit seinen Knappen und, wie es aussieht, hat er den Pechvogel vom Turnier schwer in die Mangel genommen."

Fragend schaute Ian seinen eigenen Mann an, denn der hätte seine telepathischen Worte nicht verstanden. Er wusste, dass Kunz seinen Knappen geohrfeigt und wüst beschimpft hatte, als dieser Vorletzter geworden war.

Da drangen auch schon üble Worte in seine Ohren, die ihn geradezu zur Landung zwangen. Also überflog er die Gruppe und ging genau vor deren Pferden nieder. Das weite Abspreizen der ledrigen Schwingen machte Ian noch größer, als er ohnehin schon war. Gemächlich setzte er Pferd und Ritter ab. Ohne sich zu verwandeln, ging er mehrere Schritte direkt auf Ritter Kunz zu, dem jegliche Bösartigkeiten buchstäblich im Hals stecken blieben. In unmittelbarer Nähe zu Kunz nahm Ian menschliche Gestalt an.

„Was wollt Ihr von mir?", stotterte Kunz, das finstere Gesicht des jungen Ritters beinahe ängstlich taxierend.

Ian streckte die Hand aus. „Diesen Knappen!"

„Nehmt ihn, wenn Ihr hungrig seid", brabbelte Kunz und bereute sofort, was er gesagt hatte.

Denn Ian kam auf Armlänge heran, um ihn mit zusammengekniffenen Augen zu betrachten, als habe er sich ihn zur Mahlzeit gewählt.

„Steig ab!", befahl er gleichzeitig dem angstschlotternden Knappen. „Sei unbesorgt, ich fresse keine Kinder. Ritter hingegen schon."

Kunz begann so heftig zu zittern, dass die ganze Rüstung schepperte. Ians Ritter von Emerald Castle hatte sein Visier geschlossen gelassen und so konnte auch keiner das genüssliche Grinsen sehen. Der Sohn seines Herrn war eindeutig nach dem Vater geraten.

„Aber die Rüstung bleibt hier", konnte sich Kunz nicht verkneifen, zu sagen.

Ian bedeutete dem Knappen, sich zu entkleiden. „Umso weniger muss ich schleppen."

Kunz fielen bald die Augen aus dem Kopf, als Ian seinen prachtvollen Umhang abnahm, um ihm dem Knappen zu reichen. Erst jetzt entdeckte er das Wappen und begriff, dass er sich soeben mit dem Sohn des Gefleckten Drachens angelegt hatte.

Dieser hatte sich schon wieder verwandelt, Ritter und Knappen auf den Rücken genommen, das Pferd gegriffen und mit schwerem Flügelschlag abgehoben. Eine halbe Stunde nach den anderen erreichten sie die Smaragdburg.

Lady Shona war voller Sorge im Burghof geblieben, um auf Ian zu warten. Sie hatte sich noch nicht daran gewöhnt, dass er als Ritter nun eigene Wege gehen werde. Voll Staunen sah sie jetzt, wie ein halbnackter, von Peitschenstriemen und Blutergüssen übersäter, Junge vom Rücken ihres Drachensohnes sprang und sich sehr tief vor ihr verbeugte.

„Ich habe es vorgezogen, ihn mir als Knappen zuzulegen, ehe ihn Ritter Kunz aus bloßer Freude am Quälen totschlägt", erklärte Ian, als er sich zurückverwandelt hatte. „Bitte lasst ihn für mich einkleiden."

„Darum sollte ich mich wohl lieber selber kümmern", seufzte Shona. Dann wandte sie sich dem neuen Mitbewohner zu. „Wie heißt du? Und wie alt bist du?"

„Ich heiße Jim und bin elf Jahre alt, Herrin."

„Wer sind deine Eltern?"

„Die Gänsemagd von Sir Kunz ist meine Mutter. Einen Vater habe ich nicht."

„Ein Schelm, wer Böses dabei denkt", warf der noch anwesende Ritter ein. „Dem traue ich zu, die eigenen Früchte zu verderben."

Shona zog die Augenbrauen zusammen. Sie dirigierte den Knaben an der Schulter ins Badehaus, wo ein Knecht schon heißes Wasser in den Zuber füllte.

„Behandelt Sir Kunz deine Mutter gut?"

Jim schüttelte den Kopf. „Er schlägt sie oft. Besonders wenn er betrunken ist."

Shona ließ Timothy und Ian rufen.

„Wann wird Kunz die eigenen Ländereien erreichen?"

„In etwa vier Stunden. Warum fragt Ihr?"

Shona deutete auf den Jungen in der Wanne. „Seinetwegen. Bitte holt seine Mutter dort weg, bevor Kunz ankommt", sprach sie mit flehendem Blick.

„Wenn das Euer einziger Wunsch ist, wird ihn Ian sofort erfüllen." Timothy hauchte ihr einen Kuss auf die Wange.

„Woran erkenne ich deine Mutter?", wollte Ian wissen.

„Ritter Kunz hat nur eine Gänsemagd. Sie trägt das gleiche Muttermal wie ich an der linken Seite des Halses und heißt Anne." Jim reckte das Kinn hoch.

„Ziemlich markant", stellte der Herr der Smaragdberge fest, während Ian als Drache davonhuschte. „Aber deine blauen Striemen sind auch nicht zu übersehen."

Jim biss sich auf die Unterlippe.

„Ach, das wird schon wieder", tröstete ihn Sir Timothy. „Die wichtigste Regel in diesem Haus lautet: Sei immer ehrlich. Dann hast du nichts zu befürchten. Morgen werden wir erst einmal schauen, was du alles kannst und was du noch lernen musst.

Lady Shona wird dir Salbe geben, die du gründlich auf deine Wunden auftragen solltest, damit sie nicht mehr schmerzen und schnell heilen. Dann gehst du rüber ins Gesindehaus und lässt dir vom Koch etwas zu essen geben. Inzwischen bereiten wir einen Schlafplatz für dich vor."

Jim bedankte sich sehr für so viel Güte und versprach, alle Regeln getreulich zu befolgen.

Rund 100 Kilometer entfernt, setzte Ritter Ian gerade zur Landung an. Er hatte die kleine heruntergekommene Burg Kunzens ein paar Mal überflogen. Der Hausherr schien tatsächlich noch nicht da zu sein. Bei einem Bauern, ganz in der Nähe, borgte sich Ian ein gutes Pferd. Einige größere Silbermünzen bewirkten, dass er einen nagelneuen Sattel und ein paar mündliche Informationen dazubekam.

So fand er recht schnell auch den Teich, auf welchem unzählige Gänse schwammen und lautstark schnatterten. Am Ufer stand eine abgehärmte ärmlich gekleidete Frau, welche die schneeweißen Tiere bewachte.

Ian hielt direkt auf sie zu. „Sei gegrüßt, gute Frau. Sind das die Gänse des Ritters Kunz?"

„Das sind sie, hoher Herr."

„Sie sind wohl genährt und müssen köstlich schmecken." Ian zügelte sein Pferd. „Hättest du nicht Lust, die Gänse des Herrn der Smaragdberge zu solchen Prachtexemplaren heranzuziehen?"

Die Magd schüttelte ganz langsam den Kopf.

„Warum nicht? Er zahlt gut!"

Sie schlug die Augen nieder. „Es ... es geht nicht."

„Wegen deines Sohnes?"

Sie zuckte so heftig zusammen, dass sie Ian fast leidtat. „Was wisst Ihr von ihm?"

„Ziemlich viel. Willst du es dir nicht noch einmal überlegen?"

„Nein. Ich kann nicht weg. Ich schwöre es bei seinem Leben."

Ian sprang vom Pferd. „Schwöre lieber auf etwas anders. Das Leben hätte dein sauberer Ritter Kunz fast aus Jim herausgeprügelt."

„Wo ist er? Ich will zu ihm!"

„Dann solltest du mir jetzt sofort ohne Widerrede folgen." Ian wartete nicht erst auf Zustimmung. Er hob sie einfach auf das Pferd und sprang hinter ihr auf. Vor dem Hof des Bauern hieß er sie, bei einem Baum zu warten, bis er wieder da sei.

Er brachte das Pferd zurück und führte die verängstigte Mutter auf eine große Wiese. „Bleib genau hier stehen und schreie nicht, egal was gleich passiert. Wenn du tust, was ich sage, wirst du Jim gesund wiedersehen."

Die Frau fiel mit einem matten Seufzer in Ohnmacht, so entsetzt war sie, als plötzlich ein riesiger Drache nach ihr griff und sie durch die Lüfte davon trug.

Auch gut, murmelte Ian, pfeilschnell verschwindend. *Da hab ich etwas weniger Mühe. Und eins weiß ich genau, bei irgendeinem Turnier treffe ich im Kampf auf Kunz und werde ihm eine ordentliche Abreibung verpassen. Nennt sich Ritter und vergreift sich an wehrlosen Frauen und Kindern. Nicht zu glauben!*

Sir Timothy kam aus dem Haus, als sich Ian zur Landung anschickte. „Ihr habt ziemlich laut über Ritter Kunz nachgedacht, mein Sohn."

Ian winkte ab. „Noch lieber hätte ich ihm die Worte mitten ins Gesicht gesagt."

„Das glaube ich Euch gern. Vor allem, nachdem mir Ritter Thomas erzählt hat, wie Ihr zu Euerem Knappen gekommen seid."

Timothy winkte einen Knecht heran, der die ohnmächtige Magd ins Gesindehaus tragen sollte.

Ian zeigte mit dem Daumen über seine Schulter hinterher. „Gut geht es keinem bei Kunz. Seine Gänse haben mehr Fett unter dem Gefieder, als seine Leute in ihrem ganzen Leben in der Suppe oder auf dem Brot gesehen haben. Ich werde jetzt erst einmal Jim zu seiner Mutter bringen, dann sehen wir weiter."

„Ich werde Euch nicht aufhalten." Timothy schaute seinem Sohn mit Stolz hinterher. *Fast wie damals, als Sir Andrew einen kleinen Waisenjungen namens Timothy aufgelesen hat.* Er warf dem Stern auf seinem Wappen einen liebevollen Blick zu.

Grundregeln

Jim, standesgemäß eingekleidet, wie es sich für den Knappen eines sehr hohen Herrn geziemte, folgte diesem ins Gesindehaus. Seine Mutter schlug soeben die Augen auf und schaute direkt in Ians lächelndes Gesicht.

„Ich habe ein Versprechen einzulösen", hörte sie ihn sagen, bevor sie sich wundern konnte.

Im nächsten Augenblick hing Jim an ihrem Hals. „Mutter! Nun kann dir der gemeine Ritter Kunz nichts Böses mehr tun."

„Wer seid Ihr, hoher Herr, und wo bin ich hier?" Die Gänsemagd versuchte, sich aufzurichten.

„Mein Name ist Ian of Emerald Castle. Ich bin der Sohn des Gefleckten Drachens. Du befindest dich in der Burg meines Vaters und ab sofort in seinem Dienst."

Sie betrachtete mit großen Augen den jungen Ritter und die erlesene Kleidung ihres Sohnes. „Ihr habt meinem Jungen das Leben gerettet, wenn ich mir das richtig gemerkt habe ..."

„Ich war so frei, ihn Kunz zu entreißen, ehe er ihn zum Krüppel oder gar totschlägt. Ich will ihn für mich als Knappen ausbilden. Ich denke, in kundiger Hand ist er Wachs, das man gut formen kann.

Meine Mutter, Lady Shona, die einer der beiden weißen Drachen ist, hat seine vielen Blessuren versorgt und wird auch weiterhin ein Auge auf ihn haben."

„Ich habe nur das eigene Leben und meinen Sohn", seufzte Jims Mutter. „Ich kann Euch nur danken, indem ich Euch treu und ergeben dienen werde."

Lady Shona trat in den Raum. „Das hören wir mit Freude." Sie tippte Jim auf die Schulter. „Rasch hole deiner Mutter etwas Suppe und Brot, damit sie nicht hungrig schlafen gehen muss."

Die Augen der Magd weiteten sich vor Staunen, als Jim zurückkam. In der Suppe schwammen sogar einige Fleischbrocken und Gemüse.

„Bei Sir Timothy muss niemand hungern." Jim schaute zu, wie sie am Ende die Brühe mit dem restlichen Brot auftunkte. Er brachte sie zu den anderen Mägden, die ihr erklären sollten, was sie über die Burg wissen musste, und wünschte ihr eine gute Nacht.

Anschließend ging er zu Sir Ian zurück, der ihm ein Kämmerchen neben seinem eigenen Zimmer zuwies. Jim fühlte sich wie ein König. Ein Reich ganz für ihn allein, mit einem richtigen Bett, einer Truhe für Kleidung und einem Tischchen mit Schemel vor einem winzigen Fenster.

Behutsam ließ er seine Fingerspitzen über die Decke gleiten. Das war Wolle und nicht dieses kratzige grobgesponnene Nesselzeug, was Kunz seinen Leuten zugestand. Und selbst Nessel war hier so fein verarbeitet, dass es eine Lust war, sie zu tragen. Jim befühlte noch einmal sein neues Hemd aus genau jenem Material und ließ seine Gedanken schweifen.

Plötzlich schreckte er auf. Hatte sein Herr nicht vorhin gesagt, er sei der Sohn des Gefleckten Drachens? Vor lauter Glück, Kunz entkommen zu sein, hatte er all das gar nicht richtig wahrgenommen. Aber dann war ja sein neuer Herr derjenige, der im gleichen Turnier, das ihm zum Verhängnis geworden war, gesiegt hatte!

„Oh ja, Sir Ian, ich werde Euch treu dienen und fleißig lernen, um Euch niemals zu blamieren."

Er hatte ja keine Ahnung, dass dieser seine geflüsterten Worte laut und deutlich hören konnte, obwohl sie durch eine dicke Mauer getrennt waren.

Schlaf gut, Jim, sandte er zufrieden hinüber und glaubte zu träumen, als deutlich: *Ihr, auch mein gütiger Herr*, zu hören war.

Verblüfft telepathierte er seinem Vater: *Wenn es kein völlig unglaublicher Zufall war, dann hat Jim auf meine gedachte Nachricht reagiert.* Er fügte sogar den genauen Wortlaut beider hinzu.

Es würde mich für Euch und für ihn von ganzem Herzen freuen, kam sofort die Antwort.

Am nächsten Morgen schlug Jim mit dem ersten Hahnenschrei die Augen auf und stellte dankbar fest, dass die Welt um ihn herum real war, obwohl er die ganze Nacht von ihr geträumt hatte. Mit einem Satz war er aus dem Bett und eilte zum Brunnen, um sich zu waschen.

Sir Ian hatte ihm zwei Mal die Regeln vorgelesen, nach denen ein Knappe in der Smaragdburg zu handeln hatte. Eine davon hatte er hier schon gehört, eine andere war für Jim völlig neu gewesen und so hatte er sie sich besonders gemerkt. Das waren die absolute Ehrlichkeit und die gründliche Körperpflege. Ritter Kunz hatte mit beiden nicht viel am Hut gehabt, wie sich Jim sehr gut erinnern konnte.

Also schöpfte er mit den Händen das klare kalte Brunnenwasser und presste sein Gesicht hinein. Und gleich noch einmal. Es tat ihm gut.

„Du bist pünktlich, das gefällt mir", hörte er hinter sich die Stimme des Herrn der Burg.

„Guten Morgen, Herr", wünschte Jim, sich sehr über das Lob freuend, denn Kunz hatte immer nur das Schlechte gesehen.

Die nächste Frage lautete: „Hast du gut geschlafen?"

„Oh ja, Herr. Nie schlief ich besser."

„Dann bist du jetzt ja zu großen Taten bereit. Ich werde dein erster Gegner beim Training sein."

„Ach herrje", entfuhr es Jim und er erwartete eine saftige Ohrfeige, wie sie ihm Kunz zu verpassen pflegte.

Sir Timothy lachte nur schallend und deutete auf eine einfache Rüstung, ein hölzernes Übungsschwert und in den Ring.

Jim war so aufgeregt, dass er beim Anlegen der Rüstungsteile völlig durcheinanderkam.

„Na, junger Mann, so wird das wohl nichts", schmunzelte Sir Timothy und entwirrte das Chaos. „Mach langsam, bis du die Handgriffe eines Tages wie im Schlaf beherrschst."

Inzwischen waren alle Ritter und mehrere Knappen herbeigekommen, um belustigt zuzuschauen, wie ihr Herr dem Neuen zur Hand ging. Jim wurde immer nervöser. Gleich würde er sicher ein blaues Wunder erleben!

Jim biss sich auf die Lippen. Er hatte sich doch so fest vorgenommen, Sir Ian nicht zu blamieren, und genau das Gegenteil war passiert.

Da forderte Sir Timothy alle auf, sich in den Ring zu begeben und mit ihnen gemeinsam ein paar Grundübungen zu absolvieren.

Ian war außerhalb stehen geblieben, um Jim zu beobachten. Die Gemeinschaft schien ihm Selbstsicherheit zu geben, denn es war gar nicht so übel, was er zeigte.

Pariere die Schläge nicht mit der flachen Klinge, hörte Jim Ians Stimme und drehte die Waffe sofort ein wenig. *Ausgezeichnet! Vergiss nicht, dass du Beine hast. Gehe den Hieben deines Gegners aus dem Weg, wenn deine Kraft nicht reicht, ihn zu besiegen.*

Jim reagierte sofort.

Sir Timothy unterbrach die Übung. „Ihr gebt ihm Anweisungen, wenn ich mich nicht irre", wandte er sich flüsternd an Ian.

„Ja, mein Vater. Dabei erstaunt es mich in vielerlei Hinsicht. Nicht nur, dass er meine Gedanken überhaupt empfangen kann, er setzt sie auch sofort in die Tat um."

Dann sollten wir diesen Rohkristall besonders vorsichtig schleifen, damit er eines Tages in vollem Glanz strahlen kann. Sir Timothy nickte Jim lächelnd zu und überließ ihn der Obhut seines Sohnes.

Ian machte an genau der gleichen Stelle weiter, wo soeben aufgehört worden war, und Jim merkte nicht einmal, dass nach einer Weile alle anderen um sie herumstanden und neugierig zuschauten.

Woher hätten sie auch wissen sollen, dass Ian jeden Schlag ankündigte und Jim gleichzeitig genaue Anweisungen bekam, wie er sich zu wehren hatte.

„Du bist begabt", sagte Ian, als sie sich nach dem Training wuschen. „Irgendwann werden dir alle Bewegungen so in Fleisch und Blut übergehen, dass du auch ohne meine Hilfe ein guter Kämpfer sein wirst."

„Aber wie kommt es, dass ich Eure Stimme hören kann, obwohl Euer Mund geschlossen ist und Ihr nicht einmal direkt vor mir steht?"

„Man nennt es Telepathie. Das ist die geheime Sprache der Drachen. Nur meinen Vater und meine Mutter habe ich davon informiert, dass du sie verstehst. Allen anderen darfst du niemals ein Wort darüber verraten."

„Ich schwöre es", wisperte Jim, weil die anderen Kämpfer in Rufweite kamen.

Er folgte seinem Herrn in die Burg, in jene Hallen, die er bisher noch gar nicht zu Gesicht bekommen hatte. In ungläubigem Staunen weiteten sich seine Augen. Den Reichtum und die Pracht der Burg konnte er nicht fassen. Unreine Smaragdstufen und verschiedene andere Kristalle waren in den Wänden vermauert worden, brachen das hereinfallende Licht und stürzten den Betrachter in einen Farbenrausch.

Dann ist es also wahr, was man sich allerorten erzählt! Es ist einzigartig schön. Jim versuchte, sich äußerlich nichts anmerken zu lassen und seinen Knappendienst exakt zu verrichten.

Sir Ian blinzelte und Jim lächelte befreit. Dann konzentrierte er sich auf seine Aufgaben, zu denen auch gehörte, seinem Ritter Speisen vorzulegen und den Becher zu füllen, ohne selbst am Tisch leer auszugehen. Letzteres fiel ihm nicht sonderlich schwer, hatte er doch noch nie solch erlesene Speisen von nahem gesehen.

Iss, bis du wirklich satt bist, hörte er Ians Stimme in seinem Kopf und der musste es nicht zwei Mal sagen.

Lady Shona fügte hinzu: *Du brauchst dir keine Gedanken, um deine Mutter machen. Sie bekommt Mundvorrat mit, wenn sie am Teich die Gänse hütet.*

Danke Herrin, strahlte Jim, der sich bisher immer etwas Brot vom Mund abgespart hatte, damit Mutter nicht hungern musste, und der natürlich beim Anblick der Köstlichkeiten nicht verhindern konnte, auch daran zu denken.

Als die Mägde die große Tafel abräumten, war er schon mit seinem Herrn auf dem Weg zu den Pferdeställen. Sir Ian wies ihm ein Reittier zu, einen Sattel und befahl ihm, ihre beiden Tiere und ein Handpferd aufzuzäumen. Um die Waffen wolle er sich selber kümmern.

Jim erfüllte den Befehl, führte die drei Braunen an die große Treppe und wartete. Sir Ian erschien mit Schwert, Bogen und Dolchen, von denen er einen Jim reichte.

„Richtig vermutet", schmunzelte er. „Wir reiten auf die Jagd."

Ein Knecht brachte einen Mantelsack mit Proviant, den Jim fachgerecht am Sattel des dritten Pferdes festschnallte. Wenig später trabten sie gemächlich über die blumenübersäte Wiese unterhalb der Burg, um den dichten Wald auf dem Rücken des Smaragdberges zu erreichen.

Sir Ian ließ Jim über sein bisheriges Leben berichten, welches fast nur aus düsteren Momenten bestanden hatte. Schläge, Tritte und böse Worte von Ritter Kunz, solange er denken konnte.

„Warum hat er dich zum Knappen genommen?", wunderte sich Ian.

Jim hob die Schultern. „Ich weiß es nicht, mein Herr. Vielleicht hat er nur jemanden gebraucht, der den Prügelknaben für die adeligen Jungen machte, die oft noch schlimmere Fehler begingen als ich. Sie hat er nie geschlagen und auch nicht so unflätig beschimpft wie mich."

Ian schüttelte unwillig den Kopf. „Hatte er Lieblingsbeschimpfungen gegen dich?"

„So etwas ähnliches", überlegte Jim laut. „Er sagte oft: *Hätte ich es gewusst, dann hätte ich dich zeitig genug aus ihr herausgeprügelt.*"

Der Drachenritter zügelte sein Pferd. „Das hat er gesagt?"

„Wieder und wieder. Und ich glaube, er hätte es getan, auch wenn ich nicht weiß, was der Spruch bedeutet." Jim hob hilflos die Hände.

„Irgendwann kommt der Tag, da wirst du die Worte verstehen und Kunz die Gemeinheiten heimzahlen", prophezeite Sir Ian. „Ich werde dir alles beibringen, was du dazu brauchst."

Jim lächelte. „Danke Herr. Ich werde, so hart ich kann, dafür trainieren."

„Beginnen wir mit solchen Sachen, die uns einen vollen Magen einbringen, also mit der Jagd", schmunzelte Sir Ian. „Wir wollen schließlich ein greifbares Ergebnis haben. Außerdem kann man Erfolg auch anders messen, als in grünen und blauen Flecken."

Jim lachte fröhlich. Diese Denkart gefiel ihm ausgezeichnet. Ganz sicher werde er mit einem so jungen Rittersmann auch die tollsten Abenteuer erleben, welche die Älteren nicht einmal in Erwägung ziehen würden.

„Das ist zu erwarten", blinzelte Ian. „Manche Erfahrungen muss man einfach selber sammeln und für gut oder schlecht befinden."

Jim begann zu kichern. „Hmmm, sowas kenne ich. Alle haben erzählt, dass Eidechsen ihren Schwanz abwerfen, wenn man sie daran festhält. Also habe ich mir ein besonders großes Tier ausgesucht und zugefasst. Doch statt zu tun, was Eidechsen eigentlich machen, hat sie mich kräftig gebissen und war wie der

Blitz zwischen den Felsen verschwunden. Und ich werde es ganz bestimmt nicht noch einmal versuchen."

Ian stimmte in das Lachen ein. „Glaub mir, es wird Dinge geben, die du trotzdem immer wieder versuchen wirst, obwohl du fast am Verzweifeln bist, weil sie nicht gelingen wollen. Aber die Eidechse ist ein gutes Beispiel dafür, dass man vieles nach dem ersten Fehlversuch als unnütz abtut und sich Wichtigerem zuwendet."

„Ich habe dann auch, weil ich doch schon mal auf dem Berg war, für meine Mutter ein paar Beeren gesammelt, damit sie etwas anders als immer nur hartes Brot essen konnte."

„Du liebst deine Mutter sehr", stellte Ian in den Raum.

„Natürlich! Bisher war sie der einzige Mensch, dem ich nicht völlig egal war." Jim lächelte milde. Dann blinzelte er: „Und plötzlich gibt es einen Drachen, nein sogar drei, die mich aus böser Not befreit haben."

Er wollte gerade noch einen Satz anfügen, als er beim Luftholen buchstäblich erstarrte und Ian gedanklich mitteilte: *Zwischen den Büschen steht ein kapitaler Hirsch!*

Hol ihn dir, befahl Ian, worauf Jim sacht vom Pferd glitt, sich lautlos den Bogen seines Herrn mitsamt den Pfeilen griff und in den Wald huschte. Es prasselte im Unterholz, der Hirsch brach durch die Sträucher und verendete nach wenigen Fuß.

Jim erschien mit hängendem Kopf. „Das war ganz und gar nicht waidgerecht. Ich habe zwei Pfeile gebraucht und auch nicht gut getroffen."

„Aber du hast ihn erlegt und müsstest, wenn es um alles oder nichts ginge, nicht verhungern. Dass du weißt, was dir zum guten Jäger fehlt, spricht für dich.

Ich habe, ehrlich gesagt, nicht erwartet, dass du ihn zur Strecke bringen kannst."

„Dann seid Ihr nicht böse auf mich?"

„Ganz und gar nicht. Das außergewöhnlich prachtvolle Geweih soll dir gehören, denn du hast es erbeutet. Jetzt binden wir dem Hirsch die Läufe zusammen, und hängen ihn an einer Stange zwischen dein und das Beipferd."

Für Jim glich es einem kleinen Triumphzug, als sie auf den Burghof kamen. Zwei Ritter begutachteten das Tier.

„Ihr trefft doch sonst so vorzüglich, Sir Ian", stellte einer mit fragendem Tonfall fest.

„Ihr habt den falschen Jäger im Visier, meine Herren. Dieses Tier geht nicht auf mein Konto", erwiderte Ian lächelnd.

Auch Sir Timothy war erschienen, hatte aber den Wortwechsel nicht gehört und sein Augenmerk nur auf das Geweih gerichtet. „Das soll den würdigsten Platz im Jagdsaal bekommen."

Ian lachte herzlich. „Darüber müsst Ihr mit Jim verhandeln. Er hat den Hirsch erlegt und ich ihm die Trophäe überlassen, wie es sich geziemt."

„Ach herrje! Seine erste Beute. Es wäre ziemlich unfair, sie ihm abzuhandeln", meinte Sir Timothy.

Jim hatte voll Staunen zugehört. „Herr, wenn Ihr mögt, dann hängt es auf, wo Ihr es für gut befindet. So können es viele sehen und ich weiß doch, dass es mein erster Hirsch war. Wenn ich es in meinem Kämmerlein vergrabe, dann erfreut es nur mich selber."

Sir Timothy zog ein paar Goldstücke aus der Tasche, drückte sie dem verdutzten Jim in die Hand. „Dann kaufe ich von dir das Recht, es allen zeigen zu dürfen. Das Geweih selber gehört weiterhin dir."

Jim verneigte sich zum Dank fast bis zur Erde. Nun konnte er seiner Mutter endlich einen warmen Mantel und Stiefel für den Winter kaufen.

Du bist eine wirklich gute Seele, murmelte Sir Timothy beeindruckt von Jims Gedanken.

Passt gut auf den Kleinen auf, riet er seinem Sohn. *Er ist ganz nach meinem Geschmack und könnte einmal ein wirklich Großer werden.*

Jim

Ian überließ den Hirsch dem Küchenpersonal, nachdem er den Kopf abgetrennt hatte, damit das kostbare Geweih keinen Schaden erlitt. Einer seiner Handwerker übernahm es, ihn zu präparieren und später im Saal anzubringen. Jim trug sein erstes selbst verdientes Geld in seine Kammer.

Vor der Tür traf er auf Lady Shona, die ihm einen ledernen Geldbeutel reichte. „Darin steckt eine besondere Münze. Sie soll dir Glück bringen und das Säckchen immer wohlgefüllt sein."

Jim bedankte sich erfreut. Er wickelte die kleine Kupfermünze in ein Stückchen Pergament, um sie als absoluten Notgroschen immer am Grunde des Beutelchens zu haben. Wobei er hoffte, diese Gabe seiner Herrin niemals ausgeben zu müssen.

Den Nachmittag sollte er mit Sir Ian in der Bibliothek verbringen, obwohl er gar nicht lesen konnte. Kaum war er eingetreten, wurde ihm offeriert, dass er genau Selbiges in den nächsten Tagen und Wochen lernen sollte.

Jim schwor sich, gut aufzupassen, denn wer vom einfachen Volk lesen und schreiben konnte, galt als besonderer Mensch. Und er musste dafür nicht einmal bezahlen! Sein Lehrmeister Ian verlangte nur Aufmerksamkeit und Fleiß. Dinge, die Jim gern bereit war, zu geben.

Ab und zu steckte Sir Timothy den Kopf zur Tür herein, lächelte und verschwand wieder. Als Sir Ian für zwei Tage mit seinem Vater zum König flog, übernahm es Lady Shona, mit ihm zu üben.

Gleich am ersten Morgen hatte es Jim auf Anhieb geschafft, einen Text fehlerfrei zu lesen und ein kleines Diktat mit Bravour zu bestehen.

„Dafür darfst du mich dann als mein Beschützer auf einen Spaziergang begleiten", versprach Lady Shona, womit sie Jim eine große Freude machte.

Bisher hatte sie nur die Ritter oder fast erwachsenen Knappen für solche Aufgaben ausgewählt. Er durfte ihr sogar, wie diese, seinen Arm reichen, um sie zu führen. Als er schließlich merkte, wo das Ziel lag, klopfte sein Herz schneller. Lady Shona hatte den geraden Weg zu jenem Weiher eingeschlagen, an dem seine Mutter die Gänse bewachte.

Anne wollte zuerst ihren Augen nicht trauen, aber der junge Mann an der Seite ihrer Herrin sah Jim nicht nur verblüffend ähnlich, er war es sogar!

Er hatte seine Mutter auch schon vier Wochen nicht mehr gesehen. Jetzt staunte er, weil sie in dieser Zeit regelrecht aufgeblüht war. Die immer graue Gesichtshaut hatte einen gesunden, leicht rosigen Schimmer angenommen. Statt der knochigen Finger berührten Jim weiche Hände, als sie sein Gesicht streichelte.

„Ich weiß, dass er dir nicht viel erzählen würde, aus Furcht, gegen einen Schwur zu verstoßen", erklärte Lady Shona Jims Mutter. „Also übernehme ich es, dir zu sagen, was dich sehr stolz machen wird." Sie deutete ins Gras, und als alle saßen, begann sie detailliert zu berichten.

Immer wieder schaute Anne kopfschüttelnd zu ihrem Sohn, der all diese Unglaublichkeiten mit einem Nicken bestätigte.

„Herrin", fragte Anne zögernd, als sich Shona zum Gehen anschickte, „es gibt doch sicher einen besonderen Grund, weshalb Ihr mir von all diesen Wundern erzählt?"

Lady Shona nickte bekümmert. „Den gibt es. Jim soll als einer von ganz wenigen Menschen mit uns Drachen in einen Kampf ziehen, der am anderen Ende der Welt, hinter dem Ozean, stattfindet. Niemand weiß, wie dieser enden, und wer gesund nach Hause zurückkehren, wird. Vielleicht kommen unsere beiden Söhne wieder. Vielleicht auch keiner von ihnen."

„Dann sterben sie wenigstens ehrenvoll", flüsterte Anne und wischte eine Träne weg. „Darf ich Jim vorher noch ein Mal sehen?"

„Natürlich. Noch steht der Tag der Abreise nicht fest." Shona hängte sich wieder bei ihrem Knappen ein und schritt über die Wiese davon.

Anne schaute ihnen hinterher, bis sie klein wie Ameisen wirkten. Dann rekapitulierte sie flüsternd: „Mein Jim – nicht nur ein richtiger Knappe, sondern sogar ein Vertrauter eines Drachens. Lesen und schreiben kann er! Er wird ein stolzer Krieger sein und gewiss mit Sir Ian zurückkommen. Ich mag nichts anderes glauben."

Sie streichelte einer Gans, welche die ganze Zeit in ihrer Nähe gehockt hatte und nun zu ihr herangewatschelt war, den langen Hals. „Du sollst doch nicht zahm werden. Sonst breche ich in Tränen aus, wenn sie dich zum Braten abholen. Husch! Ab zu den anderen!"

Auf Jim wartete wenig später eine neue Übung. Er sollte einen kurzen Bericht über ein Ereignis seiner Wahl schreiben. Erschreckt schaute er Lady Shona an. „Oh je!"

„Du hast genau eine Stunde Zeit", fügte sie noch hinzu und ließ ihn allein.

Verunsichert drehte er den Gänsekiel zwischen den Fingern, starrte abwechselnd das leere Blatt und das Tintenfässchen an, zermarterte sich das Gehirn und die Zeit lief. Als ihm die Schreibfeder schließlich aus den Händen glitt, brummte er: „Dämliches Federvieh." Er bückte sich, um sie aufzuheben, und knallte beim Wiederaufrichten mit dem Hinterkopf an die Tischkante. Die Feder segelte in einem eleganten Schwung davon, wobei sie einen interessanten Schatten warf.

„Na das ist es doch!", rief Jim, hob sie eilig auf und machte sich eifrig ans Werk. Manchmal hatte er das Gefühl, nicht die rechten Worte gewählt zu haben, und so malte er hin und wieder ein erklärendes Bild an den Rand des Pergaments.

Er war so beschäftigt, dass er nicht einmal merkte, wie Lady Shona hereinkam, sich hinter ihn stellte und über seine Schulter interessiert und amüsiert zuschaute.

Irgendwann fiel sein Blick auf die Sanduhr und er zuckte zusammen. Der Sand musste schon ziemlich lange abgelaufen sein. Zudem bemerkte er den Schatten seiner Herrin auf dem Tisch neben sich.

„Ich ... ich hab mich beim Malen vertrödelt", versuchte er zu erklären.

Shona schmunzelte. „Lass mich schauen, ob es wirklich an dem ist."

Sie nahm das Blatt und begann zu lesen. Jim hatte, ihren gemeinsamen Spaziergang zum Weiher, dermaßen detailgetreu beschrieben, dass Shona überlegte, warum sie einige dieser Kleinigkeiten nicht bemerkt hatte. Wo über die Reise Sir Timothys und Ians geschrieben stand, waren zwei wunderschöne fliegende Drachen daneben gemalt.

Sogar die einzelne Gans, welche sich in ihrer Nähe befunden hatte, war gezeichnet worden. Am unteren Blattrand nahm eine Blumenranke ihren Anfang, die sich auf der linken Seite bis ganz oben erstreckte. Statt Blüten steckten Gänse ihre Köpfe zwischen den stilisierten Blättern hervor.

„Aufgabe hervorragend gelöst", sagte Lady Shona schließlich. „Ich werde diesen Tagesbericht Sir Timothy auf das Schreibpult legen. Lassen wir uns überraschen, ob er ihm genau so gut gefällt."

Der Herr der Smaragdburg kam zwei Tage später als geplant mit Sir Ian zurück. Zudem sahen beide sorgenvoll aus.

Jim eilte aus dem Haus: „Schön, dass Ihr wieder da seid, edle Herren!", strahlte er.

Ein frohes Lächeln huschte über Ians Gesicht und auch Sir Timothys Miene hellte sich auf. Jim übernahm die Waffen seines Herrn, trug sie in dessen Zimmer und half ihm aus der Rüstung, die er sofort auf Schäden kontrollierte. Auch den Schliff von Schwert und Dolch begutachtete er. Dann griff er zu Öl und Putzlappen, um die Scharniere zu schmieren und das Metall zu konservieren. Zuletzt polierte er alles auf Hochglanz.

Die Ritter waren sofort zu Sir Timothy gerufen worden. Sie berieten sich so lange, dass Jim schon glaubte, das Mittagessen fiele aus. Als es ziemlich spät doch noch etwas zu beißen gab, herrschte ungewöhnlich gedrückte Stimmung.

Was mag nur vorgefallen sein, grübelte Jim, sein Stück Braten verzehrend. *Es macht mich traurig, die Drachen so ratlos zu sehen.*

„Ich brauche einen freiwilligen Menschen", hörte er Sir Timothy sagen.

Aufspringen und „Nehmt mich, Herr", bitten, geschahen bei Jim im Bruchteil eines Wimpernschlags.

„So soll es sein", erhielt er zur Antwort. „Ich erwarte dich bei Sonnenuntergang in voller Rüstung am Verbotenen Tor, dem alten Eingang zur Mine."

„Verstanden", erwiderte Jim kurz und aß weiter.

„Willst du denn gar nicht wissen, worum es geht?", wunderte sich Lady Shona.

Jim schüttelte den Kopf. „Nein, Herrin. Euer Sohn hat mir geholfen, als ich jede Hoffnung verloren hatte. Ich werde pünktlich zur Stelle sein, wann immer mich einer der Smaragd-Drachen braucht und tun, was man von mir verlangt."

„Das nenne ich Dankbarkeit und Treue", murmelte Ian mit äußerster Zufriedenheit. „Solltest du es tatsächlich schaffen, in dieser Nacht zu bestehen, dann hast du bei mir einen Wunsch frei."

„Und ich werde helfen, diesen Wunsch zu erfüllen", sagte Sir Timothy im Arbeitszimmer zu seinem Sohn, ihm das Ergebnis der Schreibaufgabe in die Hand drückend. „Euer Knappe ist es wert, in jedweder Weise gefördert zu werden."

„Auch dann, wenn er sich doch als ein Spross Kunzens herausstellen sollte?"

„Dann erst recht. Schon, um Kunz tüchtig zu ärgern." Sir Timothy kniff ein Auge zu. „Sollten wir irgendwann hören, dass er seine Burg als Turnierpreis setzt, dann schlagen wir erbarmungslos zu. Dabei hoffe ich inständig, Euer Jim möge ihn besiegen."

„Wir haben dies bereits in Arbeit", witzelte Ian, ehe er sehr ernst den Satz wiederholte, den er von Jim gehört hatte. „Sir Moneghan hatte schon am ersten Tag vermutet, was langsam Gewissheit wird."

„Egal, der Kleine hat Potenzial und ich hoffe, dass er eines Tages ein geachteter Ritter sein wird."

Kurz vor Sonnenuntergang legte Jim seine Rüstung an, gurtete sein Schwert um, steckte einen Dolch ein und begab sich auf den Weg zum Treffpunkt.

„Warte!" Ian hielt ihn an der Schulter zurück. „Nimm das hier!" Er tauschte Jims Schwert gegen eines in Damaszenerstahl aus. „Viel Glück!"

„Danke, Sir Ian." Jim deutete eine Verbeugung an und eilte weiter.

Er schaffte es sogar, vor Sir Timothy dort zu sein, der sich von der anderen Seite näherte. Er bekam eine kurze grüßende Kopfbewegung und folgte ihm genau so schweigend in den Berg. Verblüfft bemerkte Jim das blaue Licht, das aus den Augen des Drachenritters drang, und den Weg notdürftig erhellte.

Nach wenigen Schritten erreichten sie einen prachtvollen, mit unzähligen Kristallen geschmückten Raum, in dessen Mitte ein marmorner Sarkophag stand. Sir Timothy nahm seinen Helm ab und Jim tat es ihm gleich.

„Das ist die Ruhestätte des Drachens Sir Emerald, des Vaters von Lady Fran, der Königin an Sir Williams Seite", flüsterte Sir Timothy.

Jim nickte ergriffen. Noch nie hatte er solch eine Grabstätte gesehen. Bisher hatte er immer geglaubt, dass die Gräber der Adligen auf dem alten Totenacker seines Heimatdorfes überaus prächtig gewesen wären. Aber dies hier stellte alles in den Schatten.

Sir Timothy wandte sich zum Gehen. Er zwängte sich in einen schmalen Spalt, den Jim kaum bemerkt hätte. Als sich der Gang erweiterte, befahl er: *Halte dich von den Wänden fern.*

Nach ein paar Minuten öffnete sich vor ihnen eine riesige Grotte, die mit ihren klaren grünen Kristallen sogar die Gruft des Drachens übertrumpfte. Sir Timothy blieb stehen, legte Jim beide Hände auf die Schultern und schaute ihm tief in die Augen.

„Du darfst keinerlei Furcht zeigen, egal, was hier gleich geschehen wird. Verlasse niemals diese Stelle, beobachte und schreite nur ein, wenn es um mein Leben geht."

Er hockte sich auf die Fersen und verwandelte sich in den Drachen. Dann hörte Jim, wie er immer wieder eine Art telepathischen Lockruf in einer fremden Sprache ausstieß.

Die Luft schien plötzlich so dick zu werden, dass sie beinahe zäh in die Lunge floss. Jim atmete langsam und tief, um das beklemmende Gefühl zu vertreiben. Ein schwarzer Wirbel bildete sich an der Decke der Grotte, breitete sich lautlos aus und verschlang sogar das blaue Leuchten von Sir Timothys Augen.

Etwas, wie Spinnweben, berührte Jims Gesicht, wanderte mit einem schabenden Geräusch über seine Rüstung, kam wieder zurück und tastete erneut den Brustpanzer ab. Dann schälten sich zwei Silhouetten aus der Dunkelheit.

Zwei schlanke Drachen mit winzigen Flügeln, aber riesengroßen Augen. Im Gegensatz zu Sir Timothy, dem Giganten, wirkten sie wie frisch geschlüpfte Babys. Jim ließ sich davon nicht täuschen. Auch harmlose Geschöpfe konnten zubeißen, wie ihn die Eidechse gelehrt hatte.

Oh, der Fremde hat Futter mitgebracht! Er wird den kleinen Happen nur nicht mit uns teilen. Schaut, wie groß er ist.

Jim spitzte die Lippen. Aha, Futter. Er würde sich gut zu wehren wissen, sollte auch nur einer von ihm kosten wollen.

Da erwiderte Sir Timothy schon: *Wagt es bloß nicht! Sollte nur einer versuchen, meinen Menschen mit der Nasenspitze zu berühren, ist er des Todes! Und Euer ganzes Volk mit ihm, denn wir würden keinen Flügel rühren, um Euch zu helfen. Ihr, als Kontakthalter, solltet es wissen, dass wir hier mit den Menschen in Frieden leben und uns keiner von ihnen als Nahrung dient. Sie zu fressen, wäre Mord, wie unseresgleichen zu töten.*

Wenn wir mit einigen unserer Menschen kommen sollen, um Euch gegen andere beizustehen, dann erwarten wir, dass Ihr unseren Leuten den gleichen Respekt entgegenbringt, wie uns Drachen.

Der barsche Ton erschreckte die kleinen Drachen zutiefst. *Verzeiht, großer Herr, es wird nicht wieder vorkommen, dass wir Eure Menschen bedrohen. Doch darf ich frei sprechen, wenn es um unser Problem geht?*

Der gefleckte Riese senkte den Kopf, um seinem Gesprächspartner in die Augen schauen zu können, und gab damit das Zeichen.

Es hat vor einigen Monaten einen Erdrutsch gegeben, der mehrere Mitglieder unserer Sippe von den anderen trennte. Sie befanden sich zu dieser Zeit in einem Brackwassersee, tief im Gebiet der Menschen. Um nicht zu verhungern, fingen sie Fische aus diesem Gewässer, die auch den Menschen als Nahrungsquelle dienen. Natürlich wurden unsere Drachen irgendwann entdeckt und die Menschen begannen, Jagd auf sie zu machen. Einerseits aus Furcht, andererseits, um unliebsame Nahrungskonkurrenten loszuwerden.

Unsere Königin befindet sich unter den Eingeschlossenen. Ihren Hilferuf habt Ihr zufällig empfangen und geantwortet. Sie hat uns aufgefordert, unter allen Umständen durchzuhalten und alles zu tun, um Euch zu uns zu holen. Wir möchten Euch also bitten, wenn die Winterstürme zu Ende sind, übers Meer zu kommen und wenigstens unsere Königin zu retten.

Sir Timothy fragte: *Besteht denn Hoffnung, so lange zu überleben?*

Ja. Wir können einen winzigen Spalt freihalten, der den See mit Meerwasser versorgt. Aber sie hungern an dessen Grund, um das nackte Leben zu retten.

Unser König lässt bereits Boote bauen, die seetüchtig sind. Hoffen wir, dass sie rechtzeitig fertig werden, verriet Sir Timothy.

In unserer Welt kommt gleich die Ebbe. Wir müssen die Grotte verlassen. Die beiden kleinen Drachen hoben grüßend die rechte Klaue und das Bild verblasste.

Sir Timothy verwandelte sich zurück. „Gehen wir." Jim trabte gehorsam hinterher. Er wunderte sich, dass sich Sir Timothy zweimal bückte, als nehme er etwas vom Boden auf. Im Licht eines strahlenden Vollmondes traten sie aus dem Berg, dessen Tor Timothy sehr sorgfältig wieder verschloss.

Auf halbem Wege zur Burg drehte er sich zu Jim um. „Vergiss nicht, Sir Ian an das Geschenk zu erinnern."

„Aber Herr!", stotterte Jim.

Lachend setzte Sir Timothy seinen Weg fort.

Schnelle Entscheidungen

Der Knappe träumte die ganze Nacht von den fremden Drachen, die nach ihm zu schnappen versuchten. Jedes Mal schob sich ein riesiger Kopf oder eine Schwinge der eigenen Drachen dazwischen und deutlich hörte er den Satz: Wagt es bloß nicht!

Am Morgen saß Jim auf der Bettkante, ordnete seine Gedanken und lächelte vergnügt. Sir Timothy hatte es hervorragend verstanden, sein Häppchen Mensch zu verteidigen. Der gefleckte Gigant müsste wirklich nur einmal zuschnappen und von ihm wäre nichts mehr übrig. „Nein, da ziehe ich ein friedliches Zusammenleben tausend Mal vor", murmelte er beeindruckt.

Beim Training agierte er diesmal so konzentriert, dass es sich Sir Ian sparte, versteckte Anweisungen zu geben.

Reine Drachenmagie, mein Sohn, erklärte schließlich sein Vater. *Ihr wisst ja, dass Jim darauf besonders sensibel reagiert. Wir hatten in der letzten Nacht tatsächlich ein Zusammentreffen mit zwei Geistwesen der anderen Drachen.*

Natürlich fragte einer der Ritter am Frühstückstisch Jim: „Wie war es gestern?"

Der schaute kurz hoch. „Sir Timothy hat mich nicht befugt, darüber zu sprechen. Aber wie Ihr seht, ich lebe."

Timothy und Ian brachen in schallendes Lachen aus. „Perfekte Antwort."

„Komm her, Jim", bat Sir Timothy. Er hatte eine Hand in seiner Tasche vergraben, zog sie nun hervor und legte dem völlig verdutzten Knappen ein Lederband mit einer handtellergroßen geschliffenen Smaragdscheibe um. „Mein Goldschmied hat sie noch in dieser Nacht bearbeitet. Es ist einer jener Steine, die ich auf dem Boden des Ganges gefunden habe. Du hast ihn dir verdient."

Jim verneigte sich. Mit weichen Knien wankte er zu seinem Platz zurück. Der Kristall strahlte eine angenehme Wärme aus, die sich in seinem ganzen Körper verbreitete.

„Ich glaube, ich bin dir auch etwas schuldig", blinzelte Sir Ian.

„Darf ich mir den Wunsch aufheben, bis ich wieder klar denken kann?", fragte Jim. „In meinem Kopf schlagen die Gedanken Purzelbaum."

Diesmal lachten alle, denn Jim wirkte ziemlich konfus. Er musste sogar mit beiden Händen seinen Becher zum Mund führen, weil er gar so zitterte.

„Mach dir nichts daraus", tröstete ihn Lady Shona. „Das sind oft die besten Leute, die im Dienst ihren Mann stehen, und dann vor Freude beben."

„Natürlich darfst du die Bitte äußern, wenn du möchtest", versprach Sir Ian. „Ich werde es ganz sicher nicht vergessen."

Jim bekam noch eine Auszeichnung. Er durfte mit seinem Herrn in den Nebelwald fliegen und Lady Fran, die ehemalige Königin, besuchen.

Wie immer hüllten die silbrigen Dunstschleier den ganzen Wald ein. Feuchte Kühle stieg bis in den Himmel auf und ließ Jim frösteln, als sie im Tiefflug über die Baumwipfel glitten. Schließlich tauchte Drache Ian in den Dunst ein, um zu landen. Die Lichtung mit dem Häuschen lag unter dem gleichen zähen Nebel begraben, wie der übrige Wald.

„Wenn Lady Fran nach Hause kommt, wird sie den Dunst vertreiben", erklärte Sir Ian. „Dann wirst du staunen, wie wundervoll es hier ist. Komm, wir ziehen uns in den Stall zurück. Dort ist es warm und trocken."

„Lady Fran ist Eure Großmutter, nicht wahr?"

„Stimmt. Trotzdem betrete ich ihr Haus nicht, wenn sie nicht anwesend ist."

„Das würde mir auch nicht gefallen", seufzte Jim. „Sie war schließlich eine große Königin und ich würde mich nicht gut fühlen. Auch wenn sie jetzt ein ganz kleines Schloss aus Holz hat, so ist es doch ihres." Er ließ sich neben seinem Herrn im Stroh nieder.

„Oh schaut! Da liegen überall Eier herum! Ich werde sie in das Körbchen dort bringen, damit wir sie nicht versehentlich zerbrechen."

„Vielleicht sind das Nester und die Glucken kommen gleich wieder", versuchte Sir Ian zu erklären.

Jim schüttelte den Kopf. „Nein, mein Herr, dann wären sie nicht überall verstreut." Er begann, sie vorsichtig einzusammeln.

Er war gerade fertig geworden, als sich fast lautlos die Tür öffnete. „Oh, Besuch!"

Ian fuhr herum, er hatte trotz seiner scharfen Drachensinne nicht bemerkt, wie sich Lady Fran dem Stall genähert hatte. Er sprang auf, um seine Großmutter standesgemäß zu begrüßen. Jim hingegen kniete nieder und wagte nicht, sie anzusehen.

Frans Augen huschten über das Gesicht des Knappen. Fast schien es Ian, als lege sich ein rosiger Schimmer auf ihre Haut. Ihr ohnehin mildes Lächeln wirkte noch eine Spur weicher als sonst.

„Steh auf, mein Junge", wandte sie sich an Jim, ihm beide Hände reichend. „Du bist hier im Waldhäuschen einer Kräuterfrau und nicht in der Königsburg."

„Ihr seid wunderschön", stammelte Jim überwältigt, der sie zum ersten Mal ganz aus der Nähe gesehen hatte. Unter einer Großmutter hatte er sich eine alte Frau vorgestellt. Lady Fran sah wie ein junges Mädchen aus.

„Ah, ein Charmeur", schmunzelte Fran, während Ian amüsiert grinste. Er hatte sich die ganze Zeit auf Jims Gesicht gefreut. Der hatte schon Mühe, zu begreifen, dass Lady Shona blutjung aussah und trotzdem Sir Ians leibliche Mutter war. Dass er über deren Mutter völlig ins Staunen geraten werde, war also vorhersehbar gewesen.

„Kommt ins Haus!", rief Fran, zeigte auf den Korb und bat Jim: „Sei so gut, ihn mir in die Küche zu tragen."

Mit einem heftigen Nicken, weil seine Kehle wie zugeschnürt war, erfüllte Jim den Wunsch. Fran blinzelte Ian zu. Der Kleine gefiel ihr nicht nur, er berührte etwas tief in ihrem Inneren.

„Ihr seid nicht die Einzige, die ihm wohlgesonnen ist", verriet Ian. „Er war mit meinem Vater im Berg, wo er die Wasserdrachen gesehen hat."

„Jetzt sagt nicht, dass er auch ..."

Ian amüsierte sich über Lady Frans große Augen. „Doch, genau das tut er. Er versteht sie, unsere geheime Sprache."

„Aha, ein Charmeur, vor dem man sich in vielerlei Hinsicht in acht nehmen muss!" Sie steckte ein paar Eier ins kochende Wasser, reichte ihren Gästen heißen Brombeertee und schnitt Brot auf. Ganz nebenbei las sie in Jims Gedanken.

„Nein, Herr Knappe, ich habe keine Diener. In diesem Wald gibt es nur mich und unzählige Tiere. Hier lebe ich als heilkundige Kräuterfrau, die den Menschen Salben und Tinkturen mischt, um ihnen ihr kurzes Leben ein bisschen zu erleichtern, wenn sie von Krankheiten geplagt werden.

Auch, was du über die Hexe und den Drachen, die hier leben sollen, gehört hast, ist nicht unbegründet. Ich bin beide. Wobei nur ganz dumme Menschen glauben, dass ich ihnen schaden will. Die anderen sind dankbar, wenn ich ihnen helfe. Und glücklicherweise sind diese weit in der Überzahl.

Ich weiß, dass du bald mit uns Drachen in ein fernes Land aufbrechen wirst. Ich möchte nach dem Essen sehen, ob du im Kampf gut improvisieren kannst."

Ian schaute Fran verblüfft an. „Ist das wirklich Euer Ernst? Jim lebt erst seit wenigen Wochen auf Emerald Castle."

„Mein lieber Sir Ian, das spielt keine Rolle. Der Tod fragt nicht, ob jemand viel oder wenig geübt hat. Er kommt mit Gewalt oder auf ganz leisen Sohlen. Euerem Knappen werden buchstäblich alle Griffe erlaubt sein, wenn er gegen mich antritt."

Jim riss die Augen auf, kratzte sich am Kopf und spitzte die Lippen. Das roch ganz nach einem Kampf gegen einen echten feuerspeienden Drachen. „Ich darf also auch völlig unfair sein und hinterhältige Tricks anwenden?"

„So ist es", bestätigte Lady Fran. „Kennst du denn welche?"

„Hmm. Ein paar. Ritter Kunz hat nie ehrlich gegen uns Knappen gekämpft, da flogen ..." Er hielt sich rasch den Mund zu. „Ach herrje, jetzt hätte ich fast was ausgeplappert, das mir dann von Nutzen sein könnte!"

Fran und Ian begannen zu lachen. „Es dürfte also ziemlich interessant werden. Toll, dass du keine Furcht zeigst, obwohl du ahnst, womit du es zu tun haben wirst", sagte Lady Fran zufrieden.

Jim hob die Schultern. „Weglaufen wäre ja doch keine Lösung. Dann hätte ich unter Umständen gleich zwei Drachen im Nacken, wo ich ja noch nicht mal einem ernsthaft Ärger machen kann. Also versuche ich einfach, meine Haut so teuer wie möglich zu verkaufen. Denn Kerben im Pelz wird es ganz sicher geben."

Dann huschte ein verschmitztes Lächeln über sein Gesicht. „Aber ich habe gehört, dass hier eine ganz nette Kräuterfrau wohnen soll, die mich vielleicht wieder zusammenflickt, wenn mich ein Drache anknabbert."

Sir Ian ließ vor Lachen das Brot aus der Hand fallen. Jim hatte sich in den letzten Wochen zu einem wirklich selbstbewussten Knaben gemausert, der sich ohne Murren dem Unvermeidlichen stellte und zudem echten Galgenhumor bewies. Vielen Kontrahenten grub er den Schneid ab, indem er sein Licht unter den Scheffel stellte und plötzlich explodierte, wenn sie sich bereits auf der Siegerstraße wähnten.

Lady Fran betrachtete ihn von Kopf bis Fuß. „In einem Stück, Herr Knappe, gefällst du mir besser. Auch wenn ich ein Kampf- und kein Zauberdrache bin, hoffe ich, dass all meine guten Wünsche für dich in Erfüllung gehen werden."

Er hat etwas, das auch Euerem Vater als Knabe eigen war, hörte Ian ihre Stimme. Nur war er selber noch zu jung, um den ganzen Sinn dieser Worte aus dem Mund einer

Dame zu begreifen. Für ihn war nur sicher, dass etwas richtig Großes in Jim schlummerte, das um jeden Preis bewahrt werden musste, damit es eines Tages hervorbrechen könne.

„Habe ich dir den Appetit verdorben?", fragte Fran, weil Jim den Teller zur Seite schob.

„Nein, Mylady. Ich möchte nur nicht der Völlerei frönen, weil ich einen schweren Kampf vor mir habe. Selbst dann nicht, wenn es die letzte Mahlzeit meines Lebens wäre."

Wenn Jim nur ein paar Jahre älter gewesen wäre, dann hätte ihm das darauf folgende Lächeln ganz sicher wohlige Schauer über die Haut gejagt. Aber Jim machte sich bereits mental kampfbereit und hätte wohl auch das völlig ignoriert.

Nur Ian hob für einen kurzen Moment erstaunt den Blick.

Zum Nachdenken kamen beide jungen Männer nicht, denn Lady Fran bat sie auf die Wiese. Ian hatte einzig die Aufgabe, seinen Knappen zu beobachten, um für spätere Kämpfe Fehler zu analysieren. Dass er ihm keine Hilfestellungen geben durfte, verstand sich von selbst.

Jim verzichtete auf einen Komplettharnisch. Um gegen einen Drachen zu bestehen, wäre ihm diese Last nur hinderlich gewesen. Brustpanzer, Helm und Kettenhandschuhe mussten genügen, das Trainingsschwert, Dolche, Bogen und Schild sicher führen zu können.

„Ich bin bereit", sagte er, als er seiner Kontrahentin gegenübertrat.

„Beginnen wir", erwiderte sie und verwandelte sich.

Ian hielt den Atem an. In allen Zeiten war es stets so gewesen, dass, wenn sich ein Drache und ein Mensch in Waffen gegenüberstanden, einer von ihnen, wenn nicht gar beide, den Tod finden mussten, weil sie in feindlichen Lagern kämpften. Lady Fran war dabei eine der gerissensten und tödlichsten Kriegerinnen, wie Ian aus sicherer Quelle wusste. Er drückte Jim so fest die Daumen, dass es knackte.

Fran hatte sich in Vollpanzerung in ihre brandrote Drachengestalt verwandelt, um einigermaßen sicher vor Verletzungen zu sein. Sie begann, mit den Klauen nach Jim zu fassen und gleichzeitig mit dem Maul nach ihm zu schnappen.

Der versuchte, sie mit Schwert und Schild abzuwehren, merkte, dass er damit nicht weiterkam, schlüpfte unter ihren Körper und wollte mit dem Schwert zustechen. Da fegte ihn auch schon die pfeilblattförmige Verdickung an ihrem Schwanzende von den Füßen.

Jim rollte herum, um nicht zertrampelt zu werden, denn Fran stellte sich auf die Hinterbeine. Ehe er ihr den Dolch ins Bein rammen konnte, hob sie mit mächtigem Flügelschlag ab. Doch selbst aus der Luft entwischte er ihr immer wieder. Als sie ihn sicher in ihrer Klaue wähnte, ließ er sich zwischen Schild und ihren Schuppen hindurchrutschen und aus mehreren Fuß Höhe zu Boden fallen. Zwar verstauchte er sich den Knöchel, war aber bravourös entkommen.

Vorerst.

Denn nun begann Fran, Feuer einzusetzen. Ohne Schild blieben Jim kaum Möglichkeiten, sich notdürftig zu schützen. Er riss sogar seinen Helm vom Kopf, ehe der sich zu sehr aufheizen konnte. Weil der kein Visier hatte, nutzte er auch nichts gegen die blendende Helle der Flammen.

Jim schleuderte in seiner Verzweiflung schließlich seinen letzten Dolch gegen die Angreiferin. Zur Verblüffung aller blieb er im Schuppenpanzer des Drachens stecken.

Du hättest mich soeben tödlich verwundet, trüge ich keinen doppelten Panzer, hörte er, zutiefst über diese Aussage erschreckend, Lady Frans Stimme, die nun auch den Kampf beendete.

„Glückwunsch zum ersten fast erlegten Drachen!", rief sie, mit Ian die Feuer auf der Wiese löschend.

„Das ist nicht lustig", murmelte Jim. „Wie hätte ich damit leben sollen?"

Fran kam heran. „Du bist der ungewöhnlichste Knappe, den es, seit Sir Timothy, gegeben hat, das steht außer jedem Zweifel. Statt dich zu freuen, so lange gegen ein Ungeheuer bestanden zu haben, würdest du lieber noch um Verzeihung bitten, obwohl ich die Regeln festgelegt habe.

Na, komm her, lass mich deine Wunden behandeln, du stehst offensichtlich so unter Schock, dass du sie nicht einmal bemerkst."

Jim hinkte über die Wiese zum Haus. Sich stützen zu lassen, obwohl der Schmerz beim Gehen durch den ganzen Körper raste, hielt er für unter seiner Würde. Noch bevor er die Tür erreichte, löste sich der Schockzustand und er begann, die anderen Blessuren mehr als deutlich zu spüren.

„Erst einmal die stark blutenden Verletzungen", erklärte Fran, seinen verschmierten linken Unterarm genauer betrachtend.

„Ein Biss?", fragte Ian erstaunt.

„Muss eine ziemlich große Eidechse gewesen sein", stellte Jim lakonisch fest, denn einer der dolchspitzen Zähne des roten Drachens hatte neben den Knochen den Arm glatt durchlocht, ohne große Blutgefäße zu zerreißen.

Ian lachte Tränen über so viel Kaltblütigkeit. Logisch, dass Lady Fran eine Erklärung forderte und Jim seine Geschichte auch ihr erzählen musste.

„Man soll sich eben niemals mit geschuppten Wesen anlegen, egal, ob Drachen, Eidechsen oder Schlangen, das gibt nur Ärger", schmunzelte Jim, interessiert zuschauend, wie sie den Bisskanal mit Kräutersud spülte, einsalbte und mit einem sauberen Leinentuch verband.

„Weise Worte", bestätigte Fran, noch ein paar Abschürfungen und Brandwunden behandelnd, ehe sie sich dem verstauchten Knöchel widmete, der inzwischen auf über das doppelte Maß angeschwollen war.

„Kühlen, kühlen, kühlen und ein paar Tage ruhig halten", legte sie fest. Das entsetzte Gesicht Jims veranlasste sie, seufzend zu ergänzen: „Mit Krücken, auf einem Bein, darfst du natürlich herumwandern."

Kampfbereit

Als die Sonne die letzten Strahlen vom Himmel schickte, brachen die beiden Gäste zum Rückflug auf. Sir Timothy und Lady Shona erspähten vom Fenster aus, wie ihr Sohn mit seinem Knappen auf dem Hof landete und jener mit zwei improvisierten Krücken aus Astgabeln zum Haus hinkte.

„Du bist doch nicht etwa vom Drachen gefallen?!", rief Sir Timothy, als Jim in den Saal trat.

Alle Köpfe wandten sich diesem ruckartig zu.

„Leider ja, mein Herr." Jim verbeugte sich, so gut es ging.

Lady Shona hob die Augenbrauen. „Das ist doch ein Scherz? Oder?"

„Ganz und gar nicht", erwiderte Jim. „Ich bin tatsächlich aus ziemlicher Höhe auf den Boden gesprungen und habe genau ein Grasbüschel getroffen."

„Oh nein! Du siehst überhaupt furchtbar aus!" Shona betrachtete das zerschundene Gesicht und den dick verbundenen Arm. „Was ist wirklich geschehen?"

„Kampftraining gegen einen feuerspeienden roten Drachen, dem ich buchstäblich im letzten Moment aus der Klaue gleiten konnte." Jim lehnte seine Krücken an die Wand und setzte sich vorsichtig auf den Stuhl, welchem ihm Lady Shona anbot.

„Das kann ich genau so bestätigen", meldete sich Sir Ian zu Wort und erzählte den gesamten Sachverhalt so plastisch, dass selbst die gestandenen Ritter den Drachenatem zu riechen glaubten.

Sir Timothy schüttelte fassungslos den Kopf. „Oh ha! Dafür siehst du aber ausnehmend gut aus. Vor allem, wenn man weiß, dass Lady Fran sonst verbrannte Erde und kaum noch kenntliche Leichen hinterlässt, wenn sie gegen Todfeinde kämpft."

„Du hast es tatsächlich geschafft, meiner Mutter einen Dolch zwischen die Schuppen zu treiben?" Lady Shona wollte es noch immer nicht glauben.

„Ja, Herrin. Wir haben uns ihren Brustpanzer genau angeschaut, er hat exakt dort, wo das Herz sitzt, eine tiefe Delle bekommen, wie sie auch Pfeilspitzen von Langbögen hinterlassen. Dabei habe ich sie niemals auch nur verletzen wollen."

Ach, mein lieber Jim, du hast ihr mitten ins Herz getroffen. Für mich ist es wundervoll, das zu wissen. Wenn du etwas älter bist, wirst du meine Worte verstehen. Bis dahin solltest du dich nicht grämen, weil du eine Waffe auf sie gerichtet hast. Es waren ihre Regeln und du hast jede davon getreulich befolgt.

Jim fühlte sich gleich viel besser. *Danke, meine Herrin!* Beinahe jeder verwies auf das Älterwerden und Jim beschloss, jene zu beobachten, die bereits ein paar Jahre mehr als er gelebt hatten.

Zum Beispiel Sir Ian. Der war jetzt fast 16 und oft nächtelang mit dem jungen Ritter George unterwegs. Weil George selber keinen Knappen hatte, verrichtete Jim in diesen Stunden Dienst für beide Herren. Schnell fand er heraus, dass sie sich mit den Dirnen des Städtchens vergnügten. Und was man dort tat, darüber hatten die anderen Ritter oft genug lautstark debattiert, wenn sie glaubten, die Knappen seien außer Hörweite.

Wenn Jim nach solchen Ausritten die Pferde zurück in den Stall brachte, hatte er oft genug Männer aufgeschreckt, die mit jungen Mägden seiner Herrschaften tief im Heu steckten, und genau das Gleiche taten, ohne dafür bezahlen zu müssen. Die meisten waren aber so miteinander befasst, dass sie nicht einmal merkten, wie er hereinkam und sich nun extra viel Zeit nahm, die Rösser zu versorgen.

Zudem entging ihm nicht, wie verzückt alle Mädchen schauten, wenn sie Ritter Ian zu Pferde ansichtig wurden. Als sie einmal allein auf der Jagd waren, sprach Jim genau dieses Thema an, um sich zu vergewissern, keine falschen Schlüsse gezogen zu haben.

Ian beantwortete völlig unbefangen jede Frage, wusste er doch, dass Jim kein Schwätzer und auf dem besten Wege war, auch das Interesse der holden Weiblichkeiten zu erwecken. Es hatte nicht nur einmal geheißen, sein Knappe sei nicht nur der teuren Stoffe und gediegenen Waffen wegen, eine Augenweide. Dann war da ja auch noch der vielsagende Blick von Großmutter Fran ...

Einige Tage nach diesem Gespräch brachte ein Knecht ein paar gute Stuten zum Decken und Jim begriff schlagartig, auf welche Weise auch er in den Bauch seiner Mutter gelangt sein musste. Dann verfärbte er sich zornesrot.

„Was hast du?", fragte Ian, der sich keinen Reim auf all das machen konnte.

„Ich habe soeben kapiert, was es bedeutet, dass mich Kunz aus meiner Mutter herausprügeln wollte", stieß Jim voller Hass hervor.

Ian nahm ihn an beiden Schultern. „Tu mir einen Gefallen, dreh jetzt bitte nicht durch. Lass uns lieber beratschlagen, was das Sinnvollste ist."

„Ja, Herr. Ich versuche, vernünftig zu sein."

„Gut. Aus deinem Mund nehme ich es als Versprechen." Er zog ihn zum hinteren Ende der Burgmauer, deutete auf eine steinerne Bank und setzte sich mit Jim.

„Hast du noch Schmerzen vom letzten Turnier?", lautete die erste Frage.

„Manchmal."

„Nicht gut. Wir sollten umgehend Lady Fran aufsuchen. Zweitens: Kennst du den Turnierplan meines Vaters?"

„Ja, den kenne ich sogar auswendig." Jim begann aufzuhorchen.

„Drittens: Fühlst du dich in der Lage, ein Winterturnier auf Eis und Schnee zu reiten, vorausgesetzt, die Schmerzen sind bis dahin verschwunden?"

„Ja, natürlich. Wenn Ihr befehlt, dass ich reiten soll, dann werde ich es machen, egal ob mit oder ohne Schmerzen." Jim überlegte angestrengt, was sein Herr wohl wirklich von ihm wollte, denn von Knappenspielen hatte nichts auf dem Pergament gestanden.

„Hör genau zu: In nicht einmal zwei Wochen findet das große Stechen von Whitecastle statt. Kunz wird garantiert als Zuschauer anwesend sein, wie immer.

Ich habe vor, dich in eine prunkvolle Rüstung zu stecken und als den *Roten Ritter* in den Kampf zu schicken. Du hast gute Chancen, einen der vorderen Plätze zu belegen, denn es werden ausschließlich Menschen kämpfen. Denen bist zu inzwischen sehr gut gewachsen und oft überlegen. Schaffst du es unter die besten drei, dann darfst du dir einen Gegner wählen. Schaffst du es nicht, dann wirst du Kunz öffentlich beleidigen, dass er von sich aus einen Kampf fordern muss, um nicht als Waschlappen dazustehen."

„Ihr seid genial!" Jim riss die Faust in die Höhe.

„Los! Sehen wir zu, dass wir Lady Fran antreffen. Ihre Heilkunst wird dir Kraft verleihen!" Er verwandelte sich auf der Stelle und stieg fast senkrecht mit Jim in den Himmel.

Fran glaubte zu träumen, als sich zu ungewöhnlicher Stunde zwei sehr gut bekannte Energien näherten. Sie wartete bereits eine Weile auf der Wiese, als Drache Ian seinen Reiter absetzte.

„Ich war in Sorge, Euch könne etwas geschehen sein!", rief sie.

„Wir brauchen Hilfe", verriet Ian. „Und es gibt niemanden, dem mehr daran gelegen sein dürfte, dass unsere Wünsche wahr werden."

Fran schaute sich die schlecht verheilende Risswunde an, die sich Jim beim letzten Turnier zugezogen hatte. „Die Spatzen pfeifen es bereits von den Dächern, dass du keinem Scharmützel ausweichst", seufzte sie. „Du bist groß und unglaublich stark geworden. Trotzdem solltest du den Winter nutzen, um für den Kampf am anderen Ende der Welt Kraft zu schöpfen."

„Ich habe vorher noch etwas Dringendes zu erledigen, meine Herrin. Das ist der Hauptgrund, warum wir hier sind."

„Ich höre!" Fran mischte eine neue Salbe für Jim und ließ sich den Plan erklären, welchen Ritter Ian ausgeheckt hatte.

„Im Großen und Ganzen bin ich damit einverstanden, was Ihr vorhabt. Nur solltet Ihr Sir Timothy nicht kompromittieren. Der Rote Ritter wird deshalb unter meinem Banner antreten." Sie zog Wimpel und Umhang aus einer Truhe, auf dessen moosgrünem Grund ein roter Drache mitten in eine weiße Nebelwolke eingestickt war.

„Es soll von nun an dir gehören. Du musst mir nicht danken, Jim, nur Kunz eine ordentliche Abreibung verpassen, denn die hat sich dieser feige Dreckskerl schon lange verdient."

Die wenig damenhafte Wortwahl rief ein breites Grinsen bei Jim und Sir Ian hervor.

„Man passt sich halt recht schnell den Bauern an, mit denen man ständig zu tun hat", kicherte Fran schelmisch. Sie steckte Jim ein Tiegelchen Salbe zu und küsste ihn auf die Stirn. „Ich weiß, dass du alle aus dem Feld schlagen kannst, obwohl dir noch ein paar Jahre fehlen, um ein ganzer Mann zu sein. An Kraft mangelt es jedenfalls nicht, auch nicht am Willen. Mach sie nieder und räche dich an deinem Peiniger. Gutes Gelingen!"

Da Jim immer wie ein Schatten seinen Herrn begleitete, wunderte sich auch niemand, was beide noch in der Nacht so lange in der Waffenkammer trieben. Sie fahndeten nach rotem Rüstzeug, Waffen und Zubehör, um Pferd und Reiter prunkvoll und kampftauglich ausstatten zu können.

Ian entschied schließlich, einen Harnisch mit prachtvoll geätzten Drachen zu nehmen, der an allen Rändern mit rotem Wildleder eingefasst war. Die Stickereien des Umhanges passten hervorragend zum Gesamtbild. Die Krebspanzerplatten der Rüstung gewährleisteten volle Beweglichkeit.

Ein guter Schild war ebenfalls rasch gefunden und der Waffenmeister versprach, ohne jemals ein Wort verlauten zu lassen, in den nächsten Tagen das Wappen des Roten Drachens darauf anzubringen. Der kleine Beutel Goldstücke, welcher natürlich rein zufällig in seiner Hand landete, garantierte Schweigen sowie eine gediegene Arbeit.

Vier Tage vor dem Turnier hielt der Winter richtig Einzug. Klirrende Kälte, gepaart mit Schneefall, verwandelte das Marsfeld vor der Burg in eine gleißende Kristalllandschaft, die voller Tücken steckte. Von überallher näherten sich die Züge der Ritter und Gäste des zweitägigen Festes, das nur die ganz Harten auf sich nahmen. Unzählige Feuer brannten, an denen sich die Feiernden und die Akteure aufwärmen konnten.

Jim hatte sein Pferd erst vor Ort mit spitzen Stollen an den Eisen beschlagen lassen, die sich ins Eis bohren und ihm Halt geben sollten. So blieb die Aktion den teilnehmenden Rittern von Emerald Castle verborgen. Sir Ian rieb sich die Hände. Sein Knappe hatte ein helles Köpfchen und werde es goldrichtig einsetzen.

Wenige Augenblicke vor Anmeldeschluss tänzelte ein Rappe über die verschneite Ebene, auf dessen Rücken ein stolzer Ritter mit geschlossenem Visier saß und direkt auf den Turniermeister zuhielt. „Schreibt mich ein, guter Mann."

„Wen darf ich notieren?"

„Den Roten Ritter."

„Wollt Ihr denn nicht Euern Namen ausrufen lassen?"

„Das hat nach meinem Sieg noch Zeit genug." Der Ritter verschwand zwischen den Zelten.

Kopfschüttelnd schaute ihm der Turniermeister hinterher. Er war ganz sicher, diese Stimme noch nie gehört zu haben. Selbst das Banner hatte er nie zuvor gesehen.

„Wer ist das?", fragte Lady Shona in die Runde, weil alle über den Fremden nachforschten. „Hat jemand das Wappen erkannt?"

„Keine Ahnung. Ich werde Jim auf ihn ansetzen, der bekommt alles heraus." Sir Ian lehnte sich entspannt zurück. Die beste Erklärung, wenn einer fragen sollte, warum sein Knappe nicht bei ihm war. Solche Nachforschungen dauerten schließlich ihre Zeit.

Noch ein Rappe näherte sich über die Wiesen. Doch dieser trug keinen Ritter, sondern eine Dame in weitem Pelzumhang und Bärenfellstiefeln.

„Das ist Lady Fran!", rief Sir Ian hocherfreut, ihr mit raumgreifenden Schritten entgegeneilend. Er hob sie vom Pferd und führte sie zu den anderen.

Fran spielte ihre Rolle perfekt. „Wo habt Ihr Euern Knappen gelassen, Sir Ian?"

„Der ist unterwegs, um den Fremden in der roten Rüstung auszuspionieren", lachte Ian. „Ihr kennt doch Jim. Wenn er nicht bestens informiert ist und mir nicht guten Bericht erstatten kann, dann ist er tagelang unzufrieden."

„Diesen Spaß gönne ich ihm von ganzem Herzen." Fran nahm die Begrüßungen durch die anderen mit strahlendem Lächeln entgegen.

„Schön, dass Ihr Euch aus dem Wald herausgewagt habt", freute sich Shona.

Fran hob eine Augenbraue. „Ich werde mir doch nicht das beste Turnier des ganzen Jahres entgehen lassen."

Sir Timothy hob den Kopf. „Nun verstehe ich gar nichts mehr."

„Ab und zu muss man mal andere Gesichter, als die sorgenvollen der kranken Bauern sehen." Fran kuschelte sich neben ihrer Tochter fest in ihren warmen Umhang.

Die zwanzig Geharnischten erschienen hoch zu Ross, um sich auf ein Hornsignal hin, zu ihren Plätzen zu begeben. Der Rote Ritter stach durch seine gediegene Ausstattung aus der Menge hervor. Er trug nicht, wie die anderen graue Wollstümpfe in seinen Metallschuhen. Nein, da schauten die hellen Haare umgedrehter Kaninchenfelle heraus.

„Ich kann mir nicht helfen, ich muss diese Rüstung schon einmal gesehen haben", murmelte Sir Timothy. „Wenn man doch wenigstens die Wappen erkennen könnte! Den ganzen Tag weht der Wind, und wenn mal ihn mal braucht, dann ist er eingeschlafen. Kommt, Herr Ritter, dreht Euch wenigstens einmal um, damit ich auf Euern Umhang schauen kann!"

Ian grinste in sich hinein.

Dann begannen die Lanzenritte.

Einige ärmere Ritter, die gehofft hatten, hier ihre klamme Kasse auffüllen zu können, stellten rasch fest, dass sie am falschen Ende gespart hatten. Mit normalen Eisen rutschten die Pferde und es war eher Glück, wenn die Lanzenspitze überhaupt den Gegner traf. Auf dem vereisten Boden zogen sich Stürzende schwere Verletzungen zu. Schon bei den ersten sechs Paarungen gab es gleich acht Armbrüche, welche die betreffenden Herren zur Aufgabe zwangen. Zwei Pferde mussten den Gnadenstoß erhalten, weil sie mit gebrochenen Beinen liegen geblieben waren.

„Ziemlich blutige Veranstaltung", sorgte sich Lady Shona.

„Das sagt Ihr wahre Worte, meine Liebe", seufzte Fran. „Hoffentlich passiert dem schmucken Roten Ritter nichts."

„Wie?" Sir Timothy schnellte vor. „Kennt Ihr ihn etwa?"

„Ich denke schon. Ihr solltet jetzt ganz genau auf das Wappen achten. Vielleicht geht Euch ja ein winziges Licht auf." Fran zuckte fröhlich mit den Schultern.

„Es ist wie verhext!" Sir Timothy fasste sich an den Kopf. „Jetzt startet er von der anderen Seite! Ein Künstler, wer da das Wappen sehen kann!"

„Oh, ist der gut ausgerüstet", rief Sir Ian. „Sein Pferd trägt Winterschuhe, wenn Ihr versteht, was ich sagen will."

„Und ob!" Sir Timothy wandte kein Auge von dem Fremden. „Da fliegen auch schon die Eisbrocken und ... oh, ha und der Gegner! Das hat sicher wehgetan. Verdammt, jetzt habe ich wieder nicht auf das Wappen geachtet! Hat es von Euch einer gesehen?"

Fran zuckte mit dem Augenlid und Ian ließ sich vernehmen, als mühe er sich noch, Genaueres zu erkennen. „Es ist eine Wolke mit einem roten Drachen im Zentrum."

„Aber das ist doch Mutters ...", mehr konnte Lady Shona nicht sagen, denn Fran begann, silberhell zu lachen. „Richtig, der junge Mann kämpft unter meinem Banner. Und bis jetzt recht ehrenvoll."

„Wo steckt denn nur Jim?" Ian schaute sich suchend um.

„Irgendwo da hinten, wo die beiden braunen Zelte sind", erwiderte Fran. „Da soll es gutes Naschwerk geben."

„Hoffentlich bringt er mir was mit", seufzte Ian und wandte sich wieder dem Turnierplatz zu.

„Schaut mal, da ist der Rote Ritter wieder. Das Pferd seines Gegners hat auch Nägel an den Eisen." Shona reckte den Hals, um Mutters geheimnisvollen Recken zu beobachten.

„Um den muss sich Lady Fran wohl keine Sorgen machen", erklärte Ian. „Der ist doch die personifizierte Ruhe. Schaut mal, wie bedächtig der die Lanze in den Rüsthaken legt. Er hat Vertrauen in seine Waffe, auch wenn die vom ersten Stoß etwas abgeblättert ist. Toller Kämpfer!"

Da krachte es auch schon, beide Ritter wurden durchgeschüttelt, blieben aber fest in den Sätteln.

„Gleiche Punktzahl", stöhnte Shona.

„Was ziehen denn da für dunkle Wolken auf?", fragte jemand.

„Das ist unser König mit seinem Gefolge!" Sir Timothy ließ das Stechen für eine halbe Stunde unterbrechen.

Gut so, hörte Ian Lady Frans Stimme. *Da kann sich unser junger Held ein bisschen erholen.*

Rache ist süß

Sir Vincent staunte sehr, Lady Fran ausgerechnet bei einem Winterturnier zu treffen. Noch mehr, als er erfuhr, dass einer der besten Ritter für sie in den Kampf gezogen war. Allerdings verriet sie ihm genau so viel wie den anderen – nämlich nichts. Schmunzelnd setzte sich der König neben sie und drückte schon nach kurzer Zeit ebenfalls dem Roten Ritter die Daumen.

„Geht er für Euch auf Freiersfüßen?", fragte er trotzdem noch.

Fran lachte herzlich. „Ach i wo! Zwar liebt er mich sehr, aber nicht in meiner Eigenschaft als Frau. Er vergöttert mich als eine Wohltäterin. Der junge Mann hat ganz andere Ziele, von denen er sich auch von einer Frau nicht ablenken lassen würde."

Ian feixte sich eins, wie Fran die Fantasie der anderen in eine völlig falsche Richtung dirigierte.

„Da waren es nur noch fünf!", frohlockte Shona, als der rot Gewandete seinen Kontrahenten aus dem Sattel hob und unsanft aufs Eis schickte.

„Guter Mann!", staunte Vincent. „Lady Fran, ich werbe ihn Euch ab!"

„Daraus wird wohl nichts werden, mein lieber Sir Vincent. Er ist bereits einem Herrn fest verpflichtet. Allerdings habt Ihr Glück, dass dieser wiederum direkt in Euern Diensten steht."

„Ich platze vor Neugier!" Shona nestelte an ihrem Schal herum. „Ich will endlich wissen, wer das ist!"

„Gemach, meine Liebe, gemach." Fran wickelte sich wieder in ihre Pelze.

„Ist genau so spannend, wie Euer Kampf, um Ritter zu werden", wandte sich Sir Vincent an Ian.

„Wenn dem Fremden, falls er gewinnt, nur auch solch große Ehre zuteilwürde", antwortete Ian leise. „Aber für ihn wird es schon das Größte sein, zu wissen, dass Ihr, der König, seinen Kämpfen zuschaut und ihn anfeuert."

Jim stand in der Tat völlig unter Strom. Zuerst hatte er zufällig Lady Fran entdeckt und dann war auch noch der König erschienen. Sein Adrenalinausstoß hatte Höhen erreicht, die ihn fast schmerzunempfindlich machten. Noch drei Reiter, von denen er gegen mindestens zwei antreten musste, auch wenn einer bei der nächsten Runde zu Boden ginge.

„Ja!" Shona klatschte in die Hände. „Zwei Ausfälle! Auf zum Endkampf!"

Diesmal schickte Sir Ian seine mühsam aufrechterhaltene äußerliche Ruhe zum Teufel. „Sieg für Lady Fran und das Geschlecht der Emeralds!", brüllte er über den Platz.

Der Rote Ritter hob die Lanze. „Sieg!", dröhnte es dumpf unter seinem Helm hervor.

Sein Rappe schien nicht einmal den Boden zu berühren. In einer Wolke aus glitzernden Eiskristallen stürmte er auf den Gegner los. Es krachte mörderisch, als seine Lanze brach, die sich im Kinnriemen des anderen Ritters verhakt hatte, und diesen mit Wucht zurückriss.

„Sieg! Sieg! Sieg!" Sir Ian hätte am liebsten die ganze Welt umarmt.

„Lasst uns hören, wen sich der Rote Ritter als Gegner für seinen Schaukampf wünscht!", rief der Turnierleiter in die Menge.

„Ich wähle Sir Kunz von Kuckucksstein. Die Waffe kann er sich aussuchen."

„Ohhhhhh ha. Da wird Jim mächtig was entgehen, wenn er nicht in den nächsten Sekunden hier erscheint", prophezeite Sir Timothy.

„Glaub ich nicht", tröstete ihn Ian. „Der ist sicher hautnah am Geschehen."

Fran kicherte. „Auf alle Fälle näher, als Kunz recht sein dürfte."

Selbiger Kunz erschien erst auf dem Platz vor der Tribüne, als ihn der Kampfrichter zum zweiten Mal aufforderte. Bis dahin hatte er geglaubt, zu halluzinieren. Er konnte sich auch nicht erinnern, dem Fremden je begegnet zu sein. Ominös, wie der ausgerechnet auf ihn kam, um seinen Triumph komplett zu machen. Nur steckte er, Ritter Kunz, jetzt bis über beiden Ohren in einer Nummer drin, aus der er nicht ungeschoren herauskam.

„Wählt die Waffen!", forderte ihn der Rote Ritter im selben Moment auf.

Unter dem Gelächter der Zuschauer tastete Kunz nervös seine Rüstung ab, als wisse er nicht, wo er sein Handwerkszeug zuletzt gesehen habe.

„Wollt Ihr tanzen oder kämpfen?", fragte der Rote Ritter schließlich, als sich Kunz zum wiederholten Male zur Seite drehte, um den verrutschten Schwertgurt zu richten.

Das Publikum begann zu johlen. Der unbekannte Fremde konnte nicht nur hervorragend kämpfen, er hatte auch eine gehörige Portion Humor.

Endlich hatte Ritter Kunz gefunden, was er suchte. „Ich will einen Schwertkampf, wenn er sich nicht vermeiden lässt."

Die Zuschauer pfiffen bei diesen Worten höhnisch. Zwei Knappen nahmen die übrigen Waffen der beiden Kontrahenten entgegen.

„Kunz verlässt sich auf seine Körpermasse und darauf, dass sein Gegner schon sehr ermüdet ist", murmelte Sir Ian. „Wenn er sich da mal nicht tödlich irrt."

Lady Fran, für die der junge Ritter gesiegt hatte, gab das Zeichen für diesen allerletzten Kampf. *Macht ihn fertig,* fügte sie hinzu.

Aber gern doch!

Ein Schauspiel begann, das die Zuschauer toben ließ!

Jim, lange genug in ärmlichen Verhältnissen zu Hause, hatte in die Trickkiste gegriffen. Niemandem war bis zu diesem Moment aufgefallen, dass er seine Eisenschuhe ab- und die Hasenfelle andersherum übergestreift hatte. Kunz trug Stiefel mit glatten Sohlen und mühte sich sehr, das Gleichgewicht und seinen Gegner in Schach zu halten. Den schien das wenig zu interessieren. Mit seinen nach außen gedrehten Fellen hatte er festen Halt und führte Kunz dem Publikum regelrecht vor.

Nach einigen Minuten hatte Jim genug der Albernheiten, er drang mehrmals wie eine Ramme auf Kunz ein, warf ihn zu Boden, wand das Schwert aus dessen Hand und drückte sein Eigenes an Kunzens Kehle.

„Wagt es nicht, in den Schnee zu fassen, dann ziehe ich meinen Stahl ganz langsam durch Euern Hals!", drohte er. „Aber eigentlich seid Ihr so viel Mühe nicht wert." Jim stand auf und wandte sich zum Gehen.

„Halt, Herr Ritter! Wollt Ihr Eurem König nicht sagen, wie Ihr heißt?", rief der Kampfrichter.

Der rot Geharnischte blieb stehen, nahm sehr langsam den Helm und die Kettenhaube ab. „Man nennt mich Jim. Ich bin der Knappe Sir Ians of Emerald Castle und habe im Dienst Lady Frans, der Herrin des Nebelwaldes, hier gekämpft."

Klatschen, Stampfen, Jubelrufe! Jim winkte in die Menge, ehe er sich vor dem König, Lady Fran und seinem eigentlichen Dienstherrn verneigte, der so breit und genüsslich grinste, wie kein anderer.

König Vincent baute sich vor Jim auf, stemmte die Hände in die Seiten und versuchte, böse zu schauen. „Da brate mir doch einer einen Storch! Kommt ein Knappe daher und stiehlt den Rittern vor den Augen des Königs die Schau! Weißt du, was ich dafür mit dir mache? Nein? Ich ziehe mein Schwert und schlage ..."

... *dir den Kopf ab*, vollendete Jim in Gedanken den Satz.

Es war totenstill geworden und die meisten schienen, wie Jim gedacht zu haben.

Erst als der König schallend zu lachen begann, merkten er und die anderen, dass dieser etwas ganz anderes hatte sagen wollen.

„Nein, mein Lieber, ich bringe mich doch nicht selber um die besten Männer! Ich schlage dich zum Ritter. Erhebt Euch, Sir Jim!"

Am Rande des Platzes sackte Kunz bewusstlos zusammen. Einerseits, weil ihn soeben der Schock getroffen, andererseits, weil Jims Rammstöße seinen Organen nicht gerade gut getan hatten.

Als man ihn, in einem Umhang als Trage, an der Tribüne vorbeischleppte, machte er soeben wieder die Augen auf und hörte Jim sagen: „Auf dass Ihr wisst, wie es sich anfühlt, einer Mutter ein Kind aus dem

Bauch zu prügeln. Kommt mir am besten so schnell nicht wieder unter die Augen, ich könnte noch in Kampfstimmung sein."

Bei dem anschließenden Gelage in der Burg erzählten die beiden jungen Ritter Ian und Jim ausführlich, was sie zu diesem waghalsigen Abenteuer veranlasst, das ein solch grandioses Ende gefunden hatte.

„Was werdet Ihr nun tun, Herr Ritter, wo Ihr in festem Dienst mit gutem Sold steht?", fragte Lady Shona.

„Meiner Mutter ein winziges Häuschen mit einem Garten kaufen. Mir ist auch soeben ein Wunsch eingefallen."

„Der lautet?"

„Schenkt mir die zahme Gans, damit Mutter ein Lebewesen hat, das immer bei ihr ist, wenn ich durch die Lande ziehe."

König Vincent atmete tief durch. „Wenn nur alle Menschen solch harmlose Wünsche hätten. Eurer Mutter soll es an nichts fehlen, denn sie hat einen prachtvollen Sohn geboren. Deshalb werden wir sie morgen auf dem Heimflug überraschen, und hören, wie sie sich selber ihr Leben vorstellt."

Gänse-Anne wäre vor Schreck fast in Ohnmacht gefallen, als plötzlich sieben riesige Drachen durch die Wolkendecke brachen, über ihrem See zu kreisen begannen und immer tiefer gingen. Als sich die Giganten verwandelten, und sie erfuhr, wer diese waren, blieb ihr fast zum zweiten Mal die Luft weg.

Mit weit aufgerissen Augen hörte sie zu, worüber die vielen hochwohlgeborenen Herrschaften berieten, und wie diese ihren Jim als Herrn titulierten.

„Er hat das Eisturnier von Whitecastle gewonnen und König Vincent hat ihn deshalb zum Ritter geschlagen", erzählte Lady Shona schließlich, weil Anne immer hilfloser wirkte.

Minuten später trug Annes zahme Lieblingsgans ein Lederbändchen am Fuß, damit sie nicht irgendwann versehentlich am Bratspieß landete.

„Sie gehört jetzt dir", wiederholte Lady Shona lächelnd, weil Anne die vielen Informationen nicht fassen konnte und unter Freudentränen noch einmal fragte, ob sie alles richtig verstanden habe. „Ja, all das haben wir Drachen beschlossen."

Anne bekam ein Fleckchen Land gleich an der Burgmauer, ein Häuschen mit Stall, einem Schaf und ein paar Hühnern darin und das Recht, ihr Schaf am See weiden zu lassen, wo sie weiterhin die Gänse Sir Timothys beaufsichtigte. Ihre zahme Berta watschelte natürlich immer mit.

Jim war in den nächsten Wochen beinahe Dauergast in der Königsburg. Die beiden Herren der Smaragdburg nahmen ihn, den Einzigen, der die Drachensprache verstand, stets mit zu den Vorbereitungstreffen für die Reise übers Meer.

Sir Andrew, der jüngere Bruder des Königs, freute sich, als die drei Ritter auch seine Burg besuchten. Wie immer wehte das Banner des Gefleckten Drachens auf einem der Türme und Sir Jim erfuhr, wie es dazu gekommen war.

Gemeinsam flogen sie zum Meer, um sich vom Stand der Arbeiten an den Booten ein Bild zu machen. Der Winter zog den Zimmerleuten ständig einen Strich durch die Rechnung und es war nicht zu erwarten, dass man, eher als geplant, in See stechen konnte.

„Noch ein Kurzbesuch bei Lady Fran oder gleich nach Hause?", fragte Sir Timothy, obwohl er die Antwort schon ahnte.

„Kurzbesuch!", strahlten die jungen Ritter und Ian wechselte sofort die Richtung.

Fran war in Menschengestalt im Wald unterwegs gewesen. Sie tauchte mit einem großen Reisigbündel auf dem Rücken zwischen den Bäumen auf. Jim nahm es ihr sofort ab, trug es in den Schuppen und breitete es zum Trocknen aus. Und wie bei jedem Besuch sammelte er schnell die wenigen Eier auf, die die Hühner jetzt nur noch legten.

„Habt Ihr genug Vorräte?" Besorgt betrachtete er das fast leere Regal.

„Für mich reicht es", beruhigte sie ihn. „Meine Hauptmahlzeit nehme ich derzeit alle vier Tage kalt ein."

Jim brauchte einen Augenblick, um zu verstehen. Es erfroren im Moment so viele Tiere auf den Wiesen vor dem Wald, dass sich ein Drache sehr gut davon ernähren konnte.

„Es hat nur keinen Sinn, das Fleisch auftauen zu wollen. Die Mühe spare ich mir, um nicht zu viel Energie zu vergeuden."

„Lady Fran, kommt doch einfach mit und bleibt ein paar Tage", bat Sir Timothy. „Ich kenne da mindestens vier Personen, die sich freuen würden, mit Euch bei Kerzenschein am Kamin zu sitzen, zu plaudern und Gutes zu schmausen."

„Drei davon habe ich vermutlich vor mir", witzelte Fran und erntete heftiges Nicken. „Na gut. Ihr habt ja recht. Im Augenblick ist das Leben ganz schön hart, hier draußen. Ich folge der Stimme der Vernunft."

Als sie wirklich mit ihnen aufbrach, drehte sich Jim immer wieder nach ihr um.

Keine Angst, ich gehe schon nicht verloren, hörte er beim vierten Mal ihre Stimme.

Das wäre der wohl härteste Schlag, der mich je treffen würde, gab er zurück.

Dabei ahnt er nicht einmal, dass ihn Fran als zukünftigen Gatten ausersehen hat, hörte Ian die Stimme seines Vaters wispern und sah alle seine Vermutungen diesbezüglich bestätigt.

Die Ankunft Frans löste auf Emerald Castle Jubelstürme aus. Alles, was Rang und Namen hatte, fand sich im großen Rittersaal ein, das Küchenpersonal wuselte durch die Speisekammern, um die erlesensten Dinge zusammenzutragen. Und mitten im größten Trubel klopfte jemand lautstark ans geschlossene Tor der Burg.

„Lady Caitlin und Sir Finnegan sind da!", rief Ian von weitem, nachdem er sie herzlich begrüßt hatte.

„Na endlich! Ich dachte schon, Ihr hättet Euch im Schneesturm verirrt", lachte Sir Timothy, seinen Freund neben sich auf einen der bequemen Sessel ziehend.

„Aha, ein Komplott", stellte Lady Fran mit einem Blinzeln fest.

„Natürlich. Denn freiwillig kommt Ihr doch nicht aus Euerm Wald", erklärte Lady Caitlin. „Wer weiß, ob und wann wir uns wieder einmal zu einem fröhlichen Beisammensein treffen können. Denn, wie ich Euch kenne, werdet Ihr mit den Männern in den Kampf ziehen."

„So ist es. Davon wird mich auch keiner abhalten."

Sir Jim hob für den Bruchteil einer Sekunde den Blick, da sagte Sir Timothy schon: „Wir werden Eure

Hilfe besonders dankbar annehmen. Keiner ist je erfolgreicher als Ihr gewesen, gezielt feindliche Menschen aus dem Weg zu räumen. Ich hoffe aber sehr, dass Ihr nicht wieder Euer eigenes Leben opfert, um andere zu retten."

„Auch das würde ich wieder tun", entgegnete Fran sehr ernst. „Ihr wisst sicher auch ganz genau warum."

Ich erzähle Euch die Geschichte später, flüsterte Sir Timothys Stimme in Jims Gedanken.

„Gibt es Dinge, die wir wissen sollten?", fragte da auch schon Lady Shona, leicht irritiert.

„Von den Alten, die erlebt haben, was ich meine, sind nur Lady Fran selber, Sir Finnegan und ich anwesend", erklärte Sir Timothy. „Ihr anderen habt bestenfalls Bruchstücke davon gehört."

„Na, nun bin aber richtig neugierig", meldete sich Lady Shona.

Fran seufzte. „Sir Timothy, wenn es denn sein muss, dann erklärt Ihr, was für die Sache wichtig ist."

„Gut, Mylady." Sir Timothy schaute in die Runde, überlegte einen Moment und begann zu erzählen. Er berichtete kurz vom Krieg um Wildforest und Löwenfels. Er beschrieb jenen Tag, an dem Fran an der Hand verwundet worden war und nicht mehr fliegen konnte. Wie sie zur Leibwächterin des Königs geworden war und sich in ihn verliebt hatte, ohne dass jemand davon wusste. Nur, was auf Burg Löwenfels geschehen war, erklärte er sehr detailliert und überaus emotional.

Sir Jim hielt an jener Stelle des Berichtes die Luft an, in der der feindliche König Wenzel die Speerschleuder ausgelöst hatte und sich Fran als Schutzschild vor ihren geliebten König geworfen hatte.

„Obwohl ihr Sir William nicht einen Augenblick von der Seite gewichen ist, hat sie tagelang mit dem Tod gerungen. Erst an jenem denkwürdigen Tag, an dem er ihr sagte, wie sehr er sie liebe, wachte sie aus dem Koma auf und die Wunden begannen zu heilen.

Wie sie selbst schon erklärte, würde sie es wieder tun. Ich kann Euch auch ganz genau sagen, für wen. An erster Stelle sieht sie mich, nicht nur, weil ich die Seele des Großen Drachens in mir trage. Ich bin mit Lady Fran verbunden, seit wir zusammen die Geister zweier unschuldig ermordeter Babys befreit haben.

Für Sir Ian, als ihren Enkel, würde sie sich opfern und für Sir Finnegan, ihren zweiten Schwiegersohn. Und dann gibt es noch einen menschlichen Ritter, für den sie sich sogar das Herz herausreißen lassen würde, könnte sie ihn damit eines Tages vor dem Tode bewahren", beendete Sir Timothy seine Ausführungen.

Lady Fran wurde schreckensbleich. *Ihr wisst es!*

„Wer ist er?", fragten mehrere gleichzeitig.

„Das soll mein Geheimnis bleiben", hauchte Lady Fran. „Jedenfalls im Augenblick."

„Erzählt Ihr uns wenigstens, was mit den Seelen der toten Kinder geschehen ist?", bat Caitlin.

„Gern, denn das ist, zumindest unter uns Alten, kein Geheimnis. Ich habe ihnen neues Leben geschenkt." Sie deutete mit beiden Zeigefingern auf ihre Töchter.

In Jims Kopf jagten sich Gedankenfetzen. Lady Fran hatte ihren Ruf aufs Spiel gesetzt, als sie ihn unter ihren Farben in den Kampf schickte, nur damit er an Kunz Rache nehmen konnte.

Ich habe Euch unter meinen Farben antreten lassen, weil ich wusste, dass Ihr den anderen überlegen wart. Ich habe auch dem

König eine Nachricht zukommen lassen, dass ein fremder Ritter das Turnier aufmischt, sicher, dass er sofort erscheinen werde, um sich den Fremden anzuschauen und in Dienst zu nehmen, ehe es ein anderer es tut. Und ich werde, wo immer ich kann, schützend meine Flügel über Euch halten.

Ich danke Euch von ganzem Herzen, Mylady. Jim hatte mit keinem Muskel gezuckt und niemand der Unterhaltung gelauscht. Jim wusste es nicht, aber er fühlte, dass er jener Mensch war, dessen Namen Fran nicht preisgeben wollte.

„Ihr trinkt nicht mit uns?", riss ihn die Stimme Ritter Georges aus seinen Überlegungen.

Jim lächelte breit. „Natürlich, Herr George, trinke ich mit Euch, nur eben keinen Wein. Eine sehr weise Frau hat mir einmal erklärt, was dieser anrichten kann, wenn man noch so jung an Jahren ist, wie ich es bin. Bis ich das rechte Alter habe, müsst Ihr wohl oder übel mit mir mit meinem Tee- oder Wasserbecher anstoßen, Ritterschlag hin oder her."

Sir Georges Mund klappte auf und er schaute so ungläubig Jim an, dass die anderen in wieherndes Lachen ausbrachen.

„Punkt für Sir Jim", rief Ritter Finnegan und prostete diesem zu.

Über Georges Gesicht huschte ein kaum merkliches Lächeln, denn Jim hatte schon als Knappe fest zu seiner Meinung gestanden, aber ihn, wie auch die anderen, niemals ins Messer laufen lassen. Selbst wenn die Abenteuer noch so turbulent wurden. Nun hob er seinen Becher. „Auf gute Kampfpartnerschaft mit einem sehr jungen Ritter, der einen felsenfesten Charakter hat und sich nicht einschüchtern lässt."

„Auf Sir Jim", stimmten die anderen ein und dieser dankte erfreut, besonders George.

George hat zwar eine große Klappe, er weiß aber genau, wem er zu welcher Zeit was schuldig ist, erklärte Ian Lady Fran mit unbewegter Miene. *Jim geht ihm aus dem Weg, wann immer er kann. Dafür sind sie im Kampf ein fast unschlagbares Team, weil einer vom anderen weiß, dass er sich voll auf ihn verlassen kann.*

Gut zu wissen.

Tief in der Nacht bat Sir Timothy Jim, Lady Fran zu ihrem Zimmer zu begleiten. Sie hängte sich in den angebotenen Arm ein und schlenderte mit ihm langsam den langen Gang entlang. „Das war zwar die Burg meines Vaters, aber ich habe sie nie betreten. Erst nach seinem Tod, als sie Sir Timothy gehörte, habe ich diese Pracht zum ersten Mal gesehen."

„Und dann habt Ihr eine Königsburg für ein Häuschen im Wald verlassen", murmelte Jim nachdenklich.

„Ich musste allein sein, um die Worte zu verkraften, die mein geliebter Mann zu mir gesagt hatte, als er spürte, dass der Tod nahte. Er bat: *Versinkt nicht in ewige Trauer. Lebt weiter. Werdet wieder glücklich. Findet einen Mann, der Eure Liebe wirklich wert ist. Ich weiß, dass Ihr mich trotzdem nie vergessen werdet.*"

Fran wischte Tränen weg und Jim zog mehrmals sehr geräuschvoll die Nase hoch.

„Gute Nacht, Mylady. Ich wünsche von ganzem Herzen, dass die Hoffnungen Eures verstorbenen Gatten wahr werden mögen."

Jim lag noch lange wach und grübelte. Der Große Drache, in Gestalt Sir Timothys, war das einzige Wesen, das seine Gedanken spüren konnte.

Aufbruch ins Ungewisse

In der darauffolgenden Woche ließ der König 14 Drachen und vier Menschen zu den Booten rufen.

Noch nie hatten sich derart herzzerreißende Szenen innerhalb des Clans abgespielt. Bisher waren die Damen stets an der Seite ihrer Ritter in den Kampf gezogen und immer siegreich nach Hause zurückgekehrt. Diesmal war alles anders. Nicht nur, dass Lady Fran die einzige Kriegerin war, auch dass der König nicht den Oberbefehl führte, war völlig neu. Überall wehten die Banner des Gefleckten Drachens, Sir Timothys, im noch immer eisigen Frühlingswind.

Jim hatte sich von seiner Mutter verabschiedet, die tapfer die Tränen hinunterschluckte. Ihr Sohn war ein geachteter Mann geworden und nun zahlte er den Preis dafür. Die Damen Caitlin und Shona mussten schweren Herzens sowohl ihre Gatten als auch ihre Mutter ziehen lassen.

Sir Timothy bestimmte Sir Jim zu Lady Frans persönlichem Assistenten, womit er auch ganz im Sinne seines Sohnes handelte. Er wusste genau, dass die beiden mit Argusaugen aufeinander aufpassen würden. Zudem war Jim verschwiegen. Also gerade der Richtige, um die Befindlichkeiten einer Dame zu deren vollster Zufriedenheit zu berücksichtigen, aber auch, um die kriegerische Lady etwas zu zügeln.

Die letzten Lebensmittel und Ziegenbälge mit Trinkwasser wurden verstaut, die Besatzungen eingeteilt und die Reihenfolge festgelegt, in welcher sich die Drachen in die lederbezogenen Ketten am Bug der riesigen Boote legen sollten.

Zusätzlich waren die Wasserfahrzeuge mit großen, aber einfachen, Segeln ausgestattet. Im Notfall, oder wenn der Wind besonders günstig stand, konnte man diese aufziehen, um die Drachen zu unterstützen.

Sir Timothy überprüfte noch einmal, ob alle leicht verderblichen Dinge unter den festen Plattformen im Heck der Boote verzurrt worden waren, von denen aus die Zugdrachen starten sollten. Es war alles zu seiner Zufriedenheit erledigt worden.

König Vincent verabschiedete die kleine Streitmacht und wünschte gutes Gelingen bei allen Abenteuern, die in fernen Landen bestanden werden mussten. Sir Timothy umarmte er fest. „Passt gut auf sie auf und kommt alle gesund zurück."

„Ich werde mein Bestes geben, mein König", versprach der Heerführer, befahl seine Leute an Bord und gab sofort das Zeichen zum Aufbruch.

Die Drachen Ian, Finnegan und Andrew schlüpften in die Ketten, hoben ab und stemmten sich gegen den Wind. Nach wenigen Augenblicken nahmen die Kähne Fahrt auf. Sir Timothy schwebte wie eine gewaltige Wolke hoch über ihnen am Himmel, um Gefahren frühzeitig melden zu können. Nach drei Stunden erfolgte der erste Wechsel.

Die völlig ausgepumpten Zugdrachen wickelten sich in ihre Decken, um einfach nur noch zu schlafen und sich zu regenerieren. Sir Timothy hängte eine Stunde an, ehe er an Sir Kenneth, den Sohn Lady Brendas und Herrn von Whitecastle, übergab.

Die Nacht blieb ruhig und auch der Wind schlief ein. Die Boote kamen gut voran.

„Wir dürften jetzt ein Drittel der Strecke hinter uns haben", flüsterte Sir Timothy auf Lady Frans fragenden Blick. „Versucht zu schlafen."

Fran war nicht die Einzige, die die halbe Nacht in den Himmel starrte und die gleichmäßigen Flügelschläge der Silhouetten der ziehenden Drachen vor den hell strahlenden Sternen beobachtete.

Lady Fran und Sir Jim kümmerten sich im Boot Sir Timothys um das Frühstück für die Mannschaft, damit die Zugdrachen bei guten Kräften blieben. Frans Kräutertee fand reißenden Absatz. Gegen Abend des zweiten Tages erspähte Sir Timothy endlich Land.

„Morgen früh werden wir ankommen, wenn das Wetter aushält", gab er bekannt.

Jim griff nach seinen Waffen, um sie zum gefühlten hundertsten Mal zu überprüfen. Das tatenlose Herumsitzen war nicht sein Ding, was hätte er alles gegeben, wäre es ihm vergönnt gewesen, auch die Boote ziehen zu können.

Ian, der Jim inzwischen als Freund betrachtete, legte ihm tröstend eine Hand auf die Schulter. Jim nahm die Geste dankbar an. Er liebte es, auf dem Rücken Sir Ians durch die Lüfte zu gleiten, oder im Sturzflug dem Boden zuzurasen. Das Gefühl, welches ihn gerade wieder beschlichen hatte, war kein Neid, eher die Erkenntnis einer gewissen nicht änderbaren Unvollkommenheit inmitten der Drachenritter.

Unter den menschlichen Rittern stach er hingegen besonders durch die Gabe hervor, die Sprache der Drachen zu beherrschen.

Jim faltete die Hände unter dem Kopf und blickte wieder zu den Sternen hinauf. Plötzlich richtete er sich sehr geräuschvoll auf und lauschte.

Sir Timothy und Lady Fran schauten ihn fragend an, machten aber im selben Moment die gleiche Entdeckung – irgendetwas kratzte von unten am Holz des Bootes. Dann tauchte ein dunkelblauer gehörnter Kopf aus den Fluten und kräftige Krallen klammerten sich an die Bordwand.

Herzlich willkommen im Land der Wasserdrachen!

Sir Timothy zog es vor, sich zu verwandeln, um keinen Zweifel an seiner Identität aufkommen zu lassen und bedankte sich für den Willkommensgruß.

Mein Name ist Taro, ich führe Euch zu einer sicheren Bucht, welche die Menschen nicht erreichen können.

Wie geht es Eurer Königin?

Unverändert, was wir für ein gutes Zeichen halten. Nur, ist der See bereits so trübe, dass sie kaum noch atmen können.

So zeigt uns rasch den Weg, bat Sir Timothy und wies die Zugdrachen an, dem Fremden zu folgen.

Dieser blieb direkt an der Oberfläche, weil er mit seiner dunkelblauen Farbe kaum im Wasser zu entdecken gewesen wäre.

„Habt Ihr gesehen? Von unten ist er fast weiß, wie viele Fische. Eine unglaubliche Tarnung", rief Sir Ian.

„Diese hat sich bei uns nie entwickeln müssen, weil wir so groß sind, dass wir auch in ständiger Drachengestalt keine Fressfeinde haben", erklärte Sir Timothy. „Diese Drachen werden nicht nur von missgünstigen Menschen gejagt, sondern von ganzen Rudeln gigantischer Meerestiere, die sie Schwertwale nennen. Fressen und gefressen werden, wenn man nicht rechtzeitig verschwunden ist."

„Also immerwährender Krieg", murmelte Jim nachdenklich.

Sir Timothy bestätigte das mit einem stummen Nicken.

„Auch wenn sie völlig anders sind als wir, es sind Drachen und wir haben die Pflicht, ihnen zu helfen", überlegte Sir Ian laut.

Timothy nickte erneut. „Ganz genau so sehe ich das und auch unser König. Von ihnen gibt es noch weniger Exemplare als von uns. Sie sind zum Aussterben verdammt, gelingt es uns nicht, ihre Königin und deren eingeschlossene Gefährten zu retten."

Sir Finnegan seufzte: „Also sind wir zum Siegen verurteilt, wenn wir uns morgens am Brunnen noch selber voller Achtung in die Augen schauen wollen."

Als Antwort kam aus dem Wasser: *Falls Ihr uns vertraut, schlaft alle noch ein wenig, um Eure Kräfte zu sparen. Meine Gefährten werden Eure Boote vorantreiben.*

Sir Timothy befahl den Zugdrachen, die Ketten ins Wasser fallen zu lassen und sich zurückzuverwandeln.

Ohne die Geschwindigkeit zu verringern, legten sich je zwei Wasserdrachen pro Boot in die Geschirre. Sir Timothy blieb auf der Plattform sitzen und bewachte den Schlaf seiner Getreuen. Als das Land mit bloßem Auge zu sehen war, richtete er sich auf.

Seine Drachensinne hatten ihn nicht betrogen, als er den ersten Spähflug absolvierte. Sandflächen, soweit der Blick reichte. Bäume mit geraden schlanken Stämmen, die statt Ästen Wedel trugen.

Er wunderte sich nur, warum die Wasserdrachen plötzlich die Richtung wechselten und an der Küste entlangschwammen.

Diese Steilküste eignet sich weder um Eure Boote an Land zu bringen noch um sich vor den Menschen zu verbergen. Wir ziehen Euch in eine sichere Bucht mit breitem felsigem Strand, die auch bei Flut geschützt liegt.

Nach zwei Stunden befreiten sich die Helfer aus den Ketten und schoben die Boote langsam auf den Kies. Der Heerführer befahl seinen Männern, sie einige Fuß vom Spülsaum des Meeres wegzuschleppen und die Ketten zusätzlich mit Felsbrocken zu beschweren. Also wimmelte es plötzlich von verwandelten Drachen, was die Fremden staunen ließ.

Neugierig beäugten sie die vier Menschenritter und nahmen deren Geruch auf, um sie jederzeit identifizieren zu können, und sie unbehelligt zu lassen.

Wir werden mit bewachen, was Euch gehört, versprach der Wortführer der Wasserdrachen, als der große Gefleckte Drache die Posten einteilte.

„Wie und wo finden wir den See, in welchem Eure Königin gefangen ist?", lautete die wichtigste Frage.

Es ist eine Kette von Seen, die durch ein Flüsschen miteinander in Verbindung stehen, oder vielmehr gestanden haben. Es gibt einen Spalt am Fuße dieses Berges, der bei Flut Meerwasser über riesige Entfernungen in Fluss und Seen gedrückt hat und durch den unsere Leute immer wieder geschwommen sind, auf der Suche nach sicheren Grotten.

„Also kann uns keiner von Euch ganz genau erklären, in welchem Gewässer sie feststecken, wenn ich das jetzt richtig deute?"

So ist es. Leider.

„Machen wir uns auf die Suche. Unsere Menschenritter bleiben als Wächter hier, mit Ausnahme von Sir Jim, der Lady Fran unterstützen wird." Sir Timothy verwandelte sich und begann über dem Landeplatz zu kreisen, um sich bei der Rückkehr nicht zu verirren. Die anderen taten das Gleiche.

Oh, sie haben ein Weibchen mit, staunte einer der Wasserdrachen. *Ich habe mich also doch nicht geirrt, dass einer eine andere Aura hat.*

Fran ließ Jim aufsteigen, kreiste ein paar Mal, dann zog sie schnurgerade davon.

Warum fliegt sie in eine andere Richtung? Sie schauten dem kleineren, roten Drachen verständnislos hinterher.

Vielleicht kann hat das Weibchen eine Botschaft unserer Königin empfangen? Oder hat der Mensch auf ihrem Rücken etwas gesehen, was den Drachen verborgen bleibt. Auch weibliche Intuition kann es sein. Wer weiß.

Die fliegenden Drachen fächerten rasch auseinander, um irgendwo den richtigen Fluss oder See zu erspähen. Hin und wieder landete einer und begutachtete das Wasser.

Zu süß und zu sauber, lautete stets die Meldung an den Heerführer.

Hin und wieder mussten die Drachen wegen der sengenden Sonne landen und ihren Schuppenpanzer mit Wasser kühlen. Manchmal näherten sich ihnen dabei große geschuppte Echsen, die, hätten sie Flügel gehabt, auch glatt als Drachen durchgegangen wären. Statt als Futter für diese Tiere zu enden, lief das Spiel andersherum und die Drachen füllten sich die Mägen.

Ich fühle mich fast als Kannibale, gab Sir Andrew an die anderen weiter, als er ein besonders großes Exemplar mit zwei Bissen verspeiste.

Am späten Nachmittag brachen die Drachen die Suche ab und kehrten zum Meer zurück. Sie waren vorab von den Wasserdrachen gewarnt worden, dass hier die Nacht mit einem Schlag hereinbräche.

Sir Timothy ließ für die Menschenritter ein Lagerfeuer entzünden, da es mit Einbruch der Dunkelheit sehr kalt wurde. Die Drachen blieben verwandelt, um den Temperaturen trotzen zu können.

Wir haben einen dunkleren, vermutlich feuchteren Streifen Sand entdeckt, berichtete Lady Fran bei der Lagebesprechung. *Ich bitte darum, ihm morgen direkt folgen zu dürfen.*

Einverstanden, das könnte der verschwundene Fluss sein oder die unterirdische Verbindung da hin, erwiderte Sir Timothy sofort.

Sir Jim erzählte weiter. „Während sich Lady Fran mit ihren scharfen Drachensinnen auf den dunkleren Boden konzentrierte, habe ich die anderen Dinge in Augenschein genommen. Es gibt hier sehr viele kleine Dörfer mit runden Lehmhütten. Die Männer sind extrem kriegerisch. Beinahe jeder von ihnen trug einen speerähnlichen Gegenstand in der Hand. Sie haben uns sofort massiv angegriffen. Wir zogen es vor, uns nur zu verteidigen, um nicht die ganze Mission zu gefährden.

Auch Tiere habe ich gesehen. Sie sind groß und haben so lange Hälse, dass sie die Blätter aus den Baumkronen fressen können. Andere sind dick mit Ohren, die fast mühlsteingroß sind und einem Rüssel, an den nicht einmal unsere Wildschweine heranreichen." Er breitete beide Arme aus. „Die Katzen hier gereichen einem Bären zur Ehre!"

Andere Ritter erzählten von schwarz-weiß gestreiften Pferden und Stieren mit Bärten.

Zum Frühstück brachten die Meerdrachen Algen an Land. Aber nur Sir Jim und Lady Fran kosteten davon.

„Gar nicht so übel", stellte Fran fest. „Mit ein paar Gewürzen lässt sich bestimmt ein leckerer Salat daraus bereiten. Aber fliegen wir los, sonst müssen wir noch irgendwo im trostlosen Sand übernachten."

„Darin soll es allerlei Kriechzeug geben", verriet Jim. „Die Wasserdrachen haben gesagt, es sei hochgiftig und könne einen Menschen auf der Stelle töten."

„Furchtbarer Gedanke", murmelte Fran, sich verwandelnd.

Sie schlug, ohne noch einmal zu kreisen, den direkten Weg zum Endpunkt des vergangenen Tages ein. Von da ging der Flug tiefer ins Landesinnere.

Es will mir einfach nicht in den Kopf, dass sich Wasserdrachen so weit von ihrem Element wegbegeben, sagte sie, als nach drei Stunden noch immer kein See oder Fluss zu erkennen war. *Kehren wir um!*

„Nein! Wartet! Da ganz hinten, links von unserer Position ist irgendwas, das wie eine Schlammfläche aussieht." Jim beschatte die Augen mit der Hand.

Ihr habt einen scharfen Blick, Herr Ritter, lobte Fran, den braungelben See mehrfach überfliegend.

„Bähh, er stinkt, scheint brackig und muss einmal riesig gewesen sein. Seht Euch nur die Salzkristalle im Sand an", rief Jim, als sie sich verwandelt hatte.

„Rasten wir und geben den anderen Bescheid, dass wir hier wirklich salziges Wasser entdeckt haben und womöglich auf der richtigen Fährte sind", legte Lady Fran fest.

Drachenkrankheit

Sie nahm den Helm ab und wollte sich gerade die Kettenhaube vom Kopf ziehen, als eine Horde von zehn mit Speeren bewaffneten Männern unter Kriegsgebrüll auf sie einstürmte. Der Anführer holte aus, um seine Waffe zu werfen ...

Im nächsten Augenblick rieselten die Angreifer als Aschewölkchen zu Boden.

„Bei fliegenden Speeren sehe ich dunkelrot", erklärte Fran, ungerührt da weitermachend, wo sie aufgehört hatte. Sie ordnete ihr Haar und ließ sich am Ufer nieder.

Sir Jim schaute noch immer mit großen Augen auf die Ascheartikel, die sich dunkel vom Sand abhoben und vom leichten Wind überall verteilt wurden. Frans Verwandlung hatte nicht einmal 60 Sekunden gedauert, sein Schock löste sich erst nach der dreifachen Zeit.

„Alles gut?", fragte Fran.

Jim nickte. „Ich glaube schon. Man hat mir zwar oft gesagt, dass Ihr die tödlichste Gefahr in einem Kampf seid, aber es mit eigenen Augen gesehen zu haben, ist unbeschreiblich."

„Hätten sie sich nur bewaffnet genähert, um Kontakt aufzunehmen, wären sie jetzt sicher noch am Leben. Ich kann es nicht ausstehen, wenn sich ganze Horden auf zwei einzelne Krieger stürzen." Sie machte eine Bewegung mit den Augäpfeln, als wolle sie hinter sich schauen. Dann sagte sie betont langsam und laut: „Auch beschlichen zu werden, lässt mich manchmal zur Bestie werden."

Ich komme in friedlicher Absicht, ertönte es aus dem Wasser, worauf ein goldgelb geschuppter Kopf mit faszinierend grünen Augen auftauchte. *Ich bin Mo, die Herrin der Wasserdrachen.*

Sir Jim deutete eine Verbeugung an, Fran ein kurzes Begrüßungsnicken.

„Da habe ich also zufällig gefunden, was alle Welt sucht", stellte sie zufrieden fest. „Nun muss ich Euch nur noch zurück ins Meer bringen und die anderen holen, auf dass Eure Leute auch gerettet werden. Kommt bitte an Land, damit ich testen kann, ob ich Euch tragen kann."

Mo warf einen ängstlichen Blick auf Jim und die vielen Waffen der beiden, kam aber tatsächlich auf das Ufer gekrochen.

„Nehmt Königin Mo auf den Rücken und lasst mich hier", schlug Jim vor.

Fran tippte ihm mit dem Finger auf die Brust. „Euch hierlassen? Niemals! Euch werde ich in den Klauen mitnehmen und wenn ich vier Mal Pause machen muss!"

Es ist eine sehr weite Strecke und ich weiß nicht, ob ich so lange an der Luft aushalte, murmelte Mo verzweifelt.

„Helfen wir ein bisschen nach", schlug Sir Jim vor. Er bat um Frans Umhang, löste den Seinen und tauchte beide ins Wasser. „Klettert rasch auf Lady Frans Rücken!"

Mo beeilte sich sehr, auf die verwandelte Fran zu steigen. Jim knotete die nassen Stoffe um ihren Körper. „So müsste es gehen."

Verdammt! Ich kann Euch doch nicht mitnehmen, grollte Fran. *Passt, um Himmelswillen, gut auf Euch auf! Ich beeile mich.*

Sie hob mit schweren Flügelschlägen ab, hatte sie doch fast zwei Drittel, von dem was sie selber wog, zusätzlich zu tragen. Jim machte sich kampfbereit. Die Feinde konnten buchstäblich überall lauern.

Im trüben Wasser des Sees blubberte es hin und wieder. Wenn die Berichte stimmten, dann mussten jetzt noch fünf andere Drachen darin stecken, die auf Rettung warteten. Das hieß natürlich nicht, dass sie ihm, dem Menschen, unbedingt wohlgesonnen waren.

Wir werden Euch nicht angreifen, junger Herr. Wenn Feinde nahen, werden wir es Euch sagen.

Ich danke Euch. Jim zog seinen ledernen Trinkbeutel hervor, obwohl er wusste, dass nur noch wenige Tropfen Wasser darin waren.

Seht Ihr vier Schritte vor Euch den dürren Spross aus dem Boden schauen? Grabt vorsichtig mit beiden Händen seine Wurzelknolle aus.

Jim fand die Anweisung merkwürdig, gehorchte aber. Er entdeckte eine holzige Verdickung im Boden, die einem kleinen braunen Kürbis glich.

Schabt eine Handvoll davon ab und drückt es ganz fest zusammen, aber haltet ein Gefäß darunter, damit Euch nichts verloren geht!

Woher sollte Jim ein Gefäß nehmen? Er schnallte kurzerhand eine Kniekachel ab und folgte der Anweisung des Drachens im See. Er presste das Abgeschabte sehr fest zusammen und staunte, dass eine helle Flüssigkeit heraustropfte.

Trinkt! Es ist nicht giftig. Wenn ich lüge, soll mich das Feuer Eurer Begleiterin treffen!

Jim kostete vorsichtig, wiederholte die Prozedur und bedankte sich sehr bei den Fremden im See. Ehe er mit ihnen ein Gespräch anfangen konnte, erschallte in weiter Ferne erneut Kriegsgebrüll, und diesmal erheblich lauter.

Er knirschte mit den Zähnen und betrachtete sorgenvoll seinen Schild. Zwar war der aus verschiedenen Lagen Leder, Holz und Metall gefertigt, hatte aber beim gestrigen Scharmützel arg gelitten. Auch, wenn die Speere der Feinde nur aus, im Feuer gehärteten, Holz bestanden, hatte sie tiefe Risse und Kerben hinterlassen.

Es zieht ein Unwetter auf, hörte er die Wasserdrachen wispern.

Ein Blick in den Himmel und Jim atmete befreit auf. *Nein, diese Wolken bringen für uns kein Unheil. Das sind Sir Timothy und seine Drachen! Macht Euch bereit, den See zu verlassen!*

Die geflügelten Riesen rauschten heran, landeten und riefen: *Beeilt Euch, es naht eine ganze Armee!*

Jim half den Wasserdrachen, auf jeweils einen seiner Drachen zu kraxeln, die sofort mit ihrer Last davonflogen.

Der Größte, der Fremden, kletterte gerade auf den Rücken Sir Timothys, als die ersten Speere geflogen kamen. Jim wehrte sie mit Schwert und Schild von seinem Herrn ab, so gut es eben gegen solch eine Übermacht ging. „Fliegt!", schrie er ihn an. „Rettet Euch!" Dann stürzte er sich ins Kampfgetümmel.

Sir Timothy startete auch wirklich. Nur flog er nicht davon. Er zog eine Schleife in der Luft, um hinter das Heer zu gelangen, ließ im Sturzflug seine Flammen lodern und schnappte, weil es anders nicht ging, mit den Zähnen nach Sir Jim. Ihn so seinen Feinden entreißend, bevor sie ihn totschlagen konnten.

Auf halben Weg zum Strand kam ihnen Lady Fran entgegen. Behutsam zog sie mit ihren Krallen den bewusstlosen Jim aus Sir Timothys Rachen, um ihn mit eiligem Flügelschlag in Sicherheit zu bringen.

Sir Ian und Sir Finnegan bereiteten auf dem Boot das Krankenlager für den Schwerverletzten vor. Königin Mo krallte sich von außen an der Bordwand fest, um sich zu vergewissern, dass der junge Krieger überlebt hatte. Flüsternd erteilte sie an ihre Drachen einen Befehl, worauf alle sofort abtauchten.

Die Männer Timothys hatten keine Zeit, sich darüber Gedanken zu machen, sie fieberten der Ankunft Frans entgegen. Ian fasste zu, als Fran den Boden berührte. Gemeinsam betteten sie Jim auf weiche Decken und begannen sofort, die Riemen der Rüstung zu lösen.

„Er lebt!", rief Fran nach kurzer Untersuchung.

Mo hangelte sich näher heran und auch Sir Timothy, der inzwischen gelandet war, trat an das Krankenlager.

Jim regte sich, ohne die Augen aufzuschlagen. „Was ist mit Sir Timothy?", hauchte er mühsam.

„Ich bin hier", bekam er zur Antwort und blinzelte nun doch durch einen Spalt zwischen den Lidern.

„Sehr gut." Jim versuchte, zu lächeln. „Sind alle gerettet?"

„Ja. Ist selber mehr tot als lebendig und sorgt sich um andere! Das ist doch kaum zu glauben!" Sir Timothy schüttelte fassungslos den Kopf.

Könnt Ihr seine Schmerzen lindern? Mo schaute Fran bittend an.

„Das will ich doch stark hoffen." Fran wusch die Wunden aus. „Schon wieder ein Drachenbiss!", rief sie verwundert.

„Die Haut darum sieht irgendwie seltsam aus", sinnierte Sir Finnegan. „Wie Krakelee auf glasiertem Tongeschirr."

„Das muss die sagenumwobene Drachenkrankheit sein. Seit Sir Timothys Drachenwerdung glaube ich an alle alten Legenden, so unmöglich sie auch klingen mögen!" Sir Andrew schaute in die Runde.

„Welche meint Ihr?", fragten die Ritter.

„Jene, dass ein Mensch nach drei Drachenbissen selber zum Drachen wird. Nur muss es immer ein anderer Drachentyp gewesen sein."

„Ich kenne nur zwei heute noch lebende Typen", warf Ian ein. „Die ursprünglichen Drachen und meinen Vater."

„Wenn ich mich nicht irre, dann schaut ein dritter Typ über den Bootsrand", schmunzelte Sir Timothy.

„Ja natürlich!" Fran nickte heftig. „Sir Jim, ich weiß, dass es eine unverfrorene und fragwürdige Bitte, besonders in Euerm jetzigen Zustand, ist. Aber ich möchte sie trotzdem aussprechen. Wäret Ihr bereit, Euch von Königin Mo beißen zu lassen?"

„In der Hoffnung, für Euch zum Drachen werden zu können, bin ich bereit", flüsterte Jim matt. „Und wenn es nicht funktioniert, ist es allemal diesen Versuch wert gewesen." Jim ahnte, dass Mo einen durchgehenden Kanal beißen musste, wenn die seltsame Unternehmung nicht von vornherein zum Scheitern verurteilt sein sollte.

Fran entblößte seine linke Körperseite, packte die Haut gleich neben den Rippen. „So müsste es gehen."

Königin Mo kroch auf das Schiff. Was war schon diese winzige Mühe gegen ihre Rettung.

„Schnell und fest", bat Fran leise.

Mo fixierte den schmalen Streifen, brachte ihre messerscharfen Eckzähne in Position. *Jetzt!* Sie biss mit voller Kraft zu und öffnete sofort wieder den Rachen. Ein unterdrücktes Stöhnen und mehrere tiefe Atemzüge waren die ganze Reaktion ihres freiwilligen Opfers.

Sie stupste ihn sehr vorsichtig mit der Nase an. *Hoffentlich wird Euer Wunsch wahr!* Dann schlängelte sie sich wieder ins Wasser, wo ihr einer ihrer Drachen mehrere zusammengedrehte Blätter großer Algen reichte.

Sie schob eines neben Jim auf die Decke, eines zu Lady Fran, die anderen gab sie Sir Timothy. *Um Euch für alle Schmerzen und Mühen zu entschädigen, möchte ich Euch dies schenken. Die Menschen hier halten es für sehr wertvoll.*

Timothy schaute hinein. „Für uns ist das ebenfalls besonders kostbar. Wir nennen es Perlen oder Tränen des Meeres. Habt tausendfachen Dank, Königin Mo. Unsere Mission ist beendet, Ihr seid frei und all jene, die mit Euch gefangen waren. Wir werden jetzt frisches Wasser an Bord nehmen und den Heimweg antreten."

So werde ich Euch helfen, Eure Vorräte aufzufüllen. Da drüben, hinter den Felsen, haben meine Leute Fisch für Euch getrocknet. Ich hoffe, Ihr mögt ihn.

„Dieses Geschenk nehmen wir gern an", freute sich Heerführer Timothy. „Die Landtiere sind hier zu seltsam, als dass wir sie essen möchten."

Fran war mit dem Verbinden fertig. Sie ließ ihre Fingerspitzen über die merkwürdigen Linien auf Jims Arm gleiten, die inzwischen auch die unverletzte Haut bedeckten. „Es fühlt sich hart an, als wüchse unter der Haut ein Schuppenpanzer."

„Täuscht Ihr Euch auch nicht?" Timothy betastete sofort die gleichen Stellen. Seine Verwandlung war völlig anders vonstattengegangen. Mal wuchs hier eine

Schuppe, mal da eine und irgendwann ergaben sie einen durchgehenden Panzer. Der Mondzauber seiner Liebsten, Lady Shona, hatte ihn endgültig zum feuerspeienden Drachen werden lassen.

Jim bekam von all dem nichts mit. Lady Frans Schlummertrunk entfaltete seine volle Wirkung.

Als am Abend ein fliegender Späher meldete, eine Armee nähere sich der Küste, stachen die Drachen unter Sir Timothys Führung mit ihren Booten in See. Die Wasserdrachen tauchten tief hinunter ins Meer, um niemals wieder mit Menschen in Berührung zu kommen.

Der Nachtwind blies gleichmäßig, sodass Sir Timothy befahl, die Segel zu setzen, um die Kraft der Zugdrachen nicht sinnlos zu vergeuden. Die fliegenden Späher wechselte er auch schon im Stundentakt. Lady Fran saß neben Jim, hielt seine Hand und übertrug ihm Energie.

Was, wenn er sich nicht Euch zuwendet, wenn er das richtige Alter hat, fragte Sir Timothy.

Fran hob den Kopf. *Dann werde ich lernen müssen, damit zu leben.*

Ob es Zufall war, oder er die Botschaft der Unterhaltung fühlte, hätte Fran nicht sagen können. Sie spürte nur, wie sich Jims Finger in ihrer Hand bewegten, als wolle er sie drücken.

Bis er mir nicht selber sagt, dass er eine andere vorzieht, werde ich das Beste hoffen. Ich werde für ihn da sein, ohne ihn zu überwachen, einzuschränken, oder gar mit Liebe zu erdrücken. Wenn ich eine Lektion in meinem Leben sehr gut gelernt habe, dann diese.

Meine guten Wünsche habt Ihr, Mylady. Timothy zog sich zurück.

Mit dem Morgenrot kam starker Wind auf. Wellen türmten sich zu wahren Gebirgen auf und die Boote tanzten wie Nussschalen auf dem Meer. Die drei Steuerleute hatten Mühe, die Wogen im rechten Winkel zu treffen, damit die Kähne nicht kenterten. Wasser und Gischt ergossen sich über die Reisenden.

Ein Schwall Salzwasser traf auch Sir Jim. Als sich Lady Fran gerade mächtig darüber ärgern wollte, öffnete er die Augen und wünschte: „Guten Morgen! Im Dach muss ein Loch sein, es regnet heftig herein."

Sir Ian lachte. „Wie geht es Euch, mein Lieber?"

„Es ging mir schon mal besser, glaube ich", erhielt er zur Antwort. „Wo sind wir jetzt?"

„Irgendwo mitten auf dem Ozean. Der Sturm tobt so heftig, dass wir nicht einmal Späher ausschicken können", erklärte Sir Timothy. „Aber er scheint langsam abzuflauen. Sitzen wir es einfach aus."

„Gern würde ich diesem Vorschlag folgen, nur scheint mein Körper etwas dagegen zu haben", erwiderte Jim. „Was ist eigentlich geschehen? Auch habe ich, wohl im Fieberwahn, völlig wirre Träume gehabt."

„Erzähl sie mir", bat Timothy, sich zu ihm setzend.

Jim dachte nach, schüttelte den Kopf und seufzte. „Ich habe mir nur Bruchstücke gemerkt." Er schaute sich um und fragte: „Wie komme ich überhaupt auf das Boot? Ihr seid doch als Letzter davongeflogen."

„Glaubt Ihr wirklich, ich hätte Euch im Stich gelassen? Ich habe Euch in einem halsbrecherischen Flugmanöver aufgelesen und dabei so schwer verletzt, dass Lady Fran ihre liebe Not hatte, Euch am Leben zu halten."

„Dann waren die Drachenbisse also kein Traum?", überlegte Jim. Er fasste mit jener Hand, die nicht ganz so lädiert war, an seine linke Seite und ertastete einen dicken Verband, mit gehörigen Schmerzen darunter.

„Das Loch im Arm habe ich Euch verpasst. Was Ihr gerade untersucht, war Königin Mo, um zu testen, ob Märchen wahr werden können", verriet Timothy.

Ian und Fran setzten Jim vorsichtig auf, damit er wenigstens ein paar Schlucke Wasser zu sich nehmen konnte.

„Und was sagt das Ergebnis?"

„Das steht noch lange nicht fest", warf Ian ein. „Lady Fran und ich glauben aber daran, während es alle anderen nur hoffen und Euch neugierig beobachten."

Heimkehr zur Smaragdburg

Fran kam soeben unter der Plattform hervor, wo sie die Salben und Tinkturen wassersicher verstaut hatte. „Wichtig ist im Augenblick nur, dass Ihr rasch wieder gesund werdet." Sie wickelte den ersten Verband ab und schaute mehrmals hin.

„Probleme?", flüsterte Sir Ian.

„Nein, nein. Jedenfalls nicht im Sinne von Schlechtem." Frans Stimme klang nachdenklich.

„Was dann?"

„Diese Stichwunde ist in einem Heilungsstadium, das sie auch mit Drachenkraft erst in zwei Tagen erreicht hätte." Sie überlegte kurz, dann wickelte sie den Verband am Arm ab, der den Drachenbiss schützen sollte. „Sehr Ihr es? Der offene Kanal ist fast geschlossen und sieht rosig und gut durchblutet aus. Ich habe eine Kruste aus Blut und Wundabsonderungen erwartet."

„Vielleicht hat ja Königin Mos Biss diese Reaktion ausgelöst. Womöglich sondern die Wasserdrachen eine Substanz ab, die auf Menschen heilend wirkt", mutmaßte Sir Finnegan.

„Das werden wir wohl nie herausfinden", sagte Timothy. „Freuen wir uns ganz einfach, dass Sir Jim bald wieder auf den Beinen ist, denn das steht außer jedem Zweifel."

„Fühlt Ihr Euch in der Lage, zu essen?" Fran nahte mit Trockenfisch.

„Ich denke schon. Falls die Seekrankheit zuschlägt, dann ist der Fisch eben wieder da, wo er herkommt", murmelte Jim, worüber Ian in wieherndes Gelächter ausbrach. „Ich glaube, das hat Mylady nicht gemeint", kicherte er.

Fran schmunzelte. Sie mochte den deftigen Humor des jungen Ritters, dem kaum etwas wirklich die Laune verderben konnte. Nicht einmal, dass soeben wieder eine Woge ins Boot schwappte und den Trockenfisch, in ziemlich feuchten verwandelte.

„Vorgeweicht für Zahnlose", seufzte Jim. „Steht es wirklich so schlimm um mich?"

Sir Ian schlug sich auf die Schenkel. „Eher nicht, wenn ich Euch so zuhöre. Dafür werde ich bald Muskelkater vom Lachen haben."

Fran versuchte, ernst zu bleiben, prustete aber los, als sie sah, wie Sir Timothy um Fassung rang, was von nur mäßigem Erfolg gekrönt war.

Sir Andrew grinste breit. „Ich erinnere mich an einen jungen Knappen, der zum Fenster meiner Burg heraus angeln wollte, als Hochwasser herrschte. Mein lieber Sir Jim, genau dieser Knappe ist heute unser einflussreichster Drache. Ich würde mich nicht wundern, Euch eines Tages auch auf eigenen Schwingen durch das Blau des Himmels gleiten zu sehen."

Jim schloss die Augen und lächelte. „Dann werdet Ihr mich sicher nicht für verrückt halten, denn auf meinen Schulterblättern fühlt es sich an, als wären Muskeln in Bewegung, die früher gar nicht da waren. Sie arbeiten völlig synchron ... genau wie Flügelschlag."

Ian befühlte die angegebenen Stellen und bekam große Augen. „Er hat recht! Es sind seltsame Dinge im Gange. Da ist die hornige Schicht unter seiner Haut, die jetzt nur Lady Fran und ich spüren können, auch kein Hirngespinst."

Gegen Mittag ebbte nicht nur der Sturm ab, es herrschte sogar Flaute und die Zugdrachen stemmten sich wieder in die Ketten. Kurz nachdem er von dem seltsamen Gefühl auf dem Rücken berichtet hatte, war Sir Jim in einen unnatürlichen Schlaf gefallen. Er kippte einfach mitten in einem Satz um und niemand konnte ihn aufwecken. Sir Timothy versuchte gar, telepathisch in seine Gedanken einzudringen. Ohne Erfolg.

Lady Fran rang die Hände. „Was geschieht mit ihm?"

„Eine Verwandlung." Sir Timothy deutete auf zwei eigenartige Beulen, die sich unterm Stoff des Gambesons am Rücken abzeichneten. „Versuchen wir, ihm die Kleidung abzustreifen, ehe es zu Verletzungen kommt!"

Auch zu dritt schafften sie es nicht und Fran zückte schließlich ihren Dolch, um den mehrlagig gesteppten Stoff vorsichtig aufzuschneiden.

Mit offenem Mund bestaunte sie die kleinen Stummel, die sich nun rasch zu ansehnlichen dunkelgrauen Schwingen entfalteten, deren Adern einen deutlichen Goldton zeigten. Der gleiche goldfarbene Schimmer zog langsam über das, was Ritter Finnegan als Krakelee bezeichnet hatte.

„Das dürfte dann eindeutig von Lady Mo stammen", stellte Sir Ian sofort fest und erntete breite Zustimmung.

Fran schob eines von Jims Augenlidern nach oben und gewahrte ein seltsames rotes Flackern in seinen starren Pupillen. „Hoffentlich verkraftet er es. Ich mache mir große Sorgen. Wäre da nicht sein kräftiger und gleichmäßiger Herzschlag, würde ich glatt in Panik verfallen."

Sir Timothy betrachtete Jims Hände, an denen jetzt fast schwarze dolchartige Nägel prangten. „Ich mache mir ganz andere Gedanken. Was, wenn er menschliche Gestalt behält und zu den Schwingen Drachenhaut ausbildet? Und was, wenn er in dieser Gestalt immer herumlaufen muss?"

Fran brach in Tränen aus. „Sein Leben zu zerstören, habe ich nicht gewollt!"

Timothy erschrak. „Beruhigt Euch! Es waren nur Gedanken."

„Die vielleicht nicht ganz unberechtigt sind", flüsterte Ian geschockt, als Jim plötzlich blutrote Augen öffnete und sich ruckartig aufsetzte.

Er schaute sich so verloren um, dass Fran aus Verzweiflung noch viel heftiger weinte.

„Mylady, was habt Ihr?", fragte er mit so tiefer Stimme, dass er selber erschrak. Nach seinem Hals fassend, kamen ihm seine in undefinierbares Grau mit rötlichem Anflug gefärbten, goldgeäderten Hände vor die Augen.

„Was ist das?", hauchte er.

Fran wischte Ihre Tränen weg, nahm seine Hände und drückte sie. „Ihr verwandelt Euch. Ich ... ich weiß nur nicht, was Ihr am Ende sein werdet."

Jim beugte sich über die Bordwand, um sein Spiegelbild im ruhigen Wasser zu betrachten. Nur konnte er in der leicht welligen Oberfläche nicht viel erkennen. „Leiht Ihr mir kurz Euer Schwert, Sir Timothy?", bat er und erhielt es sofort.

Lange betrachtete er stumm das Wesen, das ihm aus dem polierten Metall entgegenschaute. Genau so wortlos reichte er die Waffe seinem Besitzer zurück. Niemand wagte, ihn anzusprechen. Jim blieb hocken, stütze das Gesicht in beide Hände und wickelte sich obendrein in seine ledrigen Flughäute. Mehrere Stunden rührte er nicht einen Muskel.

Als die letzte Nacht auf dem Boot anbrach, erhob er sich, breitete seine Schwingen aus und verschwand lautlos.

Lady Fran schrie auf.

Mehrere Stunden später, als schon fast der Morgen graute, kam er zurück und erschreckte beinahe die gesamten Besatzungen der Boote, denn die meisten hatten das Drama um seine Verwandlung nicht mitbekommen. Fran stürzte auf ihn zu, streichelte sein Gesicht, ohne weiter nachzudenken, was die Herren Ritter wohl darüber denken mochten.

„Ich bin ein Monster", sagte Jim leise, sie von sich schiebend.

Fran schüttelte den Kopf. „Ihr seid ein Drachenmensch und ich glaube nicht, dass dies das Ende der Verwandlung ist. Habt Geduld."

„Was anderes bleibt mir auch nicht übrig, wenn ich mich nicht in mein Schwert stürzen will." Jim faltete seine Schwingen.

„Mein Plattner wird Euch eine flugtaugliche Rüstung anpassen", versprach Sir Timothy.

„Ahhh, bald sind wir zu Hause!", rief Sir Ian, auf den grünen Streifen am Horizont deutend, der im ersten Morgenlicht auftauchte.

Die Sonnenstrahlen trafen nicht nur das ferne Gestade. Sie huschten auch über Lady Fran und die Männer im Boot.

„Was ist das?" Ian starrte mit offenem Mund seinen Freund an.

„Bitte nicht noch mehr Katastrophen", stöhnte der nur.

Ian lachte. „Ich weiß nicht, ob Ihr das als Katastrophe einstuft. Eure Haut nimmt im Sonnenlicht eine etwas dunklere menschliche Farbe an und die Schwingen werden immer kleiner."

„Wirklich?" Jim drehte sich nach allen Seiten.

„Da passt wenigstens der Gambeson wieder." Fran reichte ihm das notdürftig reparierte Stück mit einem befreiten Lächeln. „Ähhh, sieht noch jemand, was ich erspähe?"

Sofort versammelten sich alle um Jim, die nicht das Boot ziehen oder lenken mussten.

„Ja."

„Ich auch."

„Hmm, hmm, ja, ich sehe es."

„Was denn???" Jim wurde ungeduldig.

Sir Timothy führte Jims Hände zu dessen Kinn.

„Ach herrje!"

„Ihr dürft mir den Hof machen, wenn Ihr wollt, Herr Ritter", lächelte Lady Fran. „Ihr seid nämlich um ein paar Jahre gealtert."

Das schallende Lachen ließ ein einige Möwen erschreckt davon fliegen. Sir Finnegan kicherte, wie selten in seinem Leben und Jim zupfte mit den Fingerspitzen einen recht ansehnlichen Bart zurecht, den er im Tausch gegen die Drachenschuppen erhalten hatte.

„Lasst Ihr mir ein paar Tage Zeit, zu begreifen, was mit mir passiert ist?", wandte er sich an Fran, die nun ebenfalls herzlich lachte.

„Die sollt Ihr haben, mein Herr", schmunzelte sie und wirkte von allen Sorgen befreit.

Ian blinzelte seinem Vater vergnügt zu. Das roch nach einer ganz wundervollen Romanze.

Am Landesteg warteten schon das gesamte Königshaus, die Oberhäupter sämtlicher Drachenfamilien und natürlich die Gattinnen der heimkehrenden Ritter, um alle mit einem grandiosen Fest zu ehren.

Sir Vincent bestimmte zwei adelige junge Mädchen zu Tischdamen Sir Jims, in der Annahme, ihm damit eine Freude zu machen.

Äußerlich gelassen, mit charmantem Lächeln, ließ er das Geplapper der beiden über sich ergehen. Innerlich verkrampfte er sich regelrecht. Da waren die banalsten Wortwechsel mit Lady Fran erbaulicher, als sich dieses Geschwätz anzuhören.

Fran saß zwischen ihren Töchtern und amüsierte sich prächtig. Sie trug, wie alle die auf der anderen Seite des Meeres gewesen waren, noch ihre Rüstung und wirkte darin anmutiger als die beiden Mädchen in ihren Kleidern.

Na, seid Ihr schon über den Hoftratsch informiert, fragte ihn Ian mit sarkastischem Unterton, obwohl er sich soeben mit dem König unterhielt.

Innerhalb der ersten fünf Minuten. Worum es jetzt geht? Keine Ahnung. Ich habe irgendwann abgeschaltet und nicke nur noch freundlich.

Ihr habt Euch gut im Griff, mein Lieber. Bewundernswert!

Jim grinste innerlich. *Ich wünschte, ich würde mich plötzlich in den Drachenmann verwandeln! Das entsetzte Kreischen der beiden würde mich sicher entschädigen.*

Stellt es Euch intensiv vor, wie Euch Flügel wachsen! Vielleicht klappt es ja, meinte Ian sehr ernst.

In einer ruhigen Minute setzte Jim diesen Plan in die Tat um. Zu seiner größten Freude spürte er sofort das Kribbeln auf den Schulterblättern, mit dem sich beim ersten Mal die Flügel angekündigt hatten. Eines der

Mädchen hielt inne und starrte ihn in einer Mischung aus Angst und Abscheu an, ehe es schreiend davon rannte. Die blutroten Augen leuchteten so intensiv, dass ihr Schein bis zu den schwarzen Krallen an den Händen reichte. Mit mattem Seufzer kippte die zweite Dame ohnmächtig auf den Tisch.

Jim riss sich die Kleider vom Oberkörper und verschwand mit machtvollem Flügelschlag direkt von der Tafel. Die einen schauten amüsiert, die anderen völlig entsetzt hinterher. Keiner merkte, dass sich auch Ian klammheimlich verdrückt hatte.

„Danke für den Tipp", lachte Jim, als ihn Ian etwas später einholte.

„Ich bin beeindruckt. Ihr seht umwerfend aus."

„Ja, das habe ich gemerkt, als Lady Jane neben ihrem Teller landete." Jim schlug einen Salto in der Luft.

Ian begann zu kichern.

„Ich habe mir Lady Frans Worte intensiv durch den Kopf gehen lassen", sagte Jim, als sie hinter einem dicken Baum standen und von Ferne den Festplatz beobachteten. „Und ich habe in Gesellschaft der beiden Mädchen begriffen, was mir wichtig ist und was ich wirklich will."

„Ach?" Ian schaute Jim neugierig an.

„Fran."

„Holt sie Euch, Drachenmann! Entführt sie in den Nebelwald und kommt erst zurück, wenn sie freiwillig mitgeht."

„Was wird Sir Timothy dazu sagen?"

„Das Gleiche wie ich! Da auf der Wiese steht sie und langweilt sich. Na macht schon! Ich bringe Euch beiden morgen Waffen und andere Habe."

Gemeinsam strebten sie dem Festplatz zu. Ian in Menschengestalt und Jim als Drachenmann. Als er in den Lichtkreis der Fackeln trat, kreischten einige Damen auf und flohen Hals über Kopf ans gegenüberliegende Ende des Tisches. Fran ging ihm langsam entgegen. Die anderen hielten den Atem an, denn die Atmosphäre wirkte spannungsgeladen.

Der König beugte sich zu Timothy hinüber: „Was mag er vorhaben?"

„Wir werden es gleich wissen", gab der flüsternd zurück.

Da erreichte der Drachenmann Lady Fran und streckte die Arme nach ihr aus. Ohne sich zu wehren, ließ sie sich greifen und in den nächtlichen Himmel davontragen.

König Vincent rutschte ein verblüfftes „Was?" heraus.

Ian nahm unbeeindruckt neben seinem Vater Platz. „Es gibt Dinge im Leben, die darf ein Drachenmann nicht aufschieben."

Sir Timothy schaute ihn amüsiert von der Seite an. „Ich glaube, Eure Ratschläge haben ihm recht gut gefallen."

„Das will ich stark hoffen."

Sir Vincent verstand kein Wort. „Kann mich bitte mal jemand aufklären, was es mit dieser seltsamen Entführung auf sich hat und warum niemand etwas unternimmt!"

Sir Timothy lächelte breit. „Ihr habt sie doch beim Winterturnier vor fast drei Jahren gefragt, ob ihr Ritter auf Freiersfüßen für sie gehe. Jetzt tut er es. Die beiden werden schon wissen, was man in so einem Fall macht." Er winkte die Magd mit dem Weinkrug heran. "Auf die Liebe!"

Liebesnest im Nebelwald

Fran hatte ihre Arme um Jims Hals gelegt und genoss den Flug. Beide sprachen kein Wort. Nicht einmal telepathisch tauschten sie sich aus. Was geschah, geschah genau so, wie es sein musste. Sie fühlte ganz einfach, welches Ziel diese Reise haben werde und freute sich darauf.

In der Ferne war bereits die Burg Whitecastle zu sehen, auf deren Türmen Fackeln brannten. Jim drehte etwas bei, um den Wald vom Westen her anzufliegen, wie es Sir Ian immer tat.

Lady Fran ließ ihre Augen aufstrahlen und der zähe Nebel zerteilte sich. Hinter ihnen schloss er sich sofort wieder zu einer undurchdringlichen Wolke. Jim landete genau vor der Haustür und setzte Fran vorsichtig ab.

„Ich hoffe, Ihr verzeiht mir den kühnen Raub", blinzelte er.

Fran lachte herzlich. „Ich glaubte schon, Euch betteln zu müssen, mich hierher zu begleiten." Sie öffnete die Tür und bat ihn herein. „Woher nehmt Ihr nur die unglaubliche Kraft? Und wie steht es um Eure Wunden?"

„Die rumoren unterm Schuppenpanzer", erwiderte Jim und blieb mit seinen großen Schwingen in der Tür stecken. „Wenn ich nur wüsste, wie ich ihn ablegen kann?"

„Wie habt Ihr ihn denn angelegt?", fragte Fran. „Oder kam er von allein?"

Jim erzählte mit breitem Grinsen, wie er den Vorschlag Sir Ians in die Tat umgesetzt hatte.

„Na, dann wünscht ihn Euch jetzt genau so intensiv weg!", rief Fran.

Jim schloss die Augen und befahl seinem Körper, sich zurück zu verwandeln. Nach einer Weile öffnete er sie ganz vorsichtig wieder und schaute in Frans strahlendes Gesicht.

„Es hat funktioniert!", jubelte sie und streichelte seine Hände.

„Ich fühle mich unpassend bekleidet, um der Damen meines Herzens eine Aufwartung zu machen", erklärte Jim, als sie ihre Augen über seinen nackten muskulösen Oberkörper schweifen ließ.

„Im Gegenteil, Herr Ritter. Ihr tragt noch viel zu viel." Sie blinzelte unschuldig. „Aber ehe ich mich Euern unverletzten Stellen widme, möchte ich sehen, was mit den Blessuren ist."

Sie untersuchte im Schein eines Öllämpchens seine Arme und den Drachenbiss am Brustkorb. „Der lange Flug hat Euch eindeutig nicht gut getan."

„Meinem Herzen schon", schmunzelte Jim.

„Ihr solltet nun trotzdem ein paar Stunden Ruhe haben", murmelte Fran. „Ich schlage vor, wir gehen jetzt schlafen und verschieben alles andere auf morgen." Sie zog ihn an der Hand die Treppe hinauf zum Oberstübchen.

Ehe er bis drei zählen konnte, war sie aus Rüstung und Kleidern geschlüpft, ins Bett gehuscht und schaute ihn verheißungsvoll an. Jim merkte erst jetzt, beim Anblick des Bettes, wie müde er eigentlich war.

„Kommt schon, ich beiße nicht."

„Da bin ich mir nicht so sicher", schmunzelte er, rasch seine Sachen ablegend und zu ihr unter die Decke schlüpfend.

„Auch wahr", amüsierte sich Fran, schmiegte sich in seine Arme und wünschte eine gute Nacht. Mehr als Ankuscheln hatte sie keinesfalls erwartet. Sie war genau so müde wie er und schlief ebenso schnell ein.

Am Strand endete auch langsam das Fest. Immer wieder hatte der König in die Richtung gespäht, in welcher der Drachenmann mit seiner Beute verschwunden war.

Sir Timothy begleitete die königlichen Gäste zu ihrem Zelt. „Lasst das Grübeln. Sie waren sich schon zugetan, als sie sich das erste Mal gesehen haben. Sir Jim hat etwas an sich, das nur wenigen Menschen gegeben ist, und uns, die wir sehr eng mit ihm in Verbindung stehen oder gestanden haben, an den Großen Drachen erinnert. Ich habe ihn auch vom ersten Moment an wie einen Sohn behandelt, weil ich diese Kraft in ihm gespürt habe.

Ich glaube nicht einmal, dass der erste Drachenbiss Zufall war, obwohl es alle schwören. Ich nenne es Schicksal. Ich habe ihn ja auch gebissen, obwohl ich es zu vermeiden suchte. Nur den dritten Biss hat Lady Fran mit vollster Absicht geschehen lassen und Jim hat ihretwegen, hört Ihr, ihretwegen, zugestimmt."

Timothy blieb vor dem Eingang stehen. „Nun hoffe ich inständig, dass er es doch noch schafft, sich in unseresgleichen zu verwandeln. Wenn nicht, dann werde ich ihn genau so akzeptieren, wie er jetzt ist: halb Drache, halb Mensch. Er ist und bleibt der beste Ritter der Smaragdburg.

Er selber scheint sich mit seinem Schicksal, anders zu sein als wir, langsam zu versöhnen. Zudem hat er sich in dieser Nacht nur geholt, was ihm nach Lady Frans Willen schon lange gehört. Gute Nacht, mein König!"

„Und ich habe nicht einmal gemerkt, dass sie bereits vor Jahren eine feste Wahl getroffen hat", stöhnte Sir Vincent kopfschüttelnd.

Königin Maya lächelte still in sich hinein. Lady Fran hatte sich stets im Schatten Sir Williams gehalten. Sie brauchte weder Titel noch Reichtum zum Glücklichsein. Ein liebendes Herz und Ehrlichkeit, waren alles, wonach es sie verlangte. Dinge, die ihr Sir Jim sicher gern zu Füßen legte. Daran bestand für Maya kein Zweifel. Ihm wehte der Ruf voraus, ein gütiger und rechtschaffener Ritter zu sein.

„Ich wünsche ihnen alles Glück dieser Welt", flüsterte sie, sich zu Vincent unter die Decke kuschelnd.

Im Nebelwald weckte der erste Hahnenschrei Jim. Der brauchte einige Sekunden, um wirklich zu begreifen, dass er nicht mehr träumte. In seinen Armen lag Lady Fran, den Kopf an seine Brust gebettet, ganz verschlafen blinzelnd.

Sie murmelte: „Ich habe noch gar keine Lust aufzustehen." Sie schmiegte sich enger an und lächelte mit halb geschlossenen Augen.

Jim ließ seine Fingerspitzen über ihren Rücken gleiten und Fran schnurrte wohlig wie eine Katze.

„Ich weiß zwar, wie man es anstellt, was Ihr sehnlich erwartet", flüsterte er ihr ins Ohr, „habe aber keinerlei praktische Erfahrung. Geht also bitte nicht gar so hart mit mir ins Gericht, wenn ich auf diesem Schlachtfeld keinen Sieg erringe."

Fran war auf der Stelle hellwach, und ehe sich Jim versah, saß sie rittlings auf seinen Oberschenkeln. Den anregenden Anblick ihrer vollen Brüste fand er augenblicklich so hocherregend, dass Fran ein winziger Positionswechsel genügte, ihn jene Lust auskosten zu lassen, die er empfand.

„Eure Spielregeln gefallen mir ausgezeichnet", murmelte er zutiefst befriedigt. „Ich erkläre mich für besiegt und die Eroberin bekommt alles."

„Dann zahlt es mir mit gleicher Münze heim", lachte Fran, sich auf den Rücken wälzend.

Jim zahlte sofort und mit bester Währung. Frans lustvolles Stöhnen hörte man sicher bis vor das Haus.

„Wusstet Ihr, dass mich der dritte Drachenbiss zum Mann werden lassen würde?", fragte Jim, als sie sich irgendwann entschlossen, aufzustehen.

„Nein, das hätte ich nie für möglich gehalten. Ich hatte mich darauf eingerichtet, noch warten zu müssen. Immer mit der Angst, Euch an eine andere zu verlieren."

„Ich glaube, mich an eine Unterhaltung zwischen Euch und Sir Timothy zu erinnern", sagte Jim nachdenklich.

Fran zuckte zusammen. „Aber ... aber Ihr habt da doch in tiefer Bewusstlosigkeit gelegen!" Sie musterte ihn mit unnatürlich großen Augen. „Ich hielt es für Zufall, als ich eine Bewegung in Euern Fingern gespürt habe."

„Ich konnte es nicht ertragen, dass Ihr traurig wart. Was es bedeutet, jemanden nicht nur zu verehren, sondern so zu lieben, dass man nicht mehr ohne ihn leben möchte, habe ich erst gestern Abend begriffen." Jim zog sie an sich und hauchte ihr einen zärtlich Kuss auf die Lippen.

Dann beeilte er sich, Wasser vom Brunnen zu holen und, wie er es schon immer getan hatte, die weit verstreut liegenden Eier der Hühner ausfzusammeln. Fran backte inzwischen Fladenbrote, stellte ein Töpfchen Schmalz bereit und brühte Kräuter zu einem duftenden Getränk auf.

Das sehr späte Frühstück nahmen sie vor dem Häuschen im strahlenden Sonnenschein ein, als ein großer Schatten über den Tisch huschte.

Komme ich ungelegen? Sir Ian setzte zu Landung an, Jims gesatteltes Pferd und zwei große Pakete auf der Wiese ab.

Lady Fran lud ihn herzlich zum Essen ein und Ian ließ sich nicht zwei Mal bitten. Nachdem er die Dame begrüßt und seinen Freund fest in die Arme geschlossen hatte, fasste er tüchtig mit zu.

„Ich soll Euch von so Vielen Grüße bestellen, dass ich beinahe Angst habe, jemanden zu vergessen, zählte ich sie einzeln auf", erklärte Ian. „Auf jeden Fall sind ausnahmslos alle Drachen darunter."

„Tatsächlich?", fragten Lady Fran und Sir Jim synchron.

Ian nickte. „Ja, allen voran sogar unser König, den der Schock der Erkenntnis unvermittelt und am tiefsten getroffen hatte. Mein Vater amüsiert sich über diese Tatsache wohl am meisten, denn jeder der *Alten,* wie er zu sagen pflegt, hätte wissen müssen, dass Lady Fran in der kleinsten Hütte leben kann, wenn Liebe und Ehrlichkeit darin wohnen. Ich bin ganz sicher, dass beides zu Euren höchsten Tugenden gehört, mein lieber Sir Jim, und sie nichts vermissen wird."

Frans begeistertes Nicken ließ Ian hell auflachen.

„Was eine standesgemäße Burg betrifft – die könntet Ihr sicher auch von den Perlen kaufen, die Euch Königin Mo geschenkt hat", erklärte er schließlich.

„Nein, eine Feste will ich mir lieber im Kampf erobern. Irgendeiner wird sein heruntergekommenes Bergnest bald wieder als Preis setzen, weil ihm unzufriedene Bauern im Nacken hocken und er sich so aus der Verantwortung schleichen kann." Jim hätte sich sehr gewundert, wenn Fran nicht ganz seiner Meinung gewesen wäre.

„Ich habe drei Burgen im Auge, die, so munkelt man, in Frage kämen", verriet Ian. „Kuckucksstein ist auch dabei."

„Und welche sind die anderen?" Jim beugte sich nach vorn, als könne ihm sonst die Antwort entgehen.

„Die Waldburg Greifenstein und Schloss Bärensee."

„Greifenstein? Hmm, das wäre ganz nach meinem Geschmack. Daraus könnte man ein Juwel auf dem Felsen machen", murmelte Jim. „Aber die Kuckucksburg möchte ich schon aus Prinzip haben."

„Dann holt Euch doch beide, Drachenmann!", riefen Fran und Ian wie aus einem Munde und Jim brach in Gelächter aus.

„Ja, warum eigentlich nicht? Wenn sich kein Drache einmischt, dann stehen die Chancen prächtig." Jim spitzte genüsslich die Lippen. „Das setzt aber hartes Training voraus."

„Immer die Eure!", amüsierte sich Fran. „Ihr wisst doch, dass ich auch zu Pferd manchen Mann das Fürchten lehren kann."

„Wenn Ihr ein Schlafplätzchen für mich habt, und sei es im Stroh, dann bleibe ich immer mal eine Woche und mische mit, sobald Ihr wieder voll einsatzfähig seid", versprach Sir Ian.

„Das dürfte doch zu machen sein", meinte Fran mit einem Blinzeln. „Bis dahin werden wir ein paar schöne

Ausflüge zu sämtlichen Drachennestern im Umkreis machen, damit sich die Menschen an Sir Jims Anblick gewöhnen können. Ein bisschen Furcht tut manchmal Wunder."

„Ihr denkt an Ritter Kunz, vermute ich", warf Jim ein.

„Natürlich. Wir werden ein paar Runden um seine Bruchbude drehen und uns jedes Detail ansehen, das wir später zu ändern gedenken", kicherte Fran. „Ach, das wird herrlich!"

Ian blieb fast der Mund offen stehen. „Ich wusste gar nicht, dass Ihr solch eine Ader habt!"

Fran zuckte mit den Schultern. „Bevor ich Sir William traf, lebte ich in bitterer Armut und war froh, von allen in Ruhe gelassen zu werden. Als Königin hatte ich keinen Grund, mich in derartige Dinge zu mischen. Es hätte sich auch nicht gehört. Nun bin ich solcher Ketten ledig und lebe dafür, denen, die ich liebe, also der Familie und meinem Schatz, mit ganz legalen Mitteln ein paar Vorteile zu verschaffen."

„Und wir nehmen die Hilfe gern und dankend an", erwiderte Ian. Er betrachtete Lady Fran und Sir Jim mit einem Lächeln. „Wenn ich Euren letzten Satz recht deute und mich auch anderweitig nicht irre, dann hat Euch Sir Jim in der vergangenen Nacht die besten handfesten Beweise geliefert, genau der Richtige zu sein."

Das breite genießerische Lächeln der frisch Verliebten war Antwort genug.

Ian rieb sich die Hände. „Ich werde, bevor ich nach Hause fliege, noch Whitecastle, Löwenstein und Wildforest besuchen. Vielleicht kann ich den Herren Rittern einen kleinen Tipp geben, beim Kampf um die Burgen daheimzubleiben."

„Es ehrt Euch, mir helfen zu wollen", sprach Jim. „Lieber wäre mir, wenn Ihr die Dinge einfach laufen ließet. Wenn ich gegen einen Drachen antreten muss, dann werde ich es tun. Dass ich vor zwei Jahren gegen zwei von ihnen nicht ankommen konnte, heißt nicht, dass das auch jetzt noch so sein muss. Es ist eine Frage der Ehre für mich."

„Dann will ich mich diesbezüglich nicht einmischen", versprach Ian, sich herzlich von ihnen verabschiedend.

„Grüßt alle von uns", bat Lady Fran, „besonders aber Jims Mutter. Sie wird sich schon Sorgen machen."

„Keine Angst, ich habe sie heute früh kurz aufgesucht, um ihr zu sagen, dass mit Sir Jim alles in Ordnung und er fast unversehrt aus dem Kampf hinterm Meer zurückgekehrt ist."

„Danke, Ihr seid ein wahrer Freund."

Jim und Fran schauten zu, wie sich Ian verwandelte und mit wenigen Flügelschlägen hinter den Baumwipfeln verschwand.

Fran fasste nach Jims Hand und zog ihn zum nahen Bach. „Ich habe Forellen entdeckt."

„Hmm, köstlich. Am Stock überm Feuer gegrillt, eine Delikatesse." Jim beobachtete die großen Fische sehr interessiert. „Ich werde uns ein leckeres Abendbrot erjagen", blinzelte er, in das klare Wasser steigend.

„Wollt Ihr sie mit der bloßen Hand fangen?", staunte Fran.

„Nein, ich bediene mich meines Hemdes", grinste Jim, es ausziehend und die Ärmel zuknotend. Dann zog er es langsam durch das Wasser. Schlamm wirbelte auf und trübte das Bächlein. Es dauerte keine fünf Minuten, bis er „Hab was!", rief.

Schon zappelten zwei Fische auf der Wiese. Zwar waren die anderen nun auf der Hut, konnten aber der Geduld und Beharrlichkeit ihres Jägers nichts entgegensetzen. Nach einer halben Stunde waren sechs Forellen erbeutet und Jim brachte sie, ins Hemd geknotet, ins Haus.

Als er sein Hemd auswaschen wollte, hielt ihn Fran am Arm zurück. „Ist das nicht Aufgabe der Frauen?"

„Schon. Nur seid Ihr die Dame meines Herzens, meine Liebste und nicht meine Magd. Zudem sehe ich in Euch immer wieder die wunderbare Königin, die Ihr gewesen seid. Da ich keinen Knappen bei mir habe und Ihr keine Dienerin, übernehme ich diese Funktion freiwillig. Beim Feldzug müsste ich dies auch selbst erledigen, wenn ich nicht im Schmutz erstarren will."

Jim warf ihr eine Kusshand zu und verschwand am Brunnen hinter dem Haus. Wenig später hing das Hemd zum Trocknen in der Sonne und der noch immer halbnackte Jim begutachtete seine Hände. „Samtpfötchen vom vielen Wasser."

„Dann sollte ich die Gelegenheit am Schopf packen", flötete Fran zärtlich, zur Treppe hin schauend.

Jim fackelte nicht lange. Er nahm sie auf die Arme und trug sie hinauf, wo er ihr allumfassend in der Praxis die Theorie der Samtpfötchen bewies. Weil es auch nicht nur beim Streicheln geblieben war, gönnten sich beide ein ausgiebiges Schläfchen, um irgendwann festzustellen, dass der Mond schon an einem samtschwarzen Himmel prangte.

Fran setzte sich erstaunt auf. „Meine Güte! Wo ist die Sonne hin?"

Jims Augen wanderten über ihren fast makellosen Körper, der nicht einmal durch die großflächige Narbe entstellt wurde, die ihr einst das Geschoss der Speerschleuder eingebracht, welches sie komplett durchschlagen hatte.

Beim Gedanken daran erschauderte er. Fran hob gleichsam als Antwort die Schultern.

„Zeit, uns die Forellen zuzubereiten", schlug sie vor, um ihn auf angenehmere Gedanken zu bringen.

Jim ging ihr flink zur Hand, schürte das Feuer und stellte Geschirr bereit. Fran nahm die Fische aus und steckte sie, mit Kräutern gewürzt, an mehreren Spießen so über die Flammen, dass sie von diesen nicht erreicht, aber gar wurden.

„Ab morgen sollte ich wenigstens mit einfachem Training beginnen", erklärte Jim. „Wer fliegen kann, der dürfte es auch durchstehen, einen Bogen spannen und im Harnisch ein paar Meilen laufen zu können."

Verbündete

Lady Fran seufzte. „War ja klar, dass man Euch nicht wirklich zur Ruhe bringt. Ich möchte Euch aber gleichzeitig lehren, Eure Drachenkräfte zu kontrollieren und dosiert einzusetzen."

„Ich werde jede Eurer Anweisungen befolgen", versprach Jim. Ihre Lebenserfahrung konnte nur von Vorteil für ihn sein und er hatte noch nie guten Rat in den Wind geschlagen.

„Ich weiß aus sehr sicherer Quelle, dass es ledige Herren unter uns Drachen gibt, die Euch jeden Erfolg neiden. Besonders den, meine Liebe errungen zu haben. Sie werden alles daran setzen, Euch die Kämpfe um die Burgen madig zu machen, und so zu versuchen, mich gegen Euch zu stimmen. Sie wissen nur nicht, dass ich mir nicht nehmen lasse, was ich mir selber auserkoren habe."

„Dann werde ich mich noch härter bemühen", erklärte Jim sehr ernst. „Es hätte mich auch gewundert, wenn man unsere Verbindung überall einfach hingenommen hätte."

„Machen wir sie fertig!", rief Fran kampfeslustig. „Morgen zeigen wir uns ihnen gemeinsam und übermorgen erarbeiten wir ein Programm, um sie in fairem Wettstreit schlagen zu können."

„Ihr betont das Wort fair so seltsam", wunderte sich Jim.

„Wird es unfair, haben sie mich auf dem Hals und das wird tödlich enden", erwiderte Fran kurz und bündig.

Jim kratzte sich am Kopf. Etwas Ähnliches hatte er befürchtet. Allerdings wusste er auch, dass sie sich erst einmischen werde, sollte ihm jemand hinterrücks ans Leben wollen.

Inzwischen ging die Sonne auf und sie beschlossen, sofort zu ihrem Rundflug zu starten. Jim konzentrierte sich auf seinen Körper. Im Bruchteil eines Wimpernschlages brachen die Flügel hervor und steingrau geschuppte Haut bildete sich aus.

Fran nickte zufrieden. Sie passte ihm seinen Brustharnisch so an, dass er die Arbeit der Schwingen nicht beeinträchtigte. Dann verwandelte sie sich ebenfalls und schon schwebten beide hoch im Blau eines wundervollen Morgenhimmels.

Sir Kenneth of Whitecastle empfing die Gäste persönlich und besonders herzlich. Er bat sogar Sir Jim, sich nicht zurückzuverwandeln, um den grandiosen Anblick in Ruhe genießen zu können. Wenig später waren alle Ritter der Burg versammelt, um sich anzuschauen, wovon seit Tagen gesprochen wurde.

Einige, die bereits mit Ritter Jim die Waffen gekreuzt hatten, stellten fest, sich in Zukunft wohl bis zum Letzten verausgaben zu müssen, sollten sie erneut aufeinandertreffen.

„Ich werde es Euch ganz sicher nicht leicht machen, meine Herren", schmunzelte der Drachenmann.

Sir Kenneth begleitete Lady Fran und Sir Jim zur Gruft der Ahnherrin des Clans, Lady Lilian. Als Sir Jim Anstalten machte, seinen Drachenpanzer abzulegen, fasste er nach dessen Arm. „Nicht! Bleibt, wie Ihr seid. Dann könnt Ihr die Magie dieses Ortes noch deutlicher spüren."

Hand in Hand schritten die Liebenden auf die Sarkophage von Lady Lilian und ihrem Gatten Sir James zu. Jims Knie beugten sich fast von allein, als er sie erreichte. Mit ausgebreiteten Armen und Schwingen und mit gesenktem Kopf gedachte er der teuren Toten. Eine wohltuende Wärme zog in sein Herz. Ihm schien, als flüstere eine Stimme seinen Namen.

Beim Abschied legte der Herr der Burg beide Hände auf Jims Schultern. „Egal, was man Euch erzählt, Ihr seid einer von uns. Wenn Ihr mich braucht, werde ich kommen."

Sir Jim bedankte sie hocherfreut.

„Passt gut auf ihn auf", riet Sir Kenneth Lady Fran mit einem Blinzeln.

„Wie auf mich selbst, mein Herr." Sie verwandelte sich in den roten Drachen und startete mit Sir Jim in Richtung der Burg Löwenstein.

Auch hier wurden sie herzlich willkommen geheißen. Lady Faye und Sir Elliot zeigten Sir Jim jene Stelle, an der sich Lady Fran als Schutzschild vor ihren König geworfen und beinahe den Tod gefunden hatte. Fran war an Jims Arm mit hinausgegangen und er spürte deutlich den heftigen Schauer, der sie überlief.

„Wart Ihr seit dem niemals auf dieser Burg?", fragte er mitfühlend.

„Doch, aber nicht hier draußen", flüsterte sie völlig aufgewühlt. „Lasst uns bitte wieder hineingehen!"

Jim erfüllte den Wunsch auf der Stelle. Es tat ihm weh, die stolze Kriegerin in solch einer Verfassung zu sehen.

Die Hausherren luden beide ein, über Nacht dazubleiben und in gemütlicher Runde den Abend zu genießen. So kam es dann auch, dass Fran etwas über sich preisgab, was er nicht einmal geahnt hatte. Sie erzählte mit sehr viel Dankbarkeit in der Stimme, wie Lady Faye sie hatte das erste Mal Geborgenheit fühlen lassen, als sie an der Hand verwundet worden war. Und wie man sich um sie gekümmert hatte, als sie hier dem Tod nah gewesen war.

„Ich habe also auch ganz viele wundervolle Erinnerungen", beendete sie ihre Geschichte.

Zu Spanferkel und warmem Fladenbrot ließ Sir Elliot ein uraltes Fass Wein anzapfen. „Ich weiß zwar, dass Ihr normalerweise eine Mischung trinkt, wie früher Sir Timothy, möchte Euch aber einen Becher pur kredenzen, weil er etwas Besonderes ist."

Jim nahm dankend an, schon, weil er wusste, dass Sir Elliot kein Saufaus war und er bereute es nicht. Er fühlte sich geehrt, diesen Wein mit dem edlen Ritter genießen zu dürfen, der der Freund Sir Williams gewesen war. Dieser herrliche Tropfen Rebensaft konnte nur der König aller Weine sein.

Lady Fran beantwortete unzählige Fragen zu den Abenteuern, die sie auf der anderen Seite des Meeres bestanden hatten und wie sie sich bei der ersten Verwandlung Jims fühlte.

„Ihr seid einer von uns", erklärte auch Sir Elliot, als die Rede davon war, wie schwer sich Jim zuerst getan hatte, völlig anders als alle zu sein.

„Ich danke Euch sehr, mein Herr", freute sich Jim.

„Ihr seid mehr Drache, als mancher, der vier Beine und zwei Flügel zur Schau trägt", erhielt er als Antwort. „Ruft nach mir, wenn Ihr irgendwann Hilfe braucht."

Am Morgen stellte sich Elliot Jim als Übungspartner zur Verfügung und staunte, welche Register dieser zog.

„Ihr steht in bestem Training, Herr Ritter. Aber wen

wundert es, wo Euch doch Sir Ian, Sir Timothy und nicht zuletzt Lady Fran den feinstmöglichen Schliff gegeben haben."

Die nächste Etappe führte die Reisenden nach Wildforest, wo man sie genau so mit offenen Armen empfing, wie auf den beiden Burgen. Sir Oliver und Lady Brenda, die älteste Tochter des verstorbenen Königs, bereiteten ihnen einen begeisterten Empfang. Jim wusste vom ersten Augenblick an, dass er auch hier feste Verbündete für die Zukunft haben werde.

Gemeinsam mit ihnen ritten er und Fran in die weiten Urwälder, um die Riesenhirsche zu beobachten.

„Zuckt es Euch nicht in den Fingern, einen zu erbeuten?", fragte Sir Elliot überrascht, weil Jim nicht einmal wissen wollte, ob die Jagd erlaubt sei.

„Nein. Warum sollte ich ohne Not diese wundervollen, seltenen Tiere töten?", stellte er die Gegenfrage.

„Ein Drachenherz, wie es auch Sir Timothy offenbarte, als er noch ein Mensch war", freute sich Sir Oliver. „Nicht nur die Flügel zeigen deutlich, wohin Ihr gehört."

Fran nickte dankbar. Sie hatte die Flugroute mit Bedacht gewählt und sich nicht geirrt, überall auf Wohlwollen für den verwandelten Sir Jim zu treffen.

Dass man ihn am Abend in der vertrauten Smaragdburg wie einen Helden empfing, war vorauszusehen gewesen. Sir Ian ließ Jims Mutter holen, der er vorab erklärt hatte, was sie bei der Ankunft ihres Sohnes erwarten werde.

Trotzdem schlug sie die Hände vor das Gesicht und staunte mit offenem Mund. Jim war unter seinem angsteinflößenden Drachenpanzer nicht nur ein respektabel aussehender Mann geworden, er hatte auch die

Liebe der ehemaligen Königin errungen, die nicht einen Schritt von seiner Seite wich.

Noch am Abend trat Sir Jim in einem Schaukampf gegen gleich drei gestandenen Rittern gegenüber, wie es Sir Timothy von ihm erbeten hatte. Lady Fran hielt den Atem an. Schließlich hatte er seine Drachenkräfte noch nicht unter voller Kontrolle.

Macht Euch keine Sorgen, hörte sie Sir Timothys Stimme. *Ich weiß, dass er mit ihnen fertig wird.*

Also gab der Herr der Smaragdburg das Zeichen für alle drei, gemeinsam ihren Kontrahenten anzugreifen.

Jim warf den Schild beiseite, um sich mit Schwert und Dolch wehren zu können. Jedem fiel auf, dass seine Bewegungen immer schneller wurden und er plötzlich zum Gegenangriff überging. Der erste Ritter flog in hohem Bogen aus dem Ring. Ein anderer versuchte, Jim seinen Dolch in den Rücken zu rammen und Fran hätte fast vor Entsetzen aufgeschrien.

Sie schnellte von ihrem Platz hoch und hielt inne. Das singende Geräusch, mit dem dünner Stahl bricht, veranlasste sie, sich ganz langsam wieder zu setzen und voller Verblüffung den Kampf bis zum Ende zu anzuschauen.

Jim hatte mit einer blitzschnellen Bewegung beide Ritter gepackt und mit den Köpfen zusammengeschlagen. Trotz der schützenden Helme blieben sie einen Moment benommen liegen.

Der siegreiche Ritter trat vor Sir Timothy und deutete eine leichte Verbeugung an. „Ganz der Eure, mein Herr."

„Zeigt mir Euern Rücken!", rief Lady Fran aufgeregt. Sie strich mit den Fingerspitzen über einen unversehrten Harnisch und bestaunte unverletzte Haut. „Seltsam, nichts zu sehen. Ich hätte schwören können, dass er nicht die Rüstung getroffen hat!"

„Hat er auch nicht, meine Liebe. So ein Drachenpanzer kann recht hilfreich sein, wenn es brenzlig wird", lachte Jim vergnügt. „Hab selten solch entsetze Blicke gesehen, wie bei Euch und ihm."

Sir Timothy nickte zufrieden und wissend. „Er hat von vier Drachen das wohl Beste abbekommen."

„Vier?", wunderte sich Sir Ian.

„Natürlich vier. Ihr dürft den Großen Drachen nicht außer Acht lassen! Ich bin jedenfalls sehr zufrieden mit dem, was ich soeben gesehen habe. Ein Drache, wie ich mir keinen Besseren in meinen Reihen wünschen kann."

„Habt Dank, mein Herr", strahlte Sir Jim. An diesem Lob war ihm besonders gelegen.

Lady Shona hatte sich in den Arm ihres Sohnes eingehängt. „Wisst Ihr, vor Stolz auf Euch und ihn könnte ich glatt einen Meter wachsen."

Lady Fran lachte fröhlich. „Stolz könnt Ihr wahrlich von ganzem Herzen auf beide sein. Ich bin es auch und dankbar, weil, ich den einen ohne den anderen nicht hätte."

„Wollt Ihr dann nicht endlich dauerhaft aus Euerm Wald hervorkommen?", fragte Shona.

Fran blinzelte vielsagend. „Wir arbeiten daran."

Dazu gehörte auch, dass sie am Folgetag der Burg Blackstone einen Besuch abstatteten, wo der Geist des großen Drachens über Jahrzehnte gefangen gewesen war. Diese Burg hatte Sir Jim stets nur von weitem gesehen.

Jetzt gehörte sie Ritter Patrick, dem Sohn Sir Kenneth'. Mit Sir Patrick hatte Jim noch nie zu tun gehabt und Lady Fran konnte ihm auch nur so viel sagen, dass dieser zwar ein Drache war, aber ein sehr zurückgezogenes Leben führte.

Infolgedessen hielt es Sir Jim für sinnvoll, sich telepathisch anzukündigen. Die Antwort kam prompt.

Ich freue mich sehr über solch erlesenen Besuch.

Und auch Patrick erschien persönlich, um sie zu empfangen. Er begrüßte zuerst Lady Fran mit allen Ehren, dann ging er einmal langsam um den Drachenmann herum, betrachtete ihn eingehend und meinte mit zufriedenem Lächeln: „Imposant."

Auf einen Wink kredenzten Mägde einen Begrüßungstrunk. Anschließend führte der Burgherr seine Gäste durch das uralte Gemäuer.

„Traut Euch ruhig", sagte er lächelnd, weil Sir Jim überlegte, ob er es wagen solle, nach dem Verlies des Großen Drachens zu fragen. „Ich führe Euch bis an die Grotte."

Mit drei Fackeln machten sie sich auf jenen Weg, den einst Sir William gegangen war und der ihm am Ende die Königswürde eingebracht hatte. Lady Maya hatte, als sie noch hier lebte, eine feste Tür in die Tunnelwand bauen lassen, um ungebetene Besucher abzuhalten.

Diese öffnete Sir Patrick nun und ging voran. „Ich bin hin und wieder hier unten", erzählte er leise. „Wenn ich Antworten suche, begebe ich mich hierher und gehe meist mit einer Lösung für das Problem wieder hinaus."

Er hob die Fackel über seinen Kopf. „Schaut sie Euch an, die Grotte der toten Drachen. Ihr Asche bedeckt noch immer den Boden und so soll es auch für alle Zeiten bleiben."

Fran nickte nur. Ihr saß ein großer Kloß im Hals. Die Grotte war für sie genau so beklemmend, wie das Grab der toten Babys, deren Seelen nun in ihren Töchtern lebten.

„Ein magischer, wenn auch trauriger Ort", murmelte Sir Jim auf dem Weg nach draußen.

„Er mahnt mich immer, auf der Hut vor Verrat zu sein", fügte Sir Patrick an. „Es gibt immer wieder Menschen, die sich unsere Schädel an die Wand hängen würden, wenn sie nur könnten. Und es gibt Drachen, deren Gestalt lieber hätte nach ihrem menschlichen Elternteil geraten sollen."

Jim blieb stehen. „Wie meint Ihr das?"

„Wörtlich, Ritter Jim. Es gibt wieder Neid und Missgunst in unseren Reihen, wie in uralter Zeit. Hütet Euch davor. Denn Euch neidet man Können und Glück besonders."

„Danke, Sir Patrick. Ihr seid bereits der Zweite, der mich darauf anspricht. Ich werde auf der Hut sein."

„Das ist gut", flüsterte Sir Patrick. „Ich werde Euch warnen, wenn ich einen konkreten Verdacht habe." Er führte sie ins Haupthaus zurück und ließ festlich auftafeln. „Wenn Ihr nichts dagegen habt, dann möchte ich heute Abend gern mit Euch die Klinge kreuzen", sagte er wie nebenbei.

„Es ist mir eine Ehre", erwiderte Jim. Er beschloss, den Kampf nicht auf die leichte Schulter zu nehmen, denn stille Wasser konnten unendlich tief sein.

Er sollte sich nicht geirrt haben. Auch wenn Sir Patrick nie an Turnieren teilnahm, war er ein stahlharter Gegner. Der Kampf zog sich über mehrere Runden und Lady Fran hatte anschließend alle Hände voll zu tun, die tiefen Wunden beider Kämpen bestmöglich zu versorgen.

„Da sagt man ihm, er möge das Training in Ruhe angehen, weil er noch nicht wieder ganz auf dem Damm ist, und dann prügelt er sich täglich mit den härtesten Kämpfern!", klagte sie, gespielt die Hände über dem Kopf zusammenschlagend.

Die beiden Ritter grinsten sich an und zuckten mit den Schultern.

„Männer!", rief Lady Fran mit einer Stimme, die aus dem tiefsten Keller zu kommen schien und worauf beide Ritter in schallendes Lachen ausbrachen.

„Nichts für ungut, Mylady, es war eine grandiose und aussagekräftige Rauferei", schmunzelte Sir Patrick. „Ich bin sicher, dass Euer Liebster allen Gefahren trotzen kann."

„Euer Wort in die Ohren aller guten Geister!", seufzte Fran.

Sie nahmen auch dankend das Angebot an, die Nacht noch auf Blackstone zu verbringen. Im Laufe des späten Abends sprach Jim das Thema an, sich eine eigene Burg erkämpfen zu wollen.

„Das würde Euch eine feste Position im Clan einbringen", bestätigte Sir Patrick. „Wenn Ihr wirklich zwei Burgen erobert, lässt man Euch mit Sicherheit in Ruhe. Zumal Eure beiden Wunschfestungen nur auf Sichtweite auseinander liegen. Als vereinte Ländereien könnten sie Euch komplette Unabhängigkeit garantieren. Es würde mich doch sehr wundern, wenn dann nicht auch von ganz allein Handwerker um Pachtland bitten."

Ein „Häuschen" im Grünen

Der Abschied von Blackstone war so herzlich wie die Begrüßung bei der Ankunft.

„Schnappt Euch die Burgen, Drachenmann!", wünschte Ritter Patrick und schaute ihnen nach, bis sie am Horizont verschwanden.

Auf zur Kuckucksburg, jauchzte Fran, einen Looping fliegend.

Jim schaute ihr verblüfft zu. Es war der Zuspruch, den er erhalten hatte, der sie jubeln ließ. Keine der alten und einflussreichen Drachenfamilien hatte über ihre Liebe die Nase gerümpft. Kopfschüttelnd versuchte er, ihr rasantes Tempo mitzufliegen. Irgendwann fiel ihm ein, dass dies für ihn als Training gedacht war. Also nahm er die Herausforderung ohne Murren an und testete verschiedene Techniken.

Da ist sie ja schon. Fran blieb im Rüttelflug praktisch in der Luft stehen. *Ganz gemütlich fünf, sechs Runden drehen und dann schnurgerade zum Wald verschwinden,* schlug sie vor.

„Wie Ihr wünscht, schöne Frau", lachte Jim, an ihrer Seite direkt auf die Burg zuhaltend.

Dort brach zwar keine Panik aus, aber alles, was Beine hatte, lief zusammen, um das Schauspiel zu bestaunen. Ritter Kunz wurde vor Angst regelrecht übel. Getreu dem Motto: Was ich selber denk und tu ..., erwartete er jeden Moment eine verheerende Feuersbrunst.

Die Drachenwesen schien das nicht zu beeindrucken. Mit aufreizend trägen Flügelschlägen glitten sie durch die Luft und verschwanden nach wenigen Augenblicken genau so schnell, wie sie gekommen waren.

Kunz hatte nicht Eiligeres zu tun, als seine Leute zu beschimpfen und auseinander zu jagen.

„Ich glaube, mit den beiden da oben wäre besseres Auskommen!", hörte er Bauer Till schnaufen und gab ihm eins mit der Peitsche über den Rücken. Im nächsten Augenblick bereute er es, denn er sah sich von Dutzenden finster blickenden Männern umringt. Kunz zog sein Schwert und bahnte sich rückwärts gehend einen Weg ins Haus, wo er sofort die Tür verbarrikadieren ließ.

„Das wird Euch nichts nutzen!", rief es von draußen. „Zahlt uns endlich unseren Lohn, sonst liefern wir Euch an die Drachen aus!"

Ein paar heftige Schläge an die Tür veranlassten Kunz, sich bis an die Zähne zu bewaffnen. Vier Wochen später gipfelte die Wut seiner Untergebenen darin, dass sie ihm drohten, den König zu benachrichtigen, wenn er sie nicht auszahle. Also versuchte Kunz, die Burg meistbietend zu verkaufen, weil er ernsthaft um sein Leben fürchtete. Seine Ritter hatten bereits das Weite gesucht, die adeligen Herren ihre Söhne woanders in Knappenausbildung gegeben und Kunz somit die letzte sichere Geldquelle verloren.

Was dann geschah, hatte Sir Ian vorhergesehen. In seiner Verzweiflung ließ sich Kunz beim nächstbesten Turnier einschreiben, um durch einen Sieg zu etwas Geld zu kommen, mit dem er hätte weit weg fliehen können. Stunden später traf die Nachricht darüber bei Sir Jim und Lady Fran ein.

Ein Blick genügte, dann sattelten sie ihre Pferde und zogen auf herkömmliche Ritterart zur Burg Sir Finnegans, der das Stechen ausgelobt hatte. Unterwegs schlossen sich dem jungen Ritter mit dem Wappen des Nebelwaldes und seiner Herzensdame unzählige Wanderer an, die dem Spektakel beiwohnen wollten. Unter ihnen einige, die in Gesprächen kein gutes Haar an Kunz ließen und ihm gar wünschten, er möge sich das Genick brechen.

Ritter Jim registrierte dies unkommentiert. Es werde sich in den Kämpfen zeigen, welches Schicksal Kunz zugedacht sei.

Sir Finnegan und Lady Caitlin hießen Mutter und ihren Liebsten herzlich willkommen.

„Ihr werdet doch nicht wirklich im Zelt schlafen wollen?", fragte Caitlin mit Blick auf das Packpferd. „Ihr wisst doch genau, dass bei uns immer ein Zimmer frei ist." Sie wartete nicht erst auf Zustimmung, winkte zwei Stallburschen und Knechte heran, die das Gepäck der beiden in die Burg tragen sollten.

„Ich beuge mich der Gewalt", lachte Sir Jim und bekam einen scherzhaft drohend erhobenen Zeigefinger der Hausherrin zur Antwort. „Ich möchte es lieber nicht erleben, dass Ihr Euch jemals der Gewalt beugen müsst", fügte sie noch hinzu. „Einen Sieg auf der ganzen Linie will ich morgen sehen!"

„Steckt die Erwartungen nicht zu hoch, Mylady, es werden viele ausgezeichnete Ritter um den Preis kämpfen", warf Sir Jim ein.

Caitlin winkte ab. „Solch einen großen Scheffel gibt es nicht, worunter Ihr Euer Licht verstecken könntet!"

„Welch seltener Gast naht denn dort?", fragte sie am nächsten Morgen völlig erstaunt, als ein einzelner olivgrüner Drache vor den Toren der Burg landete und sich in einen edel geharnischten Ritter verwandelte. „Ich fasse es nicht! Das ist Sir Patrick! Will er etwa zum Kampf antreten?"

„Nein, Lady Caitlin", entgegnete der Ritter lächelnd. „Ich bin hier, um meinem Favoriten die Daumen zu drücken und ihn notfalls stimmgewaltig anzufeuern."

Ähnliche Worte hörten sie von vier anderen Herren, die mit ihren Damen durch die Luft angereist waren und von Sir Ian, der Ritter George mitgebracht hatte.

„Die Großfamilie ist fast vollzählig", grinste Sir Finnegan. „Keiner nimmt von ihnen teil, aber alle scheinen denselben Kandidaten auf den Sieg zu haben. Die vier eingeschriebenen Drachenjungspunde werden schnell begreifen müssen, dass man diesem nicht ungestraft auf die Zehen tritt."

Sir Timothy, als Ranghöchster im Clan, wenn der König nicht zugegen war, bekam mit Lady Shona die besten Plätze. Er bat Lady Fran an seine andere Seite. Dann ließen sich die übrigen ranghohen Familienmitglieder nieder, unter ihnen Sir Patrick.

Sir Jim gewahrte die illustre Gesellschaft erst, als sein Name aufgerufen wurde und er zum Gruß auf die Tribüne zuritt. Kunz erstarrte vor Schreck, denn er hatte den bärtigen breitschultrigen Recken nicht wiedererkannt. Das roch für ihn nach Prügel der übelsten Sorte. Er musste auch nicht gar zu lange darauf warten, denn schon sein dritter Gegner im Schwertkampf war der Meistgefürchtete.

Jim gönnte sich wieder das Vergnügen, Kunz eine Weile vorzuführen, um ihn schließlich mit einem kräftigen Hieb gegen den Helm aus dem Ring zu katapultieren. Das Volk tobte vor Schadenfreude und von der Tribüne erklang ebenfalls Gelächter.

Zwei der vier Jungdrachen endeten gegen Sir Jim genauso unspektakulär im Sand und trollten sich mit hängenden Ohren. Einer von ihnen hielt wacker mit und musste im Endkampf gegen den haushohen Favoriten antreten.

Diesmal unterließ Jim jegliches Geplänkel. Er ging hart und konzentriert zur Sache. In der vierten Runde wechselte er übergangslos die Schwerthand, verwirrte damit seinen Kontrahenten und setzte ihm die Waffe an den Hals. „Erklärt Ihr Euch als besiegt oder soll ich Euch wirklich die Schneide durch den Hals ziehen?"

„Ihr seid der Sieger", würgte der andere Ritter mühsam hervor und Jim ließ ihn los.

In der halben Stunde Pause bereiteten die Knechte das Tjosten vor. Jim nutzte die Zeit, um sedierende Salbe auf seine vielen Blessuren aufzutragen. Er hatte es als nicht nötig befunden, seinen Drachenpanzer anzulegen. Nun, beim Lanzenstechen, sah das anders aus. Die Paarungen wurden ausgelost und Jim konnte sich ein Grinsen nicht verkneifen, als der Turniermeister bekanntgab: „Ritter Kunz von Kuckucksstein gegen Ritter Jim vom Nebelwald."

Eine kurze Galgenfrist blieb Kunz, denn er sollte erst in der letzten Paarung kämpfen. Inzwischen sammelten zehn andere Ritter Punkte oder blaue Flecke und gebrochene Knochen, wobei Brüche deutlich überwogen.

Kunz quälte sich halb ohnmächtig vor Angst auf sein Pferd. Er merkte, wie dieses losgaloppierte, weil das gegnerische Ross Selbiges tat. Ein Stoß an den Helm und Kunz sah Sterne. Instinktiv krallte er sich an den Zügeln fest und schaffte es, auf seinem Tier sitzen zu bleiben. Das wendete inzwischen, ohne sein Zutun, und preschte erneut in den Kampf.

Der Aufprall war hart, Kunz stürzte rücklings zu Boden und blieb regungslos liegen. Pfiffe, Johlen und rhythmisches Stampfen, begleiteten dies aus dem Publikum.

Ein Knecht eilte herbei. „Er ist tot!", rief er, nach kurzer Untersuchung. „Sein Genick ist gebrochen."

Stille.

Sir Jim ritt in die Mitte des Platzes. „Ich erhebe Anspruch auf die Burg Kuckucksstein!" Er schaute auffordernd zu den anderen Rittern des Turniers.

Als sich auch nach fünf Minuten keiner meldete, sie ihm streitig zu machen, erklärte Sir Timothy: „Nehmt sie in Besitz, denn sie steht Euch nach dem Gesetz zu."

Glückwünsche von der Tribüne und Jubel unterm Volk.

„Hoch lebe Sir Jim, der neue Herr von Kuckucksstein!", rief einer und alle stimmten ein.

Sir Finnegan übergab ihm eine kleine Truhe mit Goldmünzen, den Preis für den Sieger des Turniers.

„Die kann ich gut gebrauchen", schmunzelte Jim. „Es gibt wohl keinen in meinem Marktflecken, bei dem Kunz nicht Schulden hatte."

„Dann wollt Ihr es sicher lieber in Silbermünzen haben", stellte Finnegan lächelnd fest.

„Sagen wir: Die Hälfte, wenn es sich einrichten ließe", bat Jim.

„Ich tausche es Euch um. Ich kann Euch doch nicht völlig wehrlos den aufgebrachten Bauern überlassen." Finnegan grinste breit.

Fran warf sich an Jims Brust. „Nun haben wir endlich ein eigenes Häuschen im Grünen."

„Meinen herzlichen Glückwunsch!", meldete sich Sir Patrick. „Ich wusste doch, dass man sich auf Euch verlassen kann." Telepathisch fügte er hinzu: *Euer letzter Schwertgegner im Turnier ist ein Schwager des Burgherrn von Greifenstein. Seid vorsichtig, wenn man Euch einlädt, um Euch für die Begnadigung danken zu wollen. Geht hin, seid auf der Hut und nutzt die Chance, die Burg im Handstreich zu bekommen.*

Woher wisst Ihr das?

Ich habe das Zweite Gesicht, mein Herr.

Jim nickte langsam. *Da wundert es mich auch nicht, dass Ihr lieber in Euern eigenen Burgmauern bleibt.*

Sie Patrick schloss nur für Jim sichtbar für einen Moment die Augen, um volle Zustimmung zu signalisieren.

Den Abend verbrachte der glückliche Turniersieger im Kreise der Großfamilie, die den neuen Burgherrn gebührend feierte. Fran saß neben ihm und strahlte vor Glück.

Sir Ian setzte sich zu ihr. „Wunschlos glücklich?"

„So ähnlich. Ich muss nur noch meine ganze Habe aus der Königsburg nach Kuckucksstein bringen lassen."

„Das übernehme ich für Euch."

„Ja, Ihr seid der Richtige. Nur müsst Ihr wohl mehrmals fliegen."

„Vertraut Ihr mir?", hörte sie Sir Patrick fragen.

„Ja", erwiderte Lady Fran sofort.

„Dann werde ich Euern Enkel begleiten und beim Tragen helfen."

Jim zog die Augenbrauen zusammen, worauf Sir Patrick sagte: „Ihr müsst Euch um die Belange Eurer Bauern kümmern, sonst habt Ihr im nächsten Jahr eine

Missernte, die Euch ins Unglück stürzen wird. Sie verkaufen bereits die diesjährigen Früchte an andere Herren, um überleben zu können."

Sir Timothy war die sorgenvolle Miene der beiden Männer nicht entgangen. „Gibt es Probleme?"

Jim erklärte mit wenigen Worten, was soeben besprochen worden war.

„Ich werde mit zu König Vincent fliegen", versprach er sofort. „Ich kann einige Last mehr tragen, als alle anderen. Da schaffen wir es mit einem Mal. Zudem ist das die Gelegenheit, als Boten im Auftrag Sir Jims, unserem König brühwarm zu berichten, dass ein weiterer Burgbezirk in die Hand des Clans übergegangen ist."

„Ja, das hat was", schmunzelte Sir Patrick. „Sir Jim kann jede noch so kleine Unterstützung brauchen, um vor dem Königshaus gegen Emporkömmlinge aus unseren eigenen Reihen zu bestehen. Auch ist er nicht der Typ, sich hinter der Dame seines Herzens zu verstecken, mag sie noch so einflussreich sein."

„Ich glaube, mein edler Herr, wir sollten uns öfter unterhalten", bot Sir Timothy Ritter Patrick an. „Ihr wisst Dinge, die der König eines Tages dringend brauchen wird." Dass er dabei den Erhalt der Regentschaft meinte, musste er Patrick nicht erklären, der war sowieso im Bilde.

„Meine Burg steht Euch jederzeit offen", erwiderte Sir Patrick und breitete die Arme aus, um seinen Worten noch mehr Symbolcharakter zu verleihen.

Annes Geheimnis

Der neue Tag sah drei Drachen, die im Formationsflug gen Süden zur Königsburg strebten. Lady Shona nahm in Drachengestalt kurzerhand Ritter George auf den Rücken, um die heimatliche Burg anzusteuern.

Sir Jim hatte die drei Pferde einem Bauern in Obhut gegeben, der als Zuschauer beim Turnier gewesen war, und diese für seinen neuen Herrn nur zu gern nach Kuckucksstein bringen wollte. Dieser hatte ihm den Weg zusätzlich mit einer Goldmünze versüßt, für die er auf seinem Feld lange hätte arbeiten müssen.

Sir Finnegan war noch dabei, Jim einen Teil der Goldmünzen in Silber- und Kupfergeld umzutauschen. Eine Stunde später starteten dann auch seine letzten Gäste in Richtung der neuen Heimat.

„Ich zahle zuerst die Schulden ab, danach beauftrage ich sofort einen Baumeister, die Schäden am Gemäuer zu untersuchen", legte Sir Jim fest. „Ich möchte im Winter nicht im Kalten sitzen. Keine Ahnung, ob der Bau so marode oder Kunz so geizig war, dass im Palas fast immer das Eis an den Wänden saß."

Es beruhigt mich, dass Ihr die Burg wie Eure Jagdtasche kennt, sagte Drache Fran. *Da werden sich die unliebsamen Überraschungen in gewissen Grenzen halten.*

Die Landung direkt im Burghof fand inmitten eines Ringes sämtlicher Bewohner und Bediensteter statt. Die vor Jim heimreisenden Drachen hatten schon allerorten verkündet, dass er und die ehemalige Königin die neuen Herren der langsam verfallenden Burg waren. So blickten die beiden in abgehärmte, aber erwartungsvolle Gesichter.

„Ich bin Ritter Jim vom Nebelwald und mir gehört seit gestern, was der dahingeschiedene Ritter Kunz hinterlassen hat", sagte er in die buchstäbliche Totenstille.

„Der ist ...?" Einer der Umstehenden machte große erstaunte Augen und eine Handbewegung, die eine Kehle durchschneiden bedeuten sollte.

„Ich war so frei, ihn bei der Tjost mit tödlichen Folgen vom Pferd zu stechen."

Jubel brach aus.

Jim hob die Hand, um Ruhe zu erwirken. „Einige von euch kennen mich, auch wenn sie mich am Aussehen nicht identifizieren können. Ich bin jener Jim, den sich Kunz einst als Prügelknabe für seine Knappen hielt. Es ist nicht vergessen, wer mir damals Trost und Halt gegeben hat. Meine Dankbarkeit ist jenen gewiss. Genau so, wie ich mich bei denen revanchieren werde, die Kunz dabei noch unterstützten, mich zu drangsalieren. Ihnen rate ich, meine Ländereien bis zum Ablauf einer Woche zu verlassen.

Lady Fran, die ihr als Königin vor Lady Maya kennt, ist eure neue Herrin an meiner Seite."

Er stieg mit ihr die Treppen des Haupthauses hinauf und drehte sich vor der Tür noch einmal um. „In zwei Stunden zahle ich euch die Löhne aus. Und keine Gedränge! Es wird niemand leer ausgehen."

„Ein Rundumschlag vom Feinsten", lobte Fran erfreut. „Klare Fronten, klare Anweisungen und irgendwann werden die Ländereien auch etwas abwerfen." Sie schaute sich im Palas um. „Genauso spartanisch wie dreckig. Meine Güte, da ist der Stall am Häuschen Eurer Mutter wohnlicher!"

Jim schüttelte angewidert den Kopf. „So schlimm ist es erst in den letzten Jahren geworden. Ekelhaft!" Er öffnete das Fenster und befahl mehrere Knechte und Mägde zu sich.

Die hatten dann auch reichlich zu tun, den Schmutz der letzten Jahre zu entfernen und das Holz der Möbel mit Öl und Salz aufzupolieren. Gleichzeitig fahndete Jim nach den Lohnlisten und wurde in einem Haufen alter Pergamente fündig, der neben einer Truhe auf dem modrigen Fußboden vor sich hingammelte.

Pünktlich nach Ablauf der zwei Stunden begann er, die bereits wartenden Untergebenen einzeln zu sich zu rufen.

Lady Fran beaufsichtigte das Herrichten des Schlafzimmers. Sie ließ die alten Matratzen und Decken entfernen, die Möbel und Fußböden polieren und vor allem mehrere Stunden lang lüften, um den bestialischen stechenden Geruch loszuwerden.

Ein paar kleine Mädchen bat sie, auf der Wiese einen großen Strauß Blumen zu pflücken. Dafür gab es ein wenig Zuckerwerk und strahlende Kinderaugen.

Das Einzige, was in diesen Gemäuern ohne ihr Zutun funktionierte, waren die Küche, weil Kunz gern und viel gegessen hatte, und der Kräutergarten zwischen den Wällen. Im Gesindehaus, einem zugigen dunklen Schuppen, schlug sie die Hände vor das Gesicht. „Sofort niederreißen!", befahl sie. „Da seid ihr ja in Zelten besser aufgehoben!"

Den Hof zu kehren, musste sie nicht einmal anweisen, das taten die Knechte von ganz allein.

Ein gebratenes Kaninchen, welches Mittags auf ihrem Tisch stand, glättete die Sorgenfalten etwas. Am späten Nachmittag brachten plötzlich einige Bauern Obst, Gemüse und mehrere Säcke Getreide zur Burg und die neuen Herrschaften begannen aufzuatmen. So ließen sie sich ihre erste Nacht im neuen Domizil auch durch nichts verderben. Sir Jim war es sogar gelungen, einen recht guten Wein von einem Bauern zu bekommen und sie stießen auf ihr *Häuschen* an, wie sie die kleine Burg liebevoll nannten.

Am Morgen strahlte nicht nur die Sonne, sondern auch die Gesichter der Bediensteten. Jim und Fran waren in Rüstung erschienen, um das tägliche Training aufzunehmen. Sie winkten die vielen Neugierigen einfach heran und gingen dann recht heftig zur Sache.

Das Küchenpersonal spähte nur ab und zu zur Tür hinaus, um das frische Fladenbrot pünktlich aus dem Backofen nehmen zu können. Den guten Eindruck und die lobenden Worte des vergangenen Tages wollten sie keinesfalls leichtfertig verspielen. Solch edlen Herrschaften sollte es an nichts fehlen.

Ein paar Stunden später verdunkelte etwas die Sonne, das sich als Pulk dreier Drachen entpuppte, dessen Erster ein Gigant war.

„Der Gefleckte Drache kommt! Der Gefleckte Drache kommt!" Sogar von den Feldern liefen die Tagelöhner zusammen, um die hochwohlgeborenen Gäste zu begrüßen.

Der Riese landete und schon eilten Knechte herbei, ihm die aufgeladenen Lasten abzunehmen, damit er sich rasch verwandeln konnte, denn die anderen beiden mussten wegen der Enge des Hofes in der Luft warten.

Gleich nach ihnen ritt der Bauer mit den Pferden seiner Herrschaften zum Tor herein. „Mein Herr, alle vier Pferde wohlbehalten und mit unversehrtem Gepäck zurück in Eure Hände", erklärte er recht zufrieden.

„Vier Pferde?", staunte Sir Jim.

„Ja natürlich! Das Pferd Kunzens gehört Euch doch auch."

„Ach herrje, das hatte ich glatt vergessen. Herzlichen Dank." Er warf dem erfreuten Mann eine Münze zu.

Die Gäste betraten das Gemäuer mit sehr gemischten Gefühlen. Doch schon auf dem Gang hellten sich die Mienen auf.

„Ihr habt Eure Leute wohl mit der Peitsche angetrieben?!", staunte Sir Timothy über die auffallende Sauberkeit.

Lady Fran lachte. „Gute Worte sind viel wirksamer. Da ist ganz plötzlich allen eingefallen, wofür sie auf dieser Burg eigentlich ihren Lohn erhalten."

„Übermorgen kommt ein Baumeister, um mir einen Kostenvoranschlag für die nötigsten Arbeiten zu machen", verriet Jim. „Ein Gesindehaus muss her und möglichst vor dem Winter."

„Mir war so, als ob es mal eines gegeben hätte", sinnierte Sir Patrick, aus dem Fenster nach den beiden Zelten schauend.

„Ich habe die katastrophale Bretterbude niederreißen lassen", erklärte Fran. „Ich hatte keine Lust, mir Ungeziefer ins Haus zu holen, weil es darin nur so wimmelte." Sie schüttelte sich angeekelt.

„Ich kann mir nicht vorstellen, dass Kunz Euer Vater gewesen sein soll, wie man munkelt", wandte sich Sir Patrick an Ritter Jim. „Da stimmt doch hinten und vorn nichts überein!"

Jim atmete tief durch. „Es führt wohl kein Weg daran vorbei, dass ich meine Mutter zu diesem Thema sehr genau befrage. Ich möchte ja auch wissen, wer ich wirklich bin und sie dürfte die Einzige sein, die mir das sagen kann.

Ich werde morgen mit Euch fliegen. Hab ja auch noch viele Dinge auf Emerald Castle, die ich hierher bringen möchte."

Gänse-Anne seufzte in gleicher Weise wie ihr Sohn, als er sie sehr direkt fragte, wer sein Vater sei. „Du musst wirklich keine Angst mehr vor Kunz haben. Er hat sich das Genick gebrochen. Der ist begraben und vergessen.", fügte Jim also noch hinzu. „Wer bin ich?"

Anne fasste nach Jims Händen. „Nicht der Sohn von Kunz, wenn Euch das beruhigt."

Jim musste schmunzeln. „Ja, das beruhigt mich sehr. Aber das ist nicht die Antwort auf meine Frage."

Anne schloss die Augen und begann fast flüsternd zu erzählen: „Ich war erst dreizehn Jahre alt, als mir Kunz über den Weg lief, oder besser gesagt, ritt. Zwar versuchte ich, mich noch zwischen den Heuschobern zu verstecken, er hatte mich aber trotzdem gesehen und spürte mich rasch auf.

Er stand schon damals in dem Ruf, sich alles zu nehmen, wie es ihm gefiel. Als ich mich wehrte, schlug er mich nieder und holte sich mit Gewalt, was er hatte haben wollen. Am nächsten Morgen kam er wieder und schleppte mich auf seine Burg, wo die ersten Wochen die Hölle waren."

In Annes Augen glitzerten Tränen und Jim streichelte tröstend ihre Hände.

„Irgendwann fiel ihm ein, dass ich ja auch auf andere Art noch für meinen Unterhalt sorgen könne, und befahl mir, die unzähligen Gänse zu hüten. Das tat ich sogar sehr gern, denn dafür konnte ich die verhasste Burg wenigstens für ein paar Stunden verlassen.

Aber Abend für Abend erwartete mich das gleiche Martyrium. Ich beschloss, mich an Kunz zu rächen, wusste aber nicht wie. Das fiel mir ein, als er einmal für mehrere Tage zum Turnier ritt. Wenn mich einer schwängern würde, dann auf keinen Fall dieses Ekel. Also bat ich Jonathan, den Pferdeknecht, meine heimliche große Liebe, Kunz zuvor zu kommen."

Anne begann, hemmungslos zu weinen.

„Wer uns verraten hat, weiß ich nicht. Aber Kunz hat ihm, als er wieder zu Hause war, als Begrüßung wortlos seinen Dolch in die Brust gerammt und allen anderen das Gleiche angedroht, sollten sie auch nur ein Wort darüber verlieren.

Dann hat er Jonathan am Rande des Totenackers wie einen räudigen Hund verscharren lassen und mich nur noch angefasst, um mich zu schlagen, wenn er betrunken war."

Anne lächelte unter Tränen. „Jonathan wäre stolz gewesen, einen Sohn wie Euch zu haben!"

„Danke, Mutter!" Jim drückte fest ihre Hände. „Endlich kann ich das Gerücht aus der Welt schaffen, der Sohn eines miesen Dreckskerls zu sein. Zudem werde ich mich kümmern, dass Vater ein ordentliches Grab erhält.

Nun kann ich auch die vielen Gemeinheiten nachvollziehen, die mir Kunz angedeihen ließ. Aber gut, dass er sich beim Sturz das Genick gebrochen hat und ich nur die Lanze führte, die das Zünglein an der Waage war. Hätte ich all das vorher gewusst, dann hätte ich ihn womöglich grausam für alles büßen lassen und meine eigene Ehre aufs Spiel gesetzt.

Willst du nicht zu uns nach Kuckucksstein kommen?"

Anne schüttelte den Kopf. Dann flog ein winziges Lächeln über ihr Gesicht. „Es gibt auch hier Pferdeknechte."

Jim begann, herzlich zu lachen. „Gutes Gelingen! Möge der Richtige dabei sein, dich wirklich glücklich zu machen."

„Und?", fragte Ian, was alle dachten, als Jim zurückkam.

„Sir Patrick hatte recht. Ich bin definitiv nicht Kunzens Sohn. Der hat aber meinen leiblichen Vater auf dem rabenschwarzen Gewissen. Ich möchte gleich nach Hause fliegen. Lady Fran soll die frohe Botschaft mündlich erhalten."

Sir Ian schloss sich Jim als hilfreicher Lastenträger an, der damit endlich all seine Habe in den eigenen Wänden unterbringen konnte.

Fran freute sich nicht weniger als Jim, dass dieser nicht aus der Linie des verhassten Ritters stammte. Sie begleitete ihn und Sir Ian hinaus zum Totenacker, um die sterblichen Überreste seines Vaters aufzuspüren.

Eine Silbermünze frischte das Gedächtnis des alten Totengräbers schlagartig auf und Sir Jim begann eigenhändig, an der bezeichneten Stelle zu graben. Er stieß auch tatsächlich auf ein Skelett. Beim Freilegen des Brustkorbs zeigte er auf zwei Rippen. „Hier ist ein höllisch scharfer Gegenstand am Knochen entlang geschrammt. Ich bin sicher, dass dies hier die Gebeine meines Vaters sind."

Lady Fran ordnete an, sofort ein Grab am Hauptweg auszuheben. Jim sammelte die Knochen in seinen Umhang und trug sie zu jenem Platz, wo sie nun für alle Zeiten ruhen sollten. Ein paar Tage später zierte ein gemeißelter Stein die Stelle, der außer dem Namen des

Toten einen Drachen zeigte, der plastisch aus dem Granit herausragte.

Es dauerte auch nicht lange, da legten die Dorfbewohner frische Blumen auf das Grab, aus Dankbarkeit, weil Jonathans Sohn solch ein gütiger Herr war.

Feste Positionen

Für einen anderen gestaltete es sich immer schwerer, seine Vorrangstellung bedingungslos einzufordern – für König Vincent.

Weder so charismatisch wie sein Vater noch so erfahren. Und mit dem Wissen, dass ihn der Große Drache als zu schwach befunden hatte, musste er sich immer wieder den versteckten Anfeindungen der Neudrachen stellen, wie man sie im Jargon des Clans nannte.

Umso mehr hatte er sich gefreut, nachdem der erste Schock verflogen war, als die Abordnung Sir Jims erschien, um ihm die volle Unterstützung des jungen Ritters zuzusichern. Immer wieder hatte er das grandiose Bild vor seinem geistigen Auge, wie die drei Drachen majestätisch und mit völlig synchronem Flügelschlag durch die Luft glitten.

Genau so, voran Sir Timothy, hinter ihm auf beiden Seiten versetzt, dass man sie von vorn gut sehen konnte, waren die Herren Ian und Patrick auf seinen Thron zugeschritten. Erst, als sie, ein Knie auf den Boden gestützt, grüßten, war seine Anspannung echter Freude gewichen.

Den eigentlichen Grund, weshalb sie erschienen waren, offenbarten die drei ihrem König später in einem Achtaugengespräch.

„Sir Patricks seherische Fähigkeiten machen mir Angst", murmelte der König, als Patrick voraussagte, dass man versuchen werde, Sir Jim in eine Falle zu locken. „Ich bin äußerst dankbar, dass Ihr auf meiner Seite steht, meine Herren."

„Wir haben alle keine Ambitionen, Eure Nachfolge anzutreten", erklärte Sir Timothy. „Am wenigsten aber Sir Jim und Lady Fran. Die beiden wollen nichts weiter als in Frieden leben, solange man sie lässt. Sie werden aber immer unter den Ersten sein, die kommen, wenn Ihr ruft."

„Das weiß ich", bestätigte Sir Vincent erleichtert. „Ich werde Sir Jim stets als einen der Unseren behandeln, auch wenn er uns optisch nicht gleicht. Was ist schon das Aussehen?! Er hatte schon immer das Herz eines Drachens. Mein Vater hat es an Euch vorgemacht und ich werde ihm folgen, was Sir Jim betrifft."

Nun blinzelte er. „Sich Lady Fran zu widersetzen, wäre zudem Irrsinn. Ihre Flammen habe ich einmal erlebt, das reicht, um sie niemals unbedacht reizen zu wollen."

„Das ist wohl wahr", lachte Sir Timothy. „Sie ist und bleibt unsere tödlichste Kriegerin."

Dies hatte zur Folge, dass am nächsten Morgen Frans Eigentum besonders gut verpackt und mehrfach gesichert den drei Drachen umgebunden wurde.

Sir Patrick brachte es auf dem Heimweg auf den Punkt: „Sir Vincent ist ein starker Drache, aber leider ein schwacher König. Er wird uns noch oft genug um Rat fragen, wenn Lady Maya auch nicht weiter weiß."

Die Lady, deren Gepäck sie soeben beförderten, freute sich jedenfalls riesig, als sie dies und solch auserlesenen Besuch bekam. Ihr Koch lief zur Höchstform auf und zeigte den edlen Herren, was in ihm steckte.

„Kann ich ihn Euch abwerben?", witzelte Sir Patrick und amüsierte sich sehr über die wild abwehrenden Handbewegungen von Fran und Jim.

Die Kunde vom Besitzerwechsel der Burg hatte sich wie ein Lauffeuer verbreitet. Angelockt vom guten Ruf des Drachenpaares fanden sich tatsächlich rasch verschiedene Handwerker ein, die um ein Stück Pachtland baten. Aber auch fahrende Spielleute und Händler versuchten ihr Glück und wurden selten abgewiesen.

Als die Felder fast abgeerntet waren und sich die Speicher der Burg beinahe vollständig gefüllt hatten, ritt ein Bote des Herrn von Greifenstein in den Burghof, um Sir Jim eine Einladung zum Erntefest zu überbringen.

Jim las die wenigen Zeilen. „Sag deinem Herrn, dass ich die Einladung annehme."

Mit den Worten: „Sie haben nur auf diesen Tag gewartet, um nicht verdächtig zu erscheinen", reichte er das Pergament Lady Fran.

„Ihr habt zugesagt, nehme ich an."

„Ja, wie abgesprochen."

Fran knirschte mit den Zähnen. „Dann werde ich an jenem Tag unpässlich sein und im Hintergrund über Euch wachen."

Auch die Ritter Patrick, Timothy und Ian bekamen sofort telepathisch Bescheid.

„Es geht also los", murmelte Ian. „Ich habe immer gehofft, Sir Patrick habe sich geirrt."

„Fliegen wir rüber nach Kuckucksstein", forderte Sir Timothy und Ian war in wenigen Minuten voll gerüstet kampfbereit.

Unterwegs fiel ihnen ein dunkler Punkt am Himmel auf, der das gleiche Ziel zu haben schien. Sie vermuteten richtig. Schon bald war deutlich ein Drache zu erkennen, der Sir Jims Burg im Visier hatte. Also sprachen sie ihn an und stellten erfreut fest, dass es Sir Patrick war, der auch sofort losgezogen sein musste.

Lady Fran atmete auf. „Ihr glaubt ja nicht, wie sehr ich mich über Eure Anwesenheit freue!", rief sie. „Sir Jim ist bereits losgeritten und sollte in etwa einer halben Stunde sein Ziel erreichen."

„Ihr bleibt bei Lady Fran", wies Timothy seinen Sohn an. „Wir legen uns in der Nähe von Greifenstein auf die Lauer. Sie können gern einen Kampf haben, wenn sie ihn wollen."

Beide stiegen hoch über die Wolken auf, um sich unbemerkt anzuschleichen, was bei Timothys Größe nicht ganz so einfach zu bewerkstelligen war. Trotzdem gelang es ihnen, sich endlich in menschlicher Gestalt an der Mauer zu verstecken und die Energien im Inneren der Burg zu überwachen.

Sir Jim war vor ihnen eingetroffen. Sein Pferd hatte er an der Tränke angebunden. Der Hausherr empfing den Gast mit zuckersüßem und schon deshalb falsch wirkendem Lächeln. Jim prägte sich jedes Detail des verwaist anmutenden Hofs ein. Wie bei einem Erntefest sah es hier ganz und gar nicht aus.

Seine eigene Burg war nach alter Tradition geschmückt worden, die vielen Helfer wuselten durcheinander und alle hatten vollauf zu tun, die letzten Früchte einzubringen. Hier war kein einziger Knecht zu sehen.

Jim folgte seinem Gastgeber ins Innere. Zwei Herren, die Jim fremd waren, stellten sich ihm vor, eine Magd trug Speisen und Getränke auf. Eine kalte Atmosphäre, die der Burgherr zu überspielen suchte. Sir Jim tat, als bemerke er es nicht. Er beantwortete Fragen zum Ernteerfolg seiner eigenen Leute so zweideutig, dass keine Antwort dieselbe Wirkung gehabt hätte.

Erst, als einer der Herren das Thema Jagd anschnitt, wurde auch Sir Jim etwas mitteilsamer.

„Sie versuchen, ihn betrunken zu machen", grollte Sir Patrick, als auf jeden noch so kleinen Hasen angestoßen werden musste.

„Sie wissen, dass sie sonst auch zu dritt keine Chance gegen ihn haben", erwiderte Sir Timothy. „Mir scheint sogar, dass sie ihn im Schlaf töten wollen."

Jim, der, was das Weintrinken betraf, nicht in Übung war, begann bereits beim fünften Becher einzunicken. Allerdings schnellte er sofort hoch, wenn sich ihm bloß eine Hand der Männer näherte, geschweige denn sie selbst. Hinter seinen Rücken zu gelangen, war so ausgeschlossen.

„Bringen wir ihn zu Bett!", schlug einer vor und die anderen versuchten, wenigstens dies in die Tat umzusetzen.

Irgendwie überzeugten sie Jim, sich zu einem Bett führen zu lassen und kaum lag er darin, schlief er schon tief und fest. Der Herr von Greifenstein schlich davon, um die Dolche zu holen, die gut versteckt hinter einer Truhe lagen.

„Machen wir ihn kalt", knirschte er, lautlos die Tür öffnend.

Jim träumte von Königin Mo, die ihm befahl, seinen Drachenpanzer anzulegen. Jim erfüllte die Order, wie es sich für einen guten Ritter gehörte. Dann sah er plötzlich ihre Reißzähne wie Schwerter auf sich zukommen und erwachte.

In genau jenem Moment hatten die drei Schurken versucht, mit ihren Dolchen auf ihn einzustechen und bekamen zu spüren, wie er sich auch volltrunken gegen Angriffe wehren konnte, selbst wenn die im Traum begonnen hatten.

Den Ersten beförderte er mit einem Tritt an die Wand, der Zweite flog kopfüber zum Fenster hinaus. Dem Dritten, dem es gelungen war, zu fliehen und der nun Zeter und Mordio schrie, um seine versteckten Knechte herbeizurufen, folgte er auf den Hof. Die klare Nachtluft milderte Jims Rausch und er zog seine beiden Dolche aus den Stiefelschäften.

Eine Horde brüllender, mit Dreschflegeln bewaffneter, Knechte rannte auf ihn zu, um ihm den Garaus zu machen. Jim riss eine Tür aus ihren Angeln und ging zum Gegenangriff über, während auf der Mauer zwei geschuppte Köpfe auftauchten, denen die riesigen Körper folgten.

Mit den traurigen Gestalten wird er auch allein fertig, hörte Sir Patrick die Worte Timothys. *Holen wir uns lieber den, der alles ausgeheckt hat.*

Und *der* war auf Jims Pferd zum Burgtor hinaus verschwunden und suchte sein Heil in der Flucht. Offensichtlich war er zu betrunken, um sich in einen Drachen verwandeln zu können.

Sir Patrick ließ Timothy gern den Vortritt, als dieser im Sturzflug niederschoss, um den Flüchtigen vom Ross zu pflücken. Patrick sammelte den Rappen auf, um ihn zu seinem rechtmäßigen Herrn zurückzutragen.

Sir Jim hatte im Burghof nicht nur die Tür zu Kleinholz verarbeitet. Auch die Knechte sahen gar nicht gut aus. Er selber steckte nach vollbrachter Tat den Kopf in die Pferdetränke, um endlich wieder halbwegs nüchtern zu werden. Nun saß er da und zog sich ein paar große Holzschiefer aus den Kleidern. Ohne Drachenpanzer piekten diese nämlich recht unangenehm auf der Haut.

Drache Timothy schwebte ein und warf ihm den Herrn von Greifenstein direkt vor die Füße.

„Na so was, wo kommt Ihr denn plötzlich her?", staunte Jim über die beiden befreundeten Drachen. „Ah, das Geschenk nehme ich doch mit Freuden an", strahlte er beim Anblick des Burgherrn auf. „Versuche, dich zu wehren, elende Ratte", wandte er sich ganz ruhig an den Zitternden. Grinsend fragte er: „Schwert, Dolch oder bloße Hände?", ihm seine Faust unter die Nase haltend.

„Schwert", presste der verräterische Burgherr heraus, die Drachen verwandelten sich zurück und reichten den Kontrahenten ihre eigenen Waffen, um die Sache abzukürzen.

Unter den Augen der handzahmen Knechte hieben die beiden Ritter aufeinander ein. Jim fühlte plötzlich ein heftiges Brennen an jener Stelle, die Königin Mo mit ihren Zähnen durchlocht hatte, dann durchströmte eine seltsame Kraft seinen Körper. Seine Augen begannen rot zu leuchten, seine Bewegungen wurden immer schneller – der abgeschlagene Kopf seines Gegners flog meterweit durch die Luft.

Jim ließ das Schwert fallen, ging auf die Knie und stützte sich mit den Händen am Boden ab. Ein blutroter Strudel bildete sich vor seinen Augen.

„Was geschieht mit ihm?", fragte Sir Patrick entsetzt.

Sir Timothy lachte. „Etwas, das Ihr nicht vorhersehen konntet. Er erreicht soeben die höchste Stufe seiner Transformation."

Begleitet von einem markerschütternden Schrei verwandelte sich Jim in einen riesigen graugelben Drachen, der eine Flamme in den Himmel schickte, die man auf Burg Kuckucksstein bis in den Palas sehen konnte.

Fran sprang auf. „Nichts wie hin!"

Ian hatte Mühe, ihr zu folgen, denn sie kletterte einfach auf den Fenstersims, stieß sich ab und verwandelte sich in der Luft.

„Da soll mir nur noch mal einer sagen, dass man mit zunehmendem Alter vernünftiger wird!", kicherte er und machte es ihr nach.

Ein paar Minuten später wimmelte es auf Greifenstein regelrecht von Drachen der königstreuen Linie, denn Sir Kenneth war auch herbeigeeilt, in der Annahme, man habe seinen Sohn in einen unfairen Kampf gezogen.

Nun staunte er, wer hier gegen wen zurückgeschlagen und sich ein weiteres Häuschen im Grünen gesichert hatte. Sir Jim musste den Versammelten immer wieder erzählen, welche Rolle der Königin der Wasserdrachen bei seinem Sieg zukam.

„Fliegen wir nach Hause", schlug er schließlich vor, ehe er sich an die Knechte wandte: „Ich komme morgen wieder und erwarte, dass jeder, der kann, an seiner Arbeit ist."

„Und da bin ich noch fast sanft zu ihnen gewesen", stellte er trocken fest, als die Männer ächzend davonhinkten.

An der Burgmauer blieb er stehen. „Ach, jetzt illuminieren wir erst noch ein bisschen den Himmel für meine Leute."

Alle verwandelten sich und spien Feuergarben in die Luft. Die feinen Drachenohren konnten deutlich den tosenden Beifall aus Kuckucksstein wahrnehmen.

Der krönende Abschluss eines denkwürdigen Erntefestes, grinste Jim, sich in die Tiefe fallen lassend und mit dem Wind davonsegelnd.

Fran sah ihrem beeindruckenden Drachen mit liebevollem Blick hinterher, ehe sie ihm mit schnellem Flügelschlag nacheilte.

Ab nach Hause, meine Herren! Sir Timothy stieg kraftvoll in den Nachthimmel. *Morgen fallen wir mit Mann und Maus in Kuckucksstein ein und feiern ein richtiges Fest. Hoch lebe Drache Jim!*

Noch auf dem Heimflug, also mitten in der Nacht, kontaktierte er alle königstreuen Drachennester.

Sir Jim und Lady Fran wurden von ihren eigenen Leuten mit Hochrufen empfangen.

„Wir feiern morgen!", rief Jim ihnen zu. Dabei hatte er keine Ahnung, wie grandios dies am Ende wirklich werden sollte.

Fran, völlig im Bann seiner vollständigen Verwandlung in einen Drachen, schenkte ihm eine Liebesnacht, die Jim ganz sicher nie wieder vergessen würde.

Die Macht der vier Drachen

Als die beiden am Morgen aus dem Fenster ihres Schlafzimmer schauten, rieben sie sich verwundert die Augen. Zwischen all dem Schmuck zum Erntefest sahen kleine und große Drachen aus Stroh hervor. Den Imposantesten hatten die Knechte oben auf dem Haupttor platziert, sodass er schon von weitem zu erkennen war.

„Na, wenn das keine Verehrung ist, dann weiß ich auch nicht", staunte Lady Fran.

„Ich werde mich herzlich für das Wohlwollen bedanken", versprach Jim mit strahlenden Augen. „Dass mir diese schäbige alte Burg einmal so viel bedeuten könnte, habe ich nie für möglich gehalten. Fast möchte ich sie zum Hauptsitz ausbauen und Greifenstein zum Jagdhaus degradieren."

„Ich habe nichts dagegen", erwiderte Fran. „Hier gibt es die Wiesen und Felder gleich vor den Toren, wo man recht schnell einen Turnierplatz schaffen kann. Da oben, auf dem Felsen, habt Ihr nichts dergleichen. Nur eine schönere Aussicht."

Jim hauchte ihr einen zärtlichen Kuss auf die Lippen. „Und selbst diese ist von hier unten nach da oben grandioser."

„Mehr Gründe brauchen wir nicht. Lassen wir das alte Kuckucksnest umbauen!" Fran küsste ihn auf die Nasenspitze.

„Herr, Herr!!!", rief ein Knecht vor der Tür. „Da draußen zieht ein Unwetter auf und wir haben noch Korn auf den Feldern!"

Jim eilte hinaus und warf einen sorgenvollen Blick auf die schwarze Wand am Himmel. Einen zweiten und noch einen dritten, dann begann er, schallend zu lachen.

„Mein lieber Konrad, das ist kein Gewitter. Das sind Drachen! Schleppt alles auf der großen Wiese vor dem Tor zusammen, was ihr irgendwo an Bänken und Stühlen finden könnt!"

Im Nu wimmelte es im Burghof wie in einem Ameisenhaufen. Jim ließ kurzerhand Pfähle in den Boden schlagen und die beiden riesigen Scheunentore als Tischplatten darauf legen.

Im nächsten Augenblick kreisten fast dreißig Giganten über der Burg und landeten schließlich auf der Wiese, wo Lady Fran und Sir Jim standen, um alle gebührend zu begrüßen. Besonders ehrerbietig verneigten sie sich vor dem Königspaar, das schon jetzt großen Spaß an dem Spektakel zu haben schien.

Keiner war mit leeren Klauen gekommen. Die einen luden Weinfässer ab, die anderen erlegtes Wild und die nächsten packten Kisten mit Geschirr aus, weil man auf Kuckucksstein bisher andere Sorgen gehabt hatte, als sich um Geschirr für tagelange Feste zu kümmern.

Innerhalb kürzester Zeit stand eine bunte Zeltstadt auf der Wiese. Dem Improvisationstalent des Hausherrn waren keine Grenzen gesetzt. Und so brannten bald mehrere Feuer um den Tisch herum. Hirsche, Rehe und Wildschweine steckten an den Spießen und mancher Ritter war sich nicht zu schade, den Knechten dabei hilfreich zur Seite zu stehen.

Die Tische für das Gesinde hatte Jim gleich neben die seiner erlauchten Gäste stellen lassen, denn niemand sollte zu kurz kommen. Hatte er doch in der Nacht seinen Leuten versprochen, dass es heute ein Fest geben werde.

Kaum waren die meisten Aufbauarbeiten abgeschlossen, tauchten auch schon Spielleute auf, um für Musik und Frohsinn zu sorgen.

„Ich habe Euch noch nicht einmal für die großartige Unterstützung heute Nacht gedankt", wandte sich Jim an die Herren Timothy, Patrick und Ian. Er hob seinen vollen Weinbecher. „Auf Euch, meine Herren und auf Königin Mo, die mir vermutlich das Leben gerettet hat."

Sir Timothy trank und hob noch einmal den Becher. „Lady Mo lässt Euch herzlich grüßen. Sie ist glücklich, dass Ihr unbewusst Ihre Botschaft erhalten habt. Sie konnte fühlen, dass Ihr in Todesgefahr schwebtet. Der gelbe Anteil an Euerm Schuppenkleid kommt nicht von ungefähr und ist auch nicht wirkungslos, wie sich in der vergangenen Nacht deutlich zeigte.

Weiterhin bat sie mich, Euch auszurichten, dass sie Euch zum Anbeißen mag, aber nicht zum Fressen gern hätte, wobei sie das Wörtchen *gern*, lieber nach dem Wort *nicht* sehen möchte."

„Wäre Königin Mo von unserer Art, dann würde ich jetzt glatt eifersüchtig werden", ließ sich Lady Fran vernehmen.

Jim zuckte deutlich sichtbar zusammen. „Ihr erschreckt mich!", rief er, sie mit großen Augen musternd.

Die Herren am Tisch begannen, schallend zu lachen, die Damen lächelten amüsiert.

Fran sah Jim mit fröhlichem Blinzeln an. „Es war nur Spaß. Ich bin doch überaus froh, dass Lady Mo helfen kann, wenn Ihr in Nöten seid. Ich habe niemals Anlass, an Eurer Liebe zu zweifeln. Dass Ihr die vielen schönen Augen ignoriert, die Euch die Mädchen allerorten machen, ist mir bestens bekannt." Sie streichelte seinen Handrücken mit einer Fingerspitze.

„Ach, da war doch noch was!", rief Jim. „Vor lauter Aufregung über so viele Gäste hätte ich beinahe das Wichtigste vergessen, was mir seit letzter Nacht durch den Kopf spukt. Aber umso besser, dass alle da sind."

Er zog unter den neugierigen Blicken der Versammelten etwas hervor, das er in einem kleinen Ledersäckchen am Gürtel getragen hatte. Vor Lady Fran stützte er sich auf ein Knie, nahm ihre Hand und fragte: „Wollt Ihr meine Frau werden?"

Fran nickte heftig und hauchte: „Ja."

Unter dem donnernden Applaus der Feiernden steckte er ihr einen goldenen Ring mit einer wundervoll schimmernden Perle an den Finger.

Sir Timothy rieb sich zufrieden die Hände.

„Ich liebe Männer, die genau wissen was sie wollen und das auch so kundgeben, dass andere keine Chance mehr haben", lachte Lady Shona.

„Nicht so laut", kicherte Ian. „Sonst wird Lady Fran doch noch eifersüchtig."

„Wir sind doch gerade so schön versammelt", stellte König Vincent blinzelnd fest. „Die beiden schnellsten Flieger zu mir!"

Zwei junge Männer erhoben sich sofort.

„Einer fliegt nach Wildforest und holt den weisen Stephan, der andere eilt nach Emerald Castle und bringt die Mutter Sir Jims her. In zwei Stunden erwarte ich Euch zurück."

„Wie?", fragte Lady Fran völlig verdattert.

Der König hob vergnügt grinsend die Schultern. „Wollt Ihr etwa noch einmal darüber nachdenken oder nicht lieber doch heute den Mann Euerer Träume Euch noch fest sichern?"

„Ich will!", rief Fran.

„Denken oder sichern?", schmunzelte Vincent.

Fran schmiegte sich in Jims Arm. „Ich denke, ich sichere ihn mir."

„Die Variante geht auch", lachte der König.

„Ich fliege rüber nach Greifenstein", erklärte Jim. „Die Handvoll Leute, die ich diese Nacht verdroschen habe und das restliche Gesinde der Burg sollte hier feiern kommen. Dann wissen sie wenigstens gleich, wie der Wind ab sofort weht."

Am Ende brachen zehn Drachenmänner auf, um für den Transfer der rund 30 Personen zu sorgen.

König Vincent schaute dem Pulk hinterher. „Sir Jim hat ein gutes Händchen dafür, wie man sich die Untergebenen gewogen macht."

Den Neuankömmlingen war die Anwesenheit des Königs nicht verraten worden. Ihr bisheriger Herr hatte nach der Devise gelebt: Der König ist weit weg, ich mache, was mir gefällt. Nun beeilten sie sich, mit besonders tiefen Verbeugungen, ihre Unterwürfigkeit zu bekräftigen.

Jim, Timothy, Ian und Patrick warfen sich belustigte Blicke zu. Unwahrscheinlich, dass einer dem neuen Herrn, Sir Jim von Kuckucksstein, auf der Nase herumtanzen, selbst wenn dieser seine zweite Burg selten besuchen werde.

Der König war für sie nicht mehr irgendein Phantom, nein, der saß zum Greifen nah vor ihnen am Tisch. Und wie es der Zufall wollte, kamen noch zwei fremde Reiter zum Festplatz – ein adeliger Herr mit seinem neunjährigen Sohn, den, so bat er, Sir Jim zum Knappen nehmen solle.

Lady Fran nickte kaum merklich, zum Zeichen, dass sie nicht böse sei, wenn sich Jim neben dem Fest auch noch damit befasse. Jim wies den beiden kurzerhand Plätze am Tisch zu und versprach, am nächsten Tag die Modalitäten auszuhandeln. Denn, wie ein Blick zum Himmel zeigte, kamen die beiden Boten des Königs erfolgreich zurück.

Anne trug eines jener prächtigen Festkleider, die Jim für sie hatte nähen lassen. Damit fiel sie in der hoch herrschaftlichen Runde kaum als eine aus dem Volk auf. Der fremde Adelsherr schaute sogar recht interessiert zu ihr hinüber. Doch das bemerkte Jim nur ganz am Rande, denn es nahte sein großer Augenblick.

Stephan, der von vielen wie ein Heiliger verehrt wurde, begrüßte das Königspaar, die Brautleute und danach die übrigen Drachen und deren Gäste.

Lady Fran trug bunte Blüten im Haar und, wie auch Jim, einen Kranz aus Blumen um den Hals. Das war für beide Schmuck genug, um eine fantastische Hochzeit zu feiern. Stephan vollzog die Zeremomie und es war ringsum so still geworden, dass man sogar das Summen der Käfer im Gras vernehmen konnte. Jubel brandete auf, als sich Fran und Jim ewige Liebe schworen.

„Habe ich einen kleinen Wunsch offen?", fragte Stephan vorsichtig.

„Aber natürlich", versprachen Fran und Jim zugleich.

„Dann möchte ich darum bitten, Euch in verwandelter Gestalt sehen zu dürfen."

Fran stand augenblicklich als leuchtend rote geschuppte Riesin vor ihm. Bei Jim dauerte die noch völlig ungewohnte Verwandlung einen Moment länger, sorgte aber für erstaunte Ausrufe. Nicht nur, dass er als vierbeiniger Drache vor ihnen erschien! Sein gelblichbrauner Schuppenpanzer zeigte auf dem Rücken einen breiten brandroten Längsstreifen, der zu den Flanken hin allmählich verblasste. Zudem trug er flammend rote Hörner und schien deutlich größer zu sein, als alle anderen männlichen Drachen, mit Ausnahme des Giganten Timothy.

„Ich glaube ja nicht, was ich sehe!", rief Sir Vincent verblüfft. „Sir Timothy und Sir Ian, bitte verwandelt Euch, um einen direkten Vergleich zu haben!"

Kein Zweifel, Drache Jim war deutlich größer als Drache Ian, aber um Einiges kleiner als Drache Timothy.

„Das nenne ich die Macht der vier Drachen", staunte der König. „Lady Fran hat mit ihrem Gatten keine schlechte Wahl getroffen."

Jim blinzelte. „Und der weiß ziemlich gut, was er ihr und anderen alles zu verdanken hat." Dabei warf er auch seiner Mutter einen liebevollen Blick zu.

Der zukünftige Knappe des stattlichen Drachenritters beobachtete diesen mit größter Ehrfurcht. Er hatte keine Angst davor, allein in dessen Burg bleiben zu müssen. Im Gegenteil! Er freute sich darauf, von solch einem Herrn ausgebildet zu werden. Nicht viele Knappen konnten von sich sagen, einem echten Drachen dienen zu dürfen.

„Es wird Euch sicher nicht schlecht bei ihm ergehen, junger Herr", pflichtete Anne bei.

„Ihr seid seine Mutter, stimmt`s?"

„Das ist richtig." Anne nickte freudig. „Aber Ihr müsst mich nicht in der Ehrenform ansprechen. Ich bin nur eine aus dem Volk."

„Wirklich?" Der Knabe riss die Augen auf.

Wieder nickte Anne.

Der Vater des Jungen hatte die kurze Unterhaltung vernommen. „Das ist vollkommen egal. Ich glaube, eine Mutter, die solch einen prachtvollen Sohn hat, darf es ruhig genießen, wenn Uneingeweihte sie so ansprechen."

„Ihr seid zu gütig, mein Herr." Anne bekam einen Hauch Farbe. „Eure Frau wird sicher auch eines Tages stolz auf Euern Sohn sein, wenn er alle Künste der Ritter beherrscht."

„Ich bin Witwer", verriet der Angesprochene. „Seine Mutter starb im Kindbett."

Anne hielt sich erschreckt den Mund zu. „Es tut mir leid ..."

In diesem Augenblick begannen die Musiker zum Tanz aufzuspielen und sie fand sich in den Armen des Edelmannes wieder, der die Gelegenheit kühn am Schopfe gepackt hatte.

Jim wirbelte mit seiner hübschen Gattin über die Wiese, die so plötzlich zum Tanzboden geworden war. „Ich glaube, diesmal winkt Mutter was Besseres als ein Pferdeknecht", flüsterte er ihr schmunzelnd ins Ohr.

„Das vermute ich auch", gab Fran mit lustigem Blinzeln zurück. „Ich drücke ihr ganz fest die Daumen. Obwohl die Früchte der Knechte auch nicht schlecht sein müssen. Ich liebe eine solche von ganzem Herzen."

„Wie wundervoll, Mutter so glücklich zu sehen", schwärmte Lady Shona, die beiden beobachtend.

„Da fallen auch uns ganze Gebirge vom Herzen", strahlte Königin Maya. „Wir haben uns bittere Vorwürfe gemacht, als sie nach dem Tod Eures Vaters in den Nebelwald auswich."

Bis tief in die Nacht wechselten Tanz und Gesang einander ab. Sir Ian übernahm es, zusammen mit drei anderen Drachenmännern, die Bewohner von Greifenstein zur Burg hinüber zu bringen. Die übrigen Drachen zogen sich in ihre Zelte zurück, deren Bewacher sich alle zwei Stunden abwechselten.

Fran und Jim verbrachten eine unruhige Nacht, obwohl diese so wundervoll begonnen hatte.

Trennung wider Willen

Das frisch vermählte Paar war eng umschlungen eingeschlafen und so fühlte Jim besonders deutlich, wie Fran mehrmals heftig zusammenzuckte und schließlich erwachte.

„Was habt Ihr?", fragte er besorgt.

„Ich trau es mich kaum zu sagen", murmelte Lady Fran verstört. „Ich habe davon geträumt, dass Ihr mich plötzlich verlassen habt, um zu Königin Mo zu fliegen."

„Bitte was???" Jim schaute Fran so entgeistert an, dass sie ihre Worte bereute.

„Es war nur ein Traum", versuchte Fran zu erklären, womit sie Jim keinesfalls beruhigte.

Es dauerte auch eine kleine Ewigkeit, ehe beide wieder einschlafen konnten. Kurz darauf fuhr Jim so heftig zusammen, dass Fran ihn fragte, was er habe.

„Ich hatte die gleiche Vision wie Ihr, denn Traum möchte ich es ganz und gar nicht nennen. Es wird etwas geschehen, wovor ich Königin Mo bewahren muss. Keine Sekunde werde ich zögern, sobald ich weiß, was zu tun ist. Aber ich werde Euch ganz sicher nicht verlassen, um mit ihr zu leben."

Jim hatte das mit solcher Bestimmtheit gesagt, dass Fran um Verzeihung bat.

„Stehen wir auf und fliegen eine Runde", schlug Jim vor. „Der Schlaf ist alles andere als erquicklich."

Ihr Start war nicht unbemerkt geblieben.

Möchtet Ihr allein sein oder ist es erlaubt, sich anzuschließen, hörten sie noch vor der Gebirgskette Sir Timothys Stimme.

Kommt ruhig heran, gab Lady Fran zurück. *Ihr könnt wohl auch nicht schlafen?*

So ist es, Mylady. Der gefleckte Riese holte sie rasch ein. *Mich hat ein seltsamer Traum geplagt.*

Euch auch? Drache Jim schaute ihn erstaunt an.

Timothy wandte sich ihm neugierig zu. *Jetzt sagt nicht, dass Euch Königin Mo eine schlaflose Nacht bereitet hat!*

Genau das hat sie, antwortete Fran, um gleich darauf zu fragen: *Was geschieht hier?*

Das sollten wir wohl mit Sir Patrick besprechen. Es würde mich arg wundern, hätte er besser geschlafen, schmunzelte Timothy.

Ein paar Minuten später lachte er, denn Drache Patrick kam ihnen entgegen.

Ich musste den Kopf freikriegen, erklärte er auf die neugierigen Blicke der drei.

Lady Mo steckt offenbar gewaltig in der Klemme! Timothy ging nicht auf das verwunderte Schnaufen Patricks ein. Er deutete kurz nach unten, worauf alle Drachen landeten. „Erzählt!", forderte er Patrick sofort auf.

„Ach, wenn ich nur wüsste, was los ist. Ich habe Königin Mo in einem Kessel schwimmen sehen, unter dem ein gewaltiges Feuer brannte. Ihr gesamtes Volk trieb tot im kochenden Wasser und Mo hockte auf den Leichen und versuchte völlig vergeblich, den Rand zu erreichen, um herauszuklettern."

„Oh nein!" Fran schlug die Hände vor das Gesicht.

Jim erzählte, wie es ihr und ihm in der Nacht ergangen war und wie sie mit Sir Timothy zusammengetroffen waren.

„Ihr müsst sofort übers Meer reisen und Mo suchen!" Fran rüttelte an Jims Arm.

„Ich komme mit", versprach Sir Patrick.

„Gut so", flüsterte Ritter Timothy. „Sir Ian wird sich Euch sicher anschließen. Mit einem kleineren Boot werdet Ihr rasch die andere Seite erreichen. Ich hoffe inständig, dass Lady Mo noch lebt."

Gemeinsam suchten sie das Zelt des Königspaares auf, um ihm ihre Entscheidung mitzuteilen.

„Tut, was getan werden muss." König Vincent befahl sofort, Proviant auf ein Boot zu bringen, um noch vor Einbruch des Winters die Mission abschließen zu können.

Sir Ian zögerte keine Sekunde, seinen Freund auf dieser Reise zu begleiten. Anne hatte Tränen in den Augen, als sich Jim von ihr verabschiedete.

„Ich werde versuchen, Eure Mutter ein wenig aufzuheitern", versprach der Vater des Knappen, welcher nun seinen ersten Schliff von Lady Fran bekommen sollte.

Die wich bis zum Augenblick der Abreise keinen Schritt von Jims Seite und packte ihm mehrere Tiegel ihrer Wundersalbe ein.

Sir Jim, der Stärkste der drei Drachen, schlüpfte zuerst in die Ketten, um das Boot möglichst rasch voranzubringen.

Passt alle drei gut auf Euch auf, sandte Lady Fran telepathisch zu ihnen, als sie rasch in der Ferne verschwanden.

„Komm, Cedric, fliegen wir nach Hause. Du wirst jetzt viel lernen müssen", sagte sie zu ihrem Knappen und verwandelte sich.

Die beiden Männer im Boot erwischten sich immer wieder dabei, wie sie minutenlang Sir Jim beobachteten. Seine imposante Größe und die ungewöhnliche Färbung seines Schuppenpanzers faszinierten sie. Hin und wieder gab Sir Jim ein paar Erklärungen zu dem, was er in weitem Umkreis erspähte. Meist waren es riesige Fischschwärme, aber auch zwei Wale konnte er entdecken.

Nach vier Stunden übernahm Sir Ian gleich im Flug die Ketten und Jim legte sich völlig ausgepumpt zum Schlaf nieder, von Sir Patrick gut bewacht.

Ich sehe einen seltsamen roten Schein am Horizont, meldete Sir Ian nach zwei Stunden.

Und, obwohl die Nachricht nur für Sir Patrick gedacht war, schreckte Sir Jim aus dem Schlaf. Im Bruchteil eines Wimpernschlags verwandelte er sich und stieg fast senkrecht über dem Boot in die Höhe, bis nicht einmal die scharfen Drachenaugen der anderen noch eine Spur von ihm entdecken konnten.

Es ist ein feuerspeiender Berg, der genau vor der Küste aus dem Wasser ragt! Unsere Landebucht gibt es nicht mehr. Überall ist rotglühendes Zeug, wie ich es noch nie gesehen habe.

„Flüssiger Fels", murmelte Sir Patrick düster. *Kommt herunter! Wir beide müssen versuchen, Kontakt zu den Wasserdrachen zu bekommen.*

Sir Jim ließ sich wie ein Stein fallen und spannte erst wenige Meter über dem Boot seine Schwingen auf, um zu bremsen. Sanft glitt er neben Sir Patrick als Mensch auf die Planken.

„Unglaublich! Ihr könnt Euch noch immer in den Drachenmann verwandeln?!"

„Jetzt sogar, ohne ständig meine Kleidung zu zerfetzen", schmunzelte Jim, um gleich darauf ernst zu werden. „Wie machen wir es?"

„Wir setzen uns mit untergeschlagenen Beinen gegenüber und versuchen, unsere Gedanken zu einem zu bündeln", schlug Sir Patrick vor.

Jim hob die Augenbrauen. „Klingt kompliziert, aber nicht unmöglich. Ich bin bereit."

Achtung! Schwertwale! Sie halten mit hoher Geschwindigkeit direkt auf uns zu und scheinen uns angreifen zu wollen! Sir Ians Warnruf ließ die Männer aufspringen.

„Wir haben keine Zeit für dumme Spielchen", grollte Jim, verwandelte sich wieder und trieb die völlig entsetzten Tiere mit Flammengarben in die Flucht, ohne sie zu verletzen. Er verfolgte sie sogar ein Stück, um sicher zu sein, dass sie nicht wiederkommen würden.

Kaum saß er wieder im Boot, konzentrierte er sich auf Sir Patrick.

Ihr sendet den Ruf aus und ich verstärke ihn, bat Sir Patrick. Mo werde Jim ganz sicher antworten, sollten sie seine Gedanken irgendwie erreichen.

Sir Ian zog inzwischen die fünfte Stunde den Kahn über die Wellen und bewegte die Schwingen nur noch mechanisch. Jim musste sich sogar in den Drachenmann verwandeln, um seinen Freund bereits in der Luft aufzufangen, damit dieser nicht halb ohnmächtig ins Meer stürzte.

„So kann es nicht weitergehen. Es ist nicht gerade sinnvoll, wenn wir Raubbau an uns betreiben, um jemanden zu retten, der vielleicht nicht einmal mehr lebt!", rief Jim, sodass die Worte auch der ziehende Drache hören konnte. „Sir Patrick wird in genau drei Stunden an mich übergeben. Und keine Widerrede! Wenn Mo über das Meer hinweg spüren konnte, dass ich in Gefahr war, dann wird sie mich erst recht spüren können, wenn ich in ihrer Nähe bin."

„Weise Worte", flüsterte Ian, sofort in tiefen Schlaf sinkend.

Wir müssen die Richtung wechseln, erklärte Drache Patrick, als Jim hinaufflog, um die Kette zu übernehmen. *Wir kommen sonst zu nah an das Feuerinferno heran. Spürt Ihr die Hitze?*

Ja, hier oben kann ich sie auch fühlen, bestätigte Jim. *Ich werde der Küstenlinie folgen ...* Mitten im Satz begann er, schallend zu lachen. *So ein Unsinn! Wir haben doch keine Menschen an Bord und können zu dritt das Boot über die Klippen und die Steilküste hinauftragen.*

Stimmt. Sir Patrick musste auch grinsen. *Witzig daran ist, dass uns das erst einer sagen muss, der vor kurzem selber noch ein Mensch war.*

Sofort schwebten drei Drachen am Himmel und versuchten, das schwere Fahrzeug anzuheben. Es gelang.

Wir ziehen es, soweit es die Bedingungen zulassen, um Kräfte zu sparen. Erst, wenn auf dem Wasser nichts mehr geht, schleppen wir es an Land. Sir Jim wirkte sehr zufrieden.

Nur kam dieser Moment schneller als gedacht. Überall trieben ganze Bimssteinfelder auf dem Wasser und es knirschte gefährlich, wenn die großen Brocken am Holz des Bootes entlangschrammten.

„Dann wollen wir mal", seufzte Sir Patrick. „Und bloß nicht loslassen, sonst kommen wir nie mehr nach Hause."

Jim griff die Kette am Bug und die beiden anderen das Heck zu beiden Seiten. Tief gruben sich ihre scharfen Krallen in das Holz. Mit gleichmäßigen Flügelschlägen hoben sie es zuerst einige Fuß aus dem Wasser, um dann zielstrebig auf die Küste zuzuhalten.

„Hier sitzen wir wie auf dem Präsentierteller", schnaufte Sir Ian und bekam von den anderen recht.

Kein Baum, kein Strauch, nur die weite sandige Hochebene, die sie auf ihrem ersten Besuch hier, stets eilig überflogen hatten.

„Am besten holen wir uns einen Haufen dieser schwarzen schwimmenden Steine und sichern damit unser Boot, so gut es geht", meinte Sir Jim.

Eingedenk der bisherigen Erlebnisse in diesem Land blieben die Drachen verwandelt, um ihre scharfen Sinne jederzeit nutzen zu können. Nur kostete das auch viel Kraft und sie stillten ihren gewaltigen Appetit schließlich sogar mit einigen der riesigen grauen Rüsseltiere, die in großen Herden durch das trockene Grasland zogen. Die imposanten Stoßzähne legten sie als begehrte Beute unter ihr Boot.

Inzwischen waren mehrere Tage vergangen und Stürme zogen auf, die sintflutartige Regenfälle mitbrachten. Langsam ahnten sie, dass es zu spät war, um jetzt noch heimkehren zu können.

Der Vulkan arbeitete unvermindert weiter und die Luft war kaum zu atmen.

„Wir müssen hier weg", entschied Sir Jim schweren Herzens.

Also trugen sie das voll beladene Boot ein paar Meilen aus der Nähe des tödlichen Kraters fort.

Gleich in der ersten Nacht danach wurden sie von bewaffneten Männern überfallen. Jim wehrte sich wie Lady Fran. Die Asche der Angreifer verteilte der Wind.

Sir Ian schaute ihn beinahe entsetzt an, schüttelte staunend den Kopf, sagte aber nichts. Dank der Macht der vier Drachen konnte sich Jim in eine äußerst gefährliche Bestie verwandeln. Von einer Feuerkraft, etwas derart schnell pulverisieren zu können, hatte Ian bisher nur über Lady Fran und seinen Vater gehört.

Ich werde runter ans Wasser fliegen, ließ sich Sir Jim vernehmen. *Es zieht mich einfach magisch da hin.*
Seid vorsichtig, rief ihm Sir Ian nach.
Patrick schob seinen Drachenkörper nahe an die Abbruchkante heran, um Jim mit den Augen folgen zu können. *Was macht der denn, um aller guten Geister willen???*
Drache Jim kletterte zwischen den Felsen in die Brandung und paddelte, wie eine übergroße Möwe, auf den Wellen.
Wusste ich doch, dass ich es kann, hörten die anderen seine zufriedene Stimme. Er breitete die Flügel aus und tauchte kopfüber in die Fluten. *Sorgt Euch nicht, mir geht es gut. Hier unten ist eine Welt, wie Ihr sie Euch nicht vorstellen könnt!*
Jim! Macht keinen Unsinn! Kommt zurück! Ian startete, um über jener Stelle zu kreisen, an der sein Freund im Wasser verschwunden war. Noch nervöser wurde er, als Jim nach drei Minuten noch immer im Wasser steckte und nicht einmal Anstalten machte, zum Luftholen aufzutauchen. *Jim! Jim, wo seid Ihr? Kommt zurück!*
Beruhigt Euch doch. Ich muss hier unten nicht einmal die Luft anhalten.
Dann seid Ihr, durch den Biss von Königin Mo, nun offensichtlich in allen Elementen zu Hause, staunte Sir Patrick. *Ich denke, dass Ihr sie unbewusst fühlen könnt und es Euch deshalb gerade hier ins Wasser gezogen hat. Ruft sie!*
Ich schwimme soeben an einer sehr tiefen Schlucht entlang, beschrieb Jim seinen Weg unter Wasser. *Hin und wieder kommen Haie, eilen war sofort davon, wenn sie mich bemerken. Als Häppchen zwischendurch bin ich wohl ein bisschen zu groß. Aber sie schmecken nicht übel.*
Eine halbe Stunde später tauchte der rotgehörte Kopf aus den Fluten und Jim schlug seine Krallen ins

Gestein, um der tosenden Brandung trotzen zu können. Zwischen den Zähnen trug er einen Hai, der nicht schnell genug entkommen war, für seine beiden Kameraden herbei. Nun schüttelte er das Wasser ab und ließ sich vom Aufwind emportragen.

Die Drachen Ian und Patrick nahmen die unverhoffte Mahlzeit dankbar an.

Tatsächlich nicht übel. Drache Ian ließ gesättigt die Krallen über seine Bauchschuppen gleiten. *Ich denke, damit können wir den Winter an diesen Gestaden überstehen.*

Gibt es wirklich so viele von denen? Sir Patrick schaute auf das Meer hinaus.

Irgendwas Essbares werden wir immer finden. Jim verwandelte sich zurück. „In dieser Gestalt können wir lange Zeit von einem der gestreiften Pferde leben, die wir vor ein paar Tagen gesehen haben. Solange wir trinkbares Wasser haben, müssen wir uns auch keine Sorgen machen. Es sei denn, der feuerspeiende Berg macht uns einen dicken Strich durch die Rechnung."

„Wenn wir Königin Mo nicht finden, verschwinden wir hier, sobald die Stürme nachlassen", riet Sir Patrick. „Im widrigsten Fall fliegt immer einer und trägt die anderen. Sir Jim muss uns dann eben die Häppchen mundgerecht servieren."

„Wer hätte damals gedacht, dass ich mir einmal wünschen würde, wie der verängstigte Knappe zu werden, den ich zu mir genommen habe", erklärte Ian lächelnd.

Die nächsten Wochen vergingen genauso ergebnislos. Den größten Teil der Zeit brachten sie in Drachengestalt zu, um Sturm und Regen besser ertragen zu können. Jim unternahm täglich mehrere Tauchgänge, auf denen er sich schließlich sogar in die finstere Tiefe des Grabens traute.

Allerdings machte ihm der hohe Druck zu schaffen und so überschritt er niemals die Grenze, an der dieser schmerzhaft wurde. Auf einem seiner Streifzüge verfolgte er einen besonders großen Hai, der gut und gern als Nahrung für alle reichen werde. Plötzlich war das Tier verschwunden.

Jim wollte gerade die Jagd aufgeben, als er den Eingang einer gigantischen Grotte gewahrte, in welche seine Beute geschwommen sein musste.

Vorsichtig pirschte er sich voran, wobei ihm das Leuchten seiner Augen ein wenig die Umgebung erhellte. Der Hai blieb verschwunden, aber Jim entdeckte auf dem Boden etwas anderes – mehrere goldglänzende Schuppen, die eindeutig von einem drachenartigen Wesen stammten.

Ein siedend heißer Schreck durchzuckte ihn. *Mo, wo seid Ihr?! Hier ist Ritter Jim von der anderen Seite des Meeres! Mo!!!*

Hört Ihr das??? Ian sprang auf und lauschte intensiv.

Sir Patrick nickte. *Sir Jim scheint eine Spur gefunden zu haben.*

Die Letzte ihrer Art

Jim begann in seiner Verzweiflung, die glänzenden Schuppen aufzusammeln, um sie den anderen zu zeigen, als etwas nach seinem Schwanz packte und heftig daran zog. In der Annahme, es sei der Hai, öffnete er seinen riesigen Rachen, bevor er sich blitzartig herumdrehte.

Nur mit größter Anstrengung gelang es ihm, das Zuschnappen seiner Kiefer zu verhindern. Das matt glänzende Wesen zu seinen Füßen ähnelte eher einer großen Schlange mit Stummelflügeln, als einem Wasserdrachen. Das Entsetzen über Jims riesigen offenen Rachen war ihm deutlich ins Gesicht geschrieben.

Mo? Drache Jim traute seinen Augen nicht. Erst auf den zweiten Blick bemerkte er Haifischbisse und Wunden, die nur die Saugnäpfe eines großen Kraken gerissen haben konnten.

Das halbtote Häufchen Elend zu seinen Füßen nickte mühsam.

Bleibt in Euerm Versteck, ich besorge Euch eine Mahlzeit, gebot er und Mo gehorchte. Eng in eine Felsspalte gedrückt, wollte sie warten, bis Drache Jim zurückkäme.

Der beeilte sich sehr, den erstbesten großen Fisch zu packen und in die Grotte zu bringen, denn Mo schien seit Wochen nichts gefressen zu haben. Auf der Jagd nach einem weiteren Fisch gab er den beiden wartenden Rittern Bescheid, dass er die Gesuchte mehr tot als lebendig gefunden habe.

Versucht bitte, eine tiefe Wanne unter der Steilküste zu schaffen, in der Königin Mo sicher ist, bat er sie noch, sofort einen dritten Fisch fangend, um den gewaltigen Hunger der schwer verletzten Königin zu stillen.

Mo würgte mühsam die Mahlzeit hinunter und fiel völlig erschöpft in tiefen Schlaf. Jim wäre gar nichts anderes übriggeblieben, als sie mit an die Oberfläche zu nehmen.

Die beiden Drachen hatte gute Arbeit geleistet, Felsbrocken geschleppt und ein sicheres, gut durchflutetes Becken geschaffen, in welchem Jim das Federgewicht nun ablegte. Dann standen sie um die Schlafende herum und überlegten, wie man sie am schnellsten gesund pflegen könne.

Man beschloss, dass die Hauptlast bei Sir Jim liegen sollte, denn diesem vertraute Mo. Sir Patrick setzte sich sofort mit Sir Timothy in Verbindung, um über die geglückte Rettung zu berichten.

Mo erschrak bis ins Mark, als sie nach ein paar Stunden die Augen öffnete und sich praktisch gefangen sah. Dann tauchten die Köpfe der drei Drachen in ihrem Sichtfeld auf und sie beruhigte sich sofort. Erst jetzt nahmen die Ritter menschliche Gestalt an.

Jim zog eines der kleinen Salbengefäße hervor. „Ich werde Euch etwas Linderung verschaffen", versprach er, vorsichtig die vielen Wunden bestreichend. Die fettige Masse hielt für einige Zeit zuverlässig das Wasser ab. „Wo sind die anderen von Euerm Volk?", fragte er.

Mos große Augen trübten sich. *Sie sind alle tot. Ich bin die Letzte meiner Art.*

„Was machen wir denn nun?" Ian schaute die Ritter verunsichert an.

Jim zuckte mit den Schultern. „Wir nehmen sie mit. Bleibt sie allein hier, wird sie unweigerlich sterben. Auf unserer Seite des Meeres gibt es keine Tiere, die groß genug wären, ihr wirklich gefährlich zu werden."

„Meint Ihr nicht, dass sie darüber lieber selbst befinden sollte?", warf Sir Patrick ein.

Ich habe mich bereits entschieden, hörten sie Mos Stimme. *Bitte nehmt mich mit. Ich werde Euch auch keine Last sein und für mich selber sorgen, wenn es genug Fische gibt.*

„Dann ist es beschlossen", stellte Sir Ian fest.

Sir Patrick rieb sich den Nasenrücken. „Ich wüsste einen fischreichen salzigen See. Er ist sehr tief, aber auch sehr kalt."

Kälte macht mir nichts aus. Mo schaute bittend in die Runde, als habe sie Angst, doch hierbleiben zu müssen.

„Erst müsst Ihr kräftig genug sein, damit Ihr die lange Reise überhaupt durchsteht." Sir Jim verwandelte sich wieder. *Ich gehe auf Jagd, wir sind alle hungrig.*

Sie folgten ihm auch mit den Augen, als er aufs Meer hinaus flog und im Sturzflug ins Wasser tauchte. Mit zwei erlegten Haien kam er recht schnell wieder. *Da sind noch mehr.*

Am Ende hatte jeder eine ausreichende Mahlzeit vor sich liegen.

Wenige Tage später verfügte Mo endlich wieder über so viel Kraft, sich auch an Land auf ihren Beinen halten zu können. Inzwischen war sie von den Männern informiert worden, wie es zu dieser unglaublichen Rettungsaktion gekommen war.

Oh je, ich ahnte nicht, dass meine stummen Hilferufe Euer Hochzeitfest verderben könnten. Mo wagte kaum, Jim in die Augen zu schauen. *Hoffentlich vergibt mir Eure Frau eines Tages.*

Dass sie seit ihrer Rettung gehofft hatte, den ungewöhnlichen Drachenmann für sich zu gewinnen, wollte sie tief in ihrem Herzen vergraben. Vielleicht wäre er ja sogar der Einzige, durch den ihre Art weiterleben könnte. Nur ließ der nicht den geringsten Zweifel daran, dass er aus schierer Dankbarkeit gekommen war und sich unter keinen Umständen von seiner Herzensdame abwenden werde.

Dazu müsstet Ihr sie töten und würdet ihn im gleichen Augenblick für immer verlieren, hörte sie Sir Patricks Gedanken.

Ich weiß, gab sie sehr traurig zurück. *Ich habe nicht geahnt, dass sich eine so erfahrene Drachenfrau und vormalige Königin einen so jungen Mann erwählt. Ich habe ihre Sorge um ihn für etwas wie Mutterinstinkt gehalten.*

Patrick lächelte. *Dabei seid Ihr, oder vielmehr Euer Biss ist schuld, dass er so schnell zum Mann wurde.*

Mo seufzte. *Ich danke Euch, dass Ihr mich für meine Gedanken nicht verurteilt. Wie kommt es überhaupt, dass Ihr meine intimsten Geheimnisse ergründen könnt?*

Ich weiß es nicht. Meine Gabe der Voraussicht könnte schuld sein. Vielleicht sind wir auch Seelenverwandte. Ritter Patrick reichte ihr einen Fisch, den Sir Jim soeben an Land gebracht hatte. *Ich fühle mich auf unerklärliche Weise zu Euch hingezogen.*

Lady Mo schaute Sir Patrick nachdenklich an. Es gab nichts, das gegen ihn als Gefährten gesprochen hätte, ihr die Einsamkeit zu erleichtern. Er war genau so uneigennützig zu Hilfe geeilt, hatte soeben Interesse bekundet und er war ledig.

Alles in Ordnung? Sir Jim wunderte sich, weil sie stumm nebeneinander hockten.

Beide nickten und erklärten synchron sprechend: *Wir verstehen uns ohne Worte. Wir haben nämlich soeben ein Herz füreinander entdeckt.* Sie schauten sich überrascht an und brachen in Lachen aus.

Jim und Ian stimmten ein.

Dann ist zumindest erst einmal Euer Überleben ganz fest gesichert, Lady Mo. Jims Freude kam aus tiefstem Herzen. *Sir Patrick ist eine ausgezeichnete Wahl. Er würde Euch niemals enttäuschen.*

Nun müssen wir nur noch heil übers Meer nach Hause kommen, dann nimmt die Geschichte ein wirklich glückliches Ende, freute sich auch Ian.

Ich werde Lady Mo neben dem Boot im Wasser begleiten, um unliebsame Gäste fernzuhalten, legte Jim fest. *Wenn ich eine Pause machen muss, wird einer von Euch für sie sorgen und sie sofort an Bord holen, wenn es brenzlig wird.*

Zu Befehl, mein Feldherr! Ian deutete eine Verbeugung an.

Ich meine es ernst, sagte Jim irritiert.

Ich auch, erwiderte Ian. *Ihr habt die gleichen Qualitäten, eine Unternehmung zu gutem Ende zu führen, wie mein Vater. Ob ich unter dem Banner des Gefleckten oder des Gelben Drachens kämpfe, spielt für mich keine Rolle.*

Das ehrliche Kompliment eines Kriegers. Mo nickte Sir Ian dankbar zu. Sie wusste die Qualitäten des Befehlshabers genau so zu schätzen.

Der ließ auch erst die Heimreise antreten, als Mos Wunden verheilt und ihr Körper kräftig genug war, eine derart lange Strecke zu schwimmen.

Die erste Tagesetappe verbrachte Mo im Boot, das von Sir Patrick gezogen wurde. Als ihr Körper dringend nach Wasser verlangte, übernahm Sir Ian die Zügel und Sir Jim begleitete sie durch die Fluten. Durch seinen massigen Körperbau und die riesigen Schwingen war er nicht so ein gewandter Schwimmer und es bereitete ihm Mühe, dem rasch dahingleitenden Boot zu folgen.

Nach nicht einmal drei Stunden musste er pausieren und Patrick wachte nun mit seinen scharfen Drachensinnen über das Wohlergehen von Mo. Die hatte sich inzwischen so gut erholt, dass sie nebenbei Fische fing und zu den Männern ins Boot warf. Nichts erinnerte mehr an eine Königin, die von ihren Untertanen mit allem versorgt worden war.

Sie freute sich über den Dank, den sie bekam. Denn kaum legten die Herren ihren Drachenpanzer an, sprachen sie der Jagdbeute reichlich zu.

Inzwischen war auch die klirrende Kälte deutlich zu spüren, die der Winter in heimischen Gefilden mit sich brachte. Dann begann es, zu schneien. Die Flocken fielen so dicht, dass es Sir Jim für ratsam hielt, Mo ins Boot zu holen und sich selber in die Ketten zu legen, um, trotz des starken Gegenwindes, vorwärtszukommen.

Sir Patrick nahm mit Sir Timothy Kontakt auf und kündigte die Ankunft am Ende des nächsten Tages an. Dieser gab die Botschaft an Lady Fran weiter, weil Sir Jim im Augenblick völlig andere Sorgen als Konversation hatte. Ihm oblag es, Boot und Insassen heil nach Hause zu bringen.

Nur frischte der Wind heftiger auf, je näher sie dem Festland kamen. Da hier nicht mehr mit Haiangriffen, Walen und anderen ungebetenen Gästen gerechnet werden musste, schwamm Lady Mo stundenlang allein neben dem Boot her. Sie beobachtete erschreckt, wie der Riese Jim ein paar Mal von den heftigen Böen fast ins Wasser gedrückt wurde.

Gebt mir die Ketten. Ich biete dem Sturm keine Angriffsfläche, rief sie hinauf. *Na macht schon,* mahnte sie, als er nicht sofort reagierte.

„Sie hat recht!" Sir Patrick rappelte sich auf, nachdem ihn der Sturm unsanft zu Boden gestoßen hatte.

Vorsicht, ich lege sie Euch um den Hals. Drache Jim versuchte, sich knapp über der Wasseroberfläche zu halten.

Hab sie! Lady Mo stemmte sich fest in die Schlinge und zog das schwere Gefährt fast genau so schnell durch die Wogen wie Sir Jim, denn ihr stromlinienförmiger Körper setzte dem Wasser kaum Widerstand entgegen.

Als nach Stunden der Schneefall aufhörte, sahen sie in weiter Ferne erste Rauchfahnen aufsteigen.

„Ein bisschen vom Kurs abgekommen, aber endlich wieder in zivilisierten Gegenden", freute sich Sir Jim.

Dann übernahm er die Kette und Lady Mo kletterte rechtschaffen müde ins Boot. Ihren Kopf auf Sir Patricks Schoß gelegt, schlief sie rasch ein. Sie wachte nicht einmal auf, als das Boot ein paar Stunden später an Land gezogen und sie von unzähligen neugierigen Augen betrachtet wurde.

König Vincent bedeutete Sir Patrick, sitzen zu bleiben, um die Drachenlady nicht zu wecken. Sie musste den leichten Ruck wohl doch gespürt haben, als er aufstehen wollte, und schlug die großen strahlend grünen Augen auf.

Oh, wir sind schon da!

„Herzlichen willkommen Mylady, im Reich der fliegenden Drachen. Ich bin König Vincent."

Sehr erfreut. Ich bin Mo, der letzte Wasserdrache. Ich hoffe sehr, dass Ihr mich hier duldet, denn ich habe sonst keine Zuflucht.

„Ritter Patrick wird sich Eurer annehmen, wie er es Euch schon versprochen hat. Er wird Euch helfen, hier heimisch zu werden und Euch bei uns wohl zu fühlen. Ich erteile Euch die Erlaubnis, in allen Gewässern für Euer Überleben zu jagen."

Ich danke Euch von Herzen. Mo neigte ihren Hals. *Ich werde, bis Sir Patrick etwas anderes für mich bestimmt, hier im Meer bleiben, wo es keine Tiere zu geben scheint, die mir gefährlich werden könnten.*

„Wir werden Euch besuchen kommen", versprach Lady Fran, überglücklich, dass ihr Gatte wohlbehalten und sehr erfolgreich zurückgekehrt war.

Ian deutete mit dem Kopf auf Sir Jim und erklärte seinem Vater. „Er hat Euch würdig vertreten. Ich habe ihm gesagt, dass ich jederzeit sowohl unter Euerm als auch seinem Banner kämpfen werde."

Der König wandte sich neugierig um. „Ist das so?"

Ritter Ian wiederholte den Schwur.

„Gut, dann werde ich ihn, Kraft meines Amtes, zum offiziellen Stellvertreter Eures Vaters ernennen, selbst wenn ich damit einige vor den Kopf stoßen dürfte." Sir Vincent winkte Jim heran und bat alle um Gehör.

Die meisten, der anwesenden Drachen- und Menschenritter, stellten sich demonstrativ hinter die Herren Timothy und Jim. Um der Entscheidung ihres Königs noch mehr Gewicht all jenen gegenüber zu verleihen, die den Schock erst einmal verdauen mussten, von einem Jungspund ohne Wurzeln im Clan überflügelt worden zu sein.

Lady Mo kroch an Land und ringelte sich so vor den Füßen der beiden Heerführer zusammen, dass sie einer kampfbereiten Kobra ähnelte.

Ihr habt eine weise Entscheidung getroffen, hörte Sir Vincent die Stimme Lady Fayes. *Für diese beiden Ritter zieht auch das einfache Volk ohne Zögern in den Kampf. Aber Ihr solltet nicht vergessen, Herolde auszusenden, um Lady Mo als unantastbar zu erklären. Aus Unwissenheit geschehen oft schlimme Dinge.*

Der König nickte kaum merklich. *Ich werde Euern Rat beherzigen und gleich morgen dafür sorgen, dass man sie in Ruhe lässt.*

Sir Patricks große Liebe

Sir Patrick stand mit geschlossenen Augen neben Ian of Emerald Castle und rieb sich mit den Fingerspitzen die Schläfen, als wolle er Kopfschmerzen vertreiben.

„Was ist mit Euch?", fragte Ian besorgt.

„Nichts. Ich denke nur nach", entgegnete Sir Patrick, ohne die Lider zu heben. Plötzlich schlug er sich an die Stirn. „Warum bin ich nicht gleich darauf gekommen?"

Ehe Ian einen klaren Gedanken fassen konnte, eilte Sir Patrick im Laufschritt auf den König zu, der ihn ebenso verwundert anschaute.

„Sire, habt Ihr einen Moment Zeit für mich?"

Sir Vincent schmunzelte. „Wenn Ihr Euch so sputet, muss ich ihn wohl haben, weil sonst Euer Seelenheil in Gefahr zu sein scheint und ich es mir nicht leisten will, gute Ritter zu verlieren."

Der sonst so ruhige und besonnene Sir Patrick nickte heftig.

„Kommt in mein Zelt!" Der König wandte sich um und schritt voran. Er bot seinem Ritter einen Platz auf einem Schemel an. „Was ist Euer Begehr?"

„Das felsige Küstenstück Tantallon." Sir Patrick hatte die vier Worte sehr leise aber bestimmt ausgesprochen.

Der König zog die Augenbrauen zusammen und verengte die Augen zu Schlitzen. „Tantallon", echote er.

Ein knappes Nicken bestätigte, dass er sich nicht verhört hatte.

„Es ist nicht feil", erklärte er abweisend, den strategischen Nutzen dieses Fleckens Erde betonend.

Sir Patricks Gestalt straffte sich. „Stehe ich nicht treu an Eurer Seite? Muss ich auf Knien erbitten, es kaufen zu dürfen? Ist es nicht auch in Euerm Interesse, wenn ich mir eine Trutzburg errichte?"

Sir Vincent horchte auf. „Beruhigt Euch. Erklärt mir lieber, was Euch so plötzlich bewegt, genau dieses Land haben zu wollen."

„Der Grund sitzt draußen, hat ein goldgelbes Schuppenkleid, ist in dieser Welt völlig fremd und beinahe schutzlos. Ich möchte nicht, dass Lady Mo einfach in einer Höhle haust und einsam wartet, dass ihre Zeit abläuft. Ich will einen Tunnel in die Klippe treiben lassen. Sie soll freien Zugang zum meerwassergefüllten Burggraben haben und von der Wehrhaftigkeit der Festung profitieren können."

„Nun gut, ich bin nicht abgeneigt, mit Euch zu verhandeln", warf König Vincent ein. „Was gedenkt Ihr, zu zahlen?"

Sir Patrick blieb die Antwort nicht lange schuldig. „Meinen gesamten Anteil Elfenbein und 20000 Goldmünzen."

„Wie???" Sir Vincent sprang auf. „20000?"

Eine Gier, die er von sich nie gekannt hatte, wollte von ihm Besitz ergreifen. Doch er kämpfte sie erfolgreich nieder. Es wäre nicht nur eines Königs unwürdig gewesen, sondern hätte die Drachenehre beschmutzt. Vor ihm saß nicht nur ein absolut treues Clanmitglied, es war der Hüter der magischen Drachengrotte. Zudem gehörte dieser Mann als Enkel seiner Schwester Brenda zur Familie.

Sir Patrick hatte nie die nahe Verwandtschaft zum Könighaus ausgenutzt, nie um etwas gebeten ...

„Zwei Stoßzähne und das Land ist Euer", sagte er schließlich und begann zu lachen, weil Sir Patrick so ungläubig aus der Rüstung schaute, wie selten jemand.

„Es wäre nicht nur unwürdig, Eure Bitte abzuschlagen. Es wäre sogar eine ziemliche Dummheit. Auch die Königswürde schützt nicht vor Irrtümern. Ich wünsche Euch gutes Gelingen, bei Euerm grandiosen Bauvorhaben."

Patrick verbeugte sich sehr tief. „Ich danke Euch, Sire."

Sir Vincent teilte den Versammelten auch selbst mit, was soeben besprochen und beschlossen worden war. Die hochrangigen Clanmitglieder begrüßten des Königs Entscheidung ohne Vorbehalte.

„Ich werde mich beim Bau des Tunnels nützlich machen", versprach Sir Jim sofort, denn wer sonst, außer Lady Mo, konnte die letzten Arbeiten unter Wasser ausführen, wenn der Durchbruch gemacht werden musste.

„Vergesst Eure eigene Burg nicht", versuchte Sir Patrick, seinen Tatendrang zu bremsen.

„Ganz bestimmt nicht", schmunzelte Sir Jim. „Dann macht mir meine Gattin nämlich ein gewaltiges Drachenfeuer unterm Hintern."

„Jetzt sagt nicht, Ihr wollt ein handzahmer Hausdrache werden!", amüsierte sich Lady Shona.

Sir Jim lachte schallend. „Nein, dann fällt das Feuer wohl noch größer aus und Ihr kennt ja die Durchschlagskraft Eurer Mutter."

Lady Mo hüstelte, als habe sie sich verschluckt, konnte es aber nicht verhindern, im nächsten Augenblick genau so amüsiert zu kichern wie Lady Shona und Königin Maya.

Ich habe Euch bisher nur alle sehr ernst erlebt, wie es Krieger im Kampfeinsatz nun mal sind. Ich hatte sogar ein wenig Furcht davor, hierher zu kommen, verriet sie dann. *Aber ich wäre wenigstens unter Drachen gewesen.*

„Keine Sorge Lady Mo, Ihr werdet schnell herausfinden, welch lustiges Völkchen wir sein können, wenn wir beisammen sind", sagte Sir Timothy lächelnd. „Dabei habt Ihr mit Sir Patrick aber ein eher stilles Exemplar an Eurer Seite."

Darüber würde ich mich nie beklagen, schon gar nicht jetzt, wo ich weiß, welche Mühen er nur meinetwegen auf sich nimmt. Ich möchte allen so herzlich danken.

Sir Patrick winkte zwei Knechte heran, um ihnen die beiden prächtigsten Stoßzähne der verspeisten Elefanten für den König zu übergeben. Die folgende Nacht verbrachten die Drachen in den Zelten ihrer Freunde und Familien. Lady Mo wählte eine Schlafstatt im flachen Wasser, weil es zu spät war, um noch auf die Suche nach einer Grotte zu gehen.

Mit den ersten Sonnenstrahlen eilte Sir Patrick ans Ufer, weil er sich vergewissern wollte, dass sie die erste Nacht im kalten Wasser gut überstanden habe.

Etwas gewöhnungsbedürftig, erklärte Mo, *aber nicht so, dass es mir viel ausmachen würde. Frühstück habe ich gefunden. Ihr wisst ja, dass ich nicht so viel Nahrung brauche. Erst recht nicht, wenn das Wasser so kalt ist. Dann passe ich mich an und bewege mich langsamer. Ich werde den Menschen hier sicher nicht so viele Fische wegfangen, dass sie mich dafür hassen müssten.*

„Da fällt mir ein, dass ich Euch noch über die Haustiere informieren muss!", rief Sir Patrick.

Lady Fran hat mir gestern davon erzählt, als Ihr beim König wart. Ich werde alle Landtiere und Vögel, die größer als eine Möwe sind, nicht anrühren. Der Ärger in meiner alten Heimat hat mir vollauf gereicht. Sie schaute neugierig zu den Pferden hinüber, die soeben vor einen Wagen gespannt wurden.

Hier im Meer gibt es genug Fische, von denen ich leben kann. Ich werde mich auch nicht an Netzen, Reusen und Angeln vergreifen.

„Dann dürfte einem guten Zusammenleben mit den Menschen auch nichts im Wege stehen", freute sich Sir Patrick. „Ich werde dafür sorgen, dass Ihr Euch abwechslungsreich ernähren könnt. Sir Jim hat mir erzählt, wie unglaublich viele verschiedene Fischarten auf der anderen Seite des Meeres im wärmeren Wasser zu finden sind.

Heute begleite ich Euch ein Stück an der Küste entlang, damit Ihr in die Nähe jener Burg kommt, wo ich derzeit lebe. Die Stelle, an der ich ein schützendes Bollwerk auch für Euch errichten lassen will, zeige ich Euch in ein paar Tagen."

Lady Mo kroch an Land, um sich mit Sir Patrick von allen zu verabschieden.

„Ich lasse Euch Eure Habe aus dem Boot zur Burg bringen", versprach ihm Sir Ian, „damit Ihr Euch ganz auf Lady Mo konzentrieren könnt."

Mo schwamm direkt am Ufer entlang, immer auf der Suche nach einem Unterschlupf. Über ihr flog Drache Patrick, besorgt, dass ihr doch etwas geschehen könne.

Sir Vincent schaute lange hinter. „Es wundert mich, dass sie Euch keine Offerten gemacht hat, Sir Jim, immerhin seid Ihr zu einem großen Teil auch ein Wasserdrache", sagte er schließlich.

„Das hat sie, mein König. Nur bin ich nicht willens, meine Gattin zu verlassen oder irgendwie zu verärgern. Dass aus der Verbindung der hiesigen Drachen mit Menschen lebensfähige Nachkommen entstehen, ist hinlänglich bekannt. Ob das auch zwischen verschiedenen Drachenarten funktioniert, werden wir sehen. Ich würde es den beiden von Herzen wünschen."

Ihr wisst schon, dass er es Euch auch befehlen könnte, für Nachwuchs, dieser zum Aussterben verurteilten Art, zu sorgen, hörte Jim die Stimme Frans in seinem Kopf.

Nein, das wusste ich nicht, gab er einigermaßen erschrocken zurück. *Dann will ich doch stark hoffen, dass er erst einmal abwartet, was in den nächsten Jahren geschieht.*

Fran blinzelte. *Das ist auch genau in meinem Interesse, wie ich Euch sicher nicht lange erklären muss. Solches Ansinnen sollte er, zu seinem eigenen Heil, nicht stellen, bevor ich Euch ein Kind geboren habe.*

Jim blieb äußerlich völlig ruhig. Er schlug nur vor: *Fliegen wir nach Hause, solcherart Diskussionen sind das, wonach mir der Sinn jetzt nun wirklich nicht steht. Ihr habt mir gefehlt und nur das interessiert mich im Augenblick.*

Auch die Drachen von Emerald Castle begaben sich auf den Heimflug.

Irre ich mich, oder hat unser König wirklich das Missfallen Lady Frans erregt, weil er Sir Jim eine ziemlich direkte Frage stellte, wandte sich Ian an seinen Vater.

Ich würde sie sogar unbedacht nennen, erhielt er zur Antwort. *Wenn ich nur wüsste, was er im Augenblick hat! Sir Vincent ist einfach nicht er selbst.*

Nachwuchssorgen. Lady Shona brachte es mit einem Wort auf den Punkt. *Es sind nur zwei Stellen im Gefüge des Clans frei, bis die magische Obergrenze erreicht ist. Gäbe es bei denen von Kuckucksstein und Sir Patrick Nachwuchs, ginge das Königspaar erneut leer aus. Dann fiele eines Tages die Krone an Sir Andrew.*

Lady Maya ist, wie allgemein bekannt, eine der ältesten Drachendamen und möglicherweise nicht mehr imstande, für einen

Thronfolger zu sorgen. Da hilft auch das Aussehen eines jungen Mädchens nicht weiter. Lady Fran hingegen kann Sir Jim noch mindestens drei Jahrhunderte lang mit Söhnen und Töchtern erfreuen, selbst wenn diese durchaus rein menschliche Eigenschaften haben könnten.

Danke für die umfassende Aufklärung. Sir Ian hatte in der Tat alles erfahren, was ihm nützlich sein konnte. *Umso weniger verstehe ich nun, warum er ausgerechnet einen Konkurrenten um die begehrten Plätze im Clan mit der Nase auf dieses Problem schubst.*

Ich auch nicht. Tröstet Euch das? Sir Timothy zog ruhig und gleichmäßig seine Bahn durch das Blau des frostig kalten Morgenhimmels.

Ich wünschte, die beiden Herren hätten Glück. Es sind die starken Ritter, die einen schwachen König an der Macht halten. Ian setzte nach seinem Vater zur Landung an.

„Ich denke genau so." Timothy klopfte seinem Sohn auf die Schulter.

Ian ließ sich viel Zeit, die richtige Partnerin zu finden. Er liebte sein ungebundenes Leben und die Möglichkeit seine Freunde zu besuchen, wann immer er Sehnsucht nach ihnen bekam.

Timothy legte Frau und Sohn die Arme um die Schultern und stieg mit ihnen die Treppe zum Haupthaus hinauf. Er hätte sein Glück nicht einmal gegen zehn Königreiche eingetauscht.

Genau so betraten auch Jim und Fran ihre Burg, nachdem die Knechte und Mägde ehrliche Freude bezeugt hatten, dass ihr Herr unversehrt nach Hause zurückgekehrt war.

Jim nahm die Dienste seines Knappen beim Ablegen der Rüstung gern an und dieser hatte bei Lady Fran wirklich viel gelernt. Natürlich freute sich der Kleine über das Lob, welches er erhielt.

„Morgen früh bekommst du es beim Training mit mir zu tun", blinzelte ihm Sir Jim zu.

„Ich bin bereit, mein Herr. Lady Fran hat mich schon darauf hingewiesen, dass es noch härter kommen wird und mir ein Salbentöpfchen gegeben."

Sir Jim schmunzelte. Der Kleine gefiel ihm.

Den Abend verbrachten Jim und Fran am Kamin. Jim zog einen schweren geschnitzten Sessel direkt ans Feuer, legte ein großes Schaffell hinein, setzte sich und zog Fran auf seinen Schoß. Aneinandergeschmiegt beobachteten sie die züngelnden Flammen und genossen stumm die Nähe des anderen. Die bisherigen Reparaturen am Mauerwerk und die kundige Hand Frans, Leuchter und Gemälde wirkungsvoll zu platzieren, hatten den einst so zugigen Palas in eine Wohlfühloase verwandelt.

Cedric war mit dem Putzen der Rüstungen und Waffen seiner Herrschaften fertig geworden, hatte sie für den Morgen bereitgelegt, aufgeräumt und meldete sich bei ihnen zurück.

„Sei so gut und brühe uns noch einen Kräutertrunk auf", bat Lady Fran. „Bring für dich auch einen Becher mit."

Cedric nickte erfreut und eilte davon. Ein paar Minuten später war er wieder da, die volle Kanne in der einen, die Becher in der anderen Hand. Er kam zur Tür herein und drückte sie mit seinem Hinterteil schnell wieder ins Schloss, um möglichst wenig kalte Luft vom Gang hereinzulassen.

Geschickt schenkte er ein, reichte den beiden die Becher und verzog sich mit seinem in einen Winkel.

„Komm ruhig ans Feuer", sagte Jim, mit der Hand auf einen Schemel deutend.

Cedric schob ihn sich zurecht, schürte die Glut und wärmte dann seine klammen Finger am heißen Becher. „Der Hof ist spiegelglatt gefroren", erklärte er. „Da kann man Reisenden nur wünschen, dass sie ein schützendes Plätzchen finden."

„Dann wirst du dich morgen früh warm anziehen müssen. Wir fliegen nämlich nach dem Frühstück ans Meer und werden erst ein paar Stunden später wieder zurück sein."

„Ich darf mitfliegen?", fragte Cedric überrascht und mit riesengroßen Augen.

„Du musst", erwiderte Sir Jim lächelnd. „Du bist schließlich mein Knappe und dienstbarer Geist, egal, in welcher Gestalt ich unterwegs bin."

Cedrics Gesicht nahm einen behaglichen Ausdruck an. Das roch alles ganz stark nach wirklich großem Abenteuer.

Jim musste lachen. „Unbestritten, mein Lieber."

Materialbeschaffung auf Drachenart

Am nächsten Morgen huschte Jim leise aus dem Schlafzimmer, um Fran nicht zu wecken. Die hatte in der Nacht all das bekommen, was ihr in den letzten Wochen und Monaten gefehlt hatte und war erst kurz vor dem Morgengrauen eingeschlafen.

Jim war kein bisschen müde. Er beherrschte die Kraft der vier Drachen von Tag zu Tag besser und staunte manchmal selber über sich. Auf halbem Weg zur Ausgangstür streifte er sich einen dick gesteppten Gambeson über und griff nach seinen Trainingswaffen.

„Guten Morgen, Sir Jim!", tönte es ihm entgegen, als er auf den Hof trat. Cedric strahlte ihn gut gelaunt an.

„Guten Morgen! Meine Güte, bist du morgens immer so gut drauf?", fragte Jim erstaunt.

„Meistens und heute ganz besonders. Ich möchte doch wissen, ob ich Eure Erwartungen erfüllen kann."

„Na, dann auf mich mit Gebrüll", lachte Jim, sich seinem Knappen zum Kampf stellend.

Der hatte bei seiner Herrin einen fantastischen ersten Schliff bekommen, sodass sich Jim entschloss, ihm ein gezieltes Krafttraining angedeihen zu lassen.

„Aber für heute ist eher Spaß unser Ziel, auch wenn wir eine zukünftige Baustelle besuchen", wiegelte er sofort ab.

Lady Fran kümmerte sich nach dem Essen mit darum, dass Cedric für einen Flug an die Küste auch wirklich warm genug angezogen war. Aber der pfiffige Knabe hatte sich schon sämtliche Tricks von den Knechten und Bauern abgeschaut. Die Füße steckten in Kaninchenfellen, das Haar nach innen gedreht, und er trug mehrere dünne Hemden übereinander und darauf seinen gesteppten Gambeson.

Lady Fran reichte ihm noch einen Überwurf aus Bärenfell, den er auch gleich mit dem Pelz nach unten überstreifte, wobei er kommentierte: „Es muss nicht schön aussehen, es muss warm sein."

Lady Fran lachte. „Ich glaube, mit dir wird dein Herr keine Probleme haben."

„Das hoffe ich sehr", sagte Cedric leise, „schon, um meinem Vater keinen Ärger zu machen."

Lady Fran schaute ihn fragend an.

„Alle Verwandten geben mir die Schuld, dass meine Mutter gestorben ist. Vater ist der Einzige, der zu mir hält."

„Kopf hoch und nach vorn geblickt!", forderte Sir Jim mit einem warmherzigen Lächeln. Nur er, Lady Fran und Sir Timothy hatten am eigenen Leibe erfahren, wie es sich als Kind anfühlte, allein zu sein, nur ein oder kein Elternteil mehr zu haben.

Das war wohl soeben auch Cedric eingefallen. Der grinste etwas verlegen zurück. „Ich werde nie wieder jammern. Versprochen."

Augenblicke später saß er auf dem Rücken seines Drachenherrn und genoss einen grandiosen Flug. Als bereits das Blau des Meeres in der Ferne auftauchte, rief er: „Hinter uns fliegt der Gefleckte Drache."

Sir Jim spürte das Kommen Sir Timothys nicht und drehte sich neugierig um. Cedric sollte recht behalten.

Euer Knappe hat scharfe Augen, schmunzelte Sir Timothy, mit wenigen Flügelschlägen zu ihnen aufschließend. *Nicht mal anschleichen kann man sich.*

Cedric rief einen Morgengruß hinüber und bekam ein Nicken zur Antwort. Er konnte nur ahnen, dass sich die beiden Giganten rege austauschten, denn er verstand ihre telepathische Sprache nicht. Aber das machte ihm nichts aus. Er beobachtete die kraftvollen Herren der Lüfte und war mächtig stolz, der Knappe des zweitgrößten Drachens sein zu dürfen.

Sir Patrick und Lady Mo hockten gemeinsam auf der Klippe und staunten, als Besuch auftauchte.

Oh, ein Menschenjunges! Mo erwiderte den Gruß des Knaben ebenfalls mit einem Nicken und kam etwas näher heran, um ihn ganz genau in Augenschein zu nehmen. Cedric bewunderte seinerseits den goldglänzenden Panzer der Wasserdrachendame. Auch, wenn Lady Mo gegen die beiden Drachenmänner winzig wirkte, überragte sie Cedric um ein Mehrfaches.

Sir Jim verwandelte sich in einen Menschen, um Cedric kundzutun, dass er bei Lady Mo bleiben und sie beschützen möge, weil man sich um Baumaterial kümmern wolle. Sir Patrick bat zur gleichen Zeit Lady Mo, ein Auge auf den Knappen zu haben, auch wenn sie im Wasser sei. Dann flogen die drei Drachenherren davon.

Cedric schaute ihnen kurz nach und wandte sich sogleich Lady Mo zu. „Schade, dass ich nicht wie sie mit Euch sprechen kann."

Mo hob bedauernd das vordere Klauenpaar, deutete auf seinen Mund und vor seine Brust, wobei sie ihn intensiv anstarrte.

Cedric biss sich auf die Unterlippe. Was mochte das nur bedeuten?

Mo wiederholte die Bewegungen und stupste ihn vorsichtig mit einer Kralle an.

„Ich soll über mich erzählen?", fragte Cedric vorsichtig und bekam ein heftiges Nicken als Antwort. „Das wird bestimmt nicht sehr interessant sein", schmunzelte er, damit beginnend, sich vorzustellen.

Lady Mo ringelte sich um ihn zusammen und hörte aufmerksam zu.

Die beiden scheinen, eine Methode gefunden zu haben, zu kommunizieren. Sir Patrick, wie die anderen mit zwei gigantischen Felsbrocken beladen, beobachtete erfreut, wie Cedric mit den Armen durch die Luft ruderte, um etwas deutlicher machen zu können.

Mein Cedric ist eben ein findiges Köpfchen, der versteht es auch, Gebärden richtig zu deuten, erwiderte Sir Jim nicht ohne Stolz. *Lady Mo scheint ihn jedenfalls zu mögen.*

Drache Patrick lachte: *Dann muss ich ihn Euch wohl abjagen.*

Sir Jim schmunzelte. *Nichts da! Der gehört zu meinem Drachenschatz und der wird bewacht. Fragt die Menschen, die glauben zu wissen, wie wir das machen. Dass wir vor unserer Höhle im Wald hocken und alle rösten, die ihn stehlen wollen.*

Sir Timothy musste so lachen, dass er es nicht verhindern konnte, dass kleine Flämmchen aus seinem Rachen züngelten. Er zog es vor, sich zurückzuverwandeln, um Lady Mo und Cedric nicht zu sehr zu erschrecken. „Oh, mein lieber Sir Jim, Ihr habt ja so recht!", kicherte er, sich Tränen aus den Augen wischend. Gerade er erlebte es immer wieder, wenn Fremde seinen Rittersaal betraten, dass diese in andächtigem Staunen vor den vielen Kristallen verharrten und ihn selber anschließend ehrfürchtig und manchmal sogar furchtsam musterten.

Sir Patrick übernahm es, Cedric mitzuteilen, was der Grund für den Lachanfall des Gefleckten Drachens gewesen war.

Cedric wurde tomatenrot und stammelte an Sir Jim gewandt: „Ihr seid so gütig, mein Herr."

Die drei Drachen starteten wieder, um noch mehr Felsbrocken für den Bau zu holen. Cedric begleitete Lady Mo zum Wasser, wo er ihr weiter über die Welt der Menschen hierzulande erzählte.

Als Cedrics Magen zu knurren begann, deutete Mo in die Wellen und tauchte ab. Nach einer Weile brachte sie mehrere große Fische herbei. Dann rief sie die Männer. Sir Jim griff sich im Flug einen dürren Baum, um Holz für ein Lagerfeuer zu haben. Er brach ihn klein, spie eine Flammengarbe darauf, schon saßen alle gemeinsam um die Glut und hielten die aufgespießten Fische an ihren Dolchen hinein.

Mo schaute neugierig zu. Sie aß ihre Beute lieber roh, wie sie es gewohnt war.

Die Männer brachen schließlich noch einmal auf, um Steine zu schleppen, wobei sie alle Erfahrungen nutzten, die Sir Timothy als Knappe unter seinem ehemaligen Herrn, Prinz Andrew, beim Burgenbau gesammelt hatte. Cedric durfte es sich am Lagerfeuer gemütlich machen. Da saß er nun und schnitzte aus einem Stückchen Holz, das den Flammen nicht anheimgefallen war, ein Ebenbild von Lady Mo.

Er bemerkte nicht einmal, dass Mo neben ihm hockte, um still und andächtig zuzuschauen. Erst, als die Männer zurückkamen, und mit ihren riesigen Schwingen bei der Landung Schnee aufwirbelten, schreckte er zusammen. Er ließ sogar das Figürchen fallen. Ehe es den Boden berühren, oder gar in die Glut geraten konnte, schnellte Mos Zunge heraus und rettete es vor jeglichem Schaden.

Vorsichtig gab sie es Sir Jim.

„Es ist natürlich nicht so wunderschön, wie Ihr seid", murmelte Cedric und es klang beinahe schuldbewusst.

Mo schnaufte und Sir Timothy übersetzte: „Lady Mo ist anderer Meinung. Sie bezeichnet es als Drachenschatz."

Sir Jim stellte es sich auf die Handfläche und bewunderte es genau so wie die beiden anderen Herren.

„Ich möchte es dir abkaufen", bat Sir Patrick sofort.

Cedric lächelte. „Es ist nicht zu verkaufen. Ich schenke es Euch."

„Wirklich?" Sir Patrick nahm es staunend von Ritter Jim in Empfang. „Du hast was gut bei mir. Ich werde es nicht vergessen."

„Wir sollten langsam nach Hause fliegen", mahnte Sir Timothy. „Die Frauen haben gerade angefragt, ob wir irgendwo eingefroren sind."

Nach einem herzlichen Abschied von Mo und Patrick starteten die beiden großen Drachen. Cedric betrachtete aus der Luft kopfschüttelnd den riesigen Steinhaufen, den sie seit den Morgenstunden aufgehäuft hatten. Aus diesem Gebirge konnte man sicher fast die halbe Burg errichten.

„Na, hast du auch Steine geschleppt?", fragte Lady Fran, obwohl auf den ersten Blick zu erkennen war, dass kaum ein Stäubchen an Cedrics Kleidung haftete.

Der Knappe schüttelte den Kopf. „Nein, Mylady, ich habe am Feuer gefaulenzt."

„Also, wenn er das Faulenzen nennt, dann möchte ich wissen, was bei ihm Arbeit ist!", rief Sir Jim. „Er hat geschnitzt, dass uns allen das Herz aufgegangen ist. Sir Patrick wollte sofort den Geldbeutel hervorziehen!"

„Aber?"

„Cedric hat ihm das Abbild von Lady Mo geschenkt."

„Und damit sicher einen Gönner gewonnen, wie ich Sir Patrick kenne", vermutete Lady Fran.

„So ist es", bestätigte Jim zufrieden. „Eigentlich hatte ich vor, in den nächsten Tagen ohne Cedric zur Königsburg zu fliegen, nur wäre das sträflicher Unsinn. Mit solch einem Knappen werde ich mich überall hinbegeben."

Eine Magd schaute zur Tür herein. „Das Bad ist gerichtet."

„Fran, Ihr seid ein Schatz! Ich habe die ganze Zeit überlegt, ob ich anheizen lasse", freute sich Jim.

Noch mehr begeisterte ihn, dass Fran mit in den Badezuber stieg und Wein und Speisen auf einem Brett servieren ließ. Bevor er sich all den Freuden widmete, verfügte er, Cedric auch einen Eimer mit warmem Wasser zu bringen, was dieser freudig annahm, um sich gründlich zu waschen.

Fran hatte dem Badewasser anregende Kräuteressenzen beigemengt, wie Jim recht schnell herausfand.

„Nicht ganz uneigennützig, vermute ich", stellte er fest.

Fran zuckte fröhlich mit den Schultern. „Nein, ganz sicher nicht. Ich habe ziemliches Interesse, einen freien Platz im Clan durch uns besetzt zu sehen."

„Ich werde mir Mühe geben", blinzelte Jim.

Fran schloss wohlig die Augen. „Ohhhh ja, das weiß ich."

Sie musste auch nicht lange auf den ersten Beweis dieser Theorie warten, denn Jim zog sie rittlings auf seinen Schoß. Dass die Bademagd draußen rote Ohren bekam, interessierte ihn nicht. Das war seine Burg und hier machte er die Regeln. Die, so fand Fran, waren nicht übel und so unterließ sie alles, ihm in Selbige hineinzureden.

Das wiederum wusste Jim zu schätzen. Er liebte Fran viel zu sehr, um Streit vom Zaun zu brechen, und so bezog er sie automatisch in alle großen Entscheidungen ein, indem er sich ihre Meinung anhörte.

Im Augenblick kamen sie zu dem Entschluss, sämtliche weitere Aktivitäten auf trockeneres Terrain zu verlegen. Nur in Tücher gehüllt, verschwanden sie in ihrem Schlafzimmer. Die Kleidung werde die Magd schon bringen. Das tat sie auch.

Allerdings deponierte sie alles in der Fensternische vor der Tür, um mit hochrotem Kopf wieder zu verschwinden. Dass ihre Herrschaften Spaß hatten, war schon auf dem halben Gang deutlich zu hören gewesen. Da schlug die Fantasie gewaltige Purzelbäume beim Gesinde. Und mindestens 95 Prozent des Vermuteten hätten sogar zugetroffen.

Ich glaube, sie hat heute Nacht von Euch geträumt, hörte Jim die telepathische Stimme seiner Gattin, als ihm die Magd bei Tisch mit verklärtem Blick das Brot reichte.

Darf ich es als Kompliment werten, ohne Euch zu verärgern?

Fran konnte ein amüsiertes Kichern nicht ganz verhindern. *Natürlich dürft Ihr das.*

Cedric, der mit am Tisch saß, beobachtete die beiden vermeintlich unbemerkt, als Sir Jim plötzlich sagte: „Unser Herr Knappe ist wohl soeben zu einem interessanten Schluss gekommen. Schaut mal, wie er lächelt."

„Was? Ich?" Cedric riss die Augen auf.

„Raus mit der Sprache!", lachte Lady Fran.

„Oh je, oh je ... Drachen kann man nichts vormachen", seufzte Cedric. „Ich habe mich ganz einfach gefreut, dass Ihr und Sir Jim glücklich ausseht."

„Ein Schuft, wer dir das verbieten wollte", erwiderte Sir Jim. Dann verstummte er plötzlich und schien intensiv zu lauschen. „Die Herren Timothy und Patrick fliegen schon heute zum König. Ich werde mich ihnen anschließen."

„Tut das", bekräftigte Lady Fran. „Fliegen sie solo?"

„Nein. Sie nehmen je drei Ritter ohne Pferde mit."

„Um Himmelswillen! Das riecht nach Ärger!" Fran fasste Jims Hand.

„Ich weiß. Deshalb muss ich sie einfach unterstützen", verriet Jim düster. „Volle Bewaffnung, mein lieber Cedric, es könnte ungemütlich werden."

„Ja, mein Herr." Der Knappe schluckte. Er hatte keine Ahnung, ob die Mission zugunsten oder zulasten des Königs geplant war. Er glaubte an die Rechtschaffenheit der Ritter, an der er nie gezweifelt hatte.

Umsturzversuch

„Passt gut auf Euch auf", bat Fran, sich mit einem innigen Kuss von ihrem Gatten verabschiedend. Cedric reichte sie die Hand und drückte diese ganz fest. Kaum waren die Männer gestartet, setzte sich Fran mit ihren Töchtern in Verbindung.

Die zögerten keine Sekunde, sofort mit ihr heimlich den Männern nachzueilen. Um sich nicht zu verraten, unterhielten sie sich nicht einmal während des Fluges. Jeder von ihnen war klar, was im Notfall zu tun sei.

Inzwischen hatten die männlichen Drachen die Königsburg erreicht. Sir Vincent kam ihnen persönlich entgegen, begleitet von vier Rittern, was schon sehr ungewöhnlich war, da er sich, als Drache, sehr gut selber zu helfen wusste.

Die Ankommenden ignorierten das so gekonnt, dass Sir Vincent zu der Überzeugung gelangte, sie hätten das nicht bemerkt. Erst, als sie ihre Waffen vor dem Thronsaal ablegten, wie es sich geziemte, atmete er wirklich auf.

Nachdem alle auch Königin Maya begrüßt hatten, wandte sich Sir Timothy an den König: „Ihr wirkt angespannt, Sire. Freut Ihr Euch gar nicht, dass wir heute schon kommen?"

Als habe er Furcht, ja oder nein zu sagen, erwiderte Sir Vincent: „Es ist selten geworden, dass Ritter hier erscheinen, ohne dass Turniere oder Festlichkeiten ausgerufen wurden."

Klingt weder erfreut noch freundlich, stellte Sir Jim fest, was nur seine beiden Drachenbegleiter hören konnten.

Da habt Ihr recht! Früher freuten sich Könige, wenn ihre Ritter bei Hofe erschienen. Sir Timothy schaltete alle Sinne in den Alarmzustand, wie es die beiden anderen Herren schon unterwegs taten. Ihnen war nicht entgangen, dass eine Schar Ritter unter dem Banner des Herrn von Wolkenfels zu Pferde der Burg entgegen strebte. Dieser, so besagte ein Gerücht, war ein Vetter des ehemaligen Herrn von Greifenstein und wenig königstreu.

Da unten naht das Verhängnis, hatte Sir Patrick kurz gesagt und damit allen bewiesen, dass sein Blick in die Zukunft kein Hirngespinst gewesen war. Ähnliches vermutete auch Sir Timothy, ohne Namen zu kennen.

Den Damen war ebenfalls nicht entgangen, wer hoch zu Ross in die Hauptstadt zog. Mit kurzem Nicken verständigten sie sich und drehten ab, um die Burg auf einem Umweg anzufliegen. Mit einfachen Kapuzenumhängen, wie sie die Bauersfrauen und Händlerinnen trugen, mischen sie sich schließlich unters Volk, nachdem sie die letzten beiden Kilometer zu Fuß gegangen waren, um bloß nicht aufzufallen.

Drinnen bewirtete der König inzwischen seine Ritter, um sie nicht vor den Kopf zu stoßen, obwohl er noch immer im Zweifel war, was dieser plötzliche Besuch bedeuten sollte.

Die Ankunft der Ritter von Wolkenfels irritierte ihn, zumal er wusste, in welchem Verhältnis diese zu Sir Jim stehen mussten, nachdem dieser Greifenstein erobert hatte.

Die Neuankömmlinge banden ihre Pferde auf dem Hof an und, weil sie keine anderen Rösser entdeckten, betraten sie forschen Schrittes den Thronsaal. Ihr Anführer prallte entsetzt zurück, als er die Herren

Timothy, Patrick und Jim mit ihren Rittern beim Schmaus sitzen sah.

„Ich hoffe doch sehr, dass Ihr Eure kleinlichen Zwistigkeiten auf später verschiebt", eröffnete der König das Gespräch mit einem deutlich spöttischen Unterton, noch ehe ihn die neuen Gäste begrüßt hatten, womit er diese verwirrte.

„Sehr wohl, Sir Vincent", erhielt er zur Antwort.

Ein eindeutiger Affront, den Herrscher nicht mit *mein König* oder *Sire* anzusprechen.

Der König zog die Augenbrauen zusammen, seine Ritter fassten automatisch nach ihren Dolchen und die Drachenherren wechselten beredte Blicke. „Nehmt Platz", bot er ihnen trotz allem an, worauf sie sich erstaunlicherweise ganz in seine Nähe setzten.

Immer wieder trafen taxierende und eindeutig hasserfüllte Blicke von diesen Herren Sir Jim und seine Begleiter. Cedric, der unbeachtet hinter seinem Ritter an der Wand lehnte, registrierte das mit zunehmender Sorge. Die Atmosphäre knisterte beinahe vor Spannung und dies spürten sogar die drei Damen auf dem Hof.

„Es geht gleich los", flüsterte Lady Fran ihren Töchtern zu, als es Lady Shona auch gerade sagen wollte. „Haltet mir den Rücken frei."

Sie postierte sich genau unter den Fenstern des Thronsaales, schloss die Augen, und konzentrierte sich auf die, ihrem Gatten feindlich gesinnten, Ritter.

Sie wollen den König töten, sagte sie plötzlich.

Lady Shona hob die Augenbrauen. *Aber wie sollte das gehen? Hinter ihm stehen Bewaffnete, unsere Männer sind anwesend und Dutzende Ritter. Sie müssten ihn ja vergiften, weil es anders nicht ginge.*

Fran knurrte wie ein gereizter Wolf: *Sie bauen darauf, dass sich die Drachen in dem engen Raum nicht verwandeln können und haben irgendeine andere Gemeinheit ausgeheckt. Wenn ich nur wüsste, was!*

Der Herr von Wolkenfels winkte einen Knecht heran, um sich das Paket bringen zu lassen, welches er vor dem Thronsaal auf einer Bank abgestellt hatte.

„Ich habe Euch ein Geschenk mitgebracht", mein Herr, wandte er sich an den König, ihm eine flache Truhe mit dem schmalen Ende voran entgegentragend.

Im gleichen Moment verdunkelte ein Schatten die Fenster, eine Feuerlohe ließ die Scheiben splittern und traf mit voller Wucht den Herrn von Wolkenfels. Der Kasten fiel zu Boden, der Deckel sprang auf, etwas Pfeilähnliches zischte heraus, knapp an des Königs Kopf vorbei und blieb in einem Balken stecken.

Im Bruchteil eines Wimpernschlages tobte das Chaos. Mit dem Ruf: „Für den König!", scharten sich die Ritter der königstreuen Herren um den Thron. Jim, Timothy und Patrick stürzten sich mit bloßen Händen auf die Verräter.

Cedric griff sich die Reste des Kästchens mit dem noch intakten Abzugmechanismus und schmetterte sie aus dem Fenster auf das Pflaster des Hofes. Dabei wehrte er geschickt einen feindlichen Knappen ab, der versucht hatte, ihn an der Gurgel zu packen. Zwei schnelle Schläge mit den Fäusten direkt ins Gesicht und der andere ging bewusstlos zu Boden.

Die Damen warfen ihre Umhänge ab und rannten mit gezogenen Schwertern zum Thronsaal, wo sie den Feinden in den Rücken fielen. Lady Fran stieß mit solch einer Kraft zu, dass ihr Damaszenerschwert den

Panzer des Gegners durchschlug und die Spitze an der Brust wieder herausdrang.

Lady Caitlin stellte sich schützend vor Cedric, obwohl die meisten Gegner bereits tot am Boden lagen. Die vier Letzten wurden gefangen genommen, in Ketten gelegt und in den Kerker gebracht.

„Erklärt Euch das, warum wir hier sind?", fragte Sir Timothy Sir Vincent, als Knechte die Toten aus dem Saal schleppten.

„Ich glaube schon." Der König atmete tief durch. „Ohne Euch und Eure Leute hätten meine Männer zwar nicht gegen eine Übermacht gestanden, aber man hätte mich vorher mit dieser heimtückischen kleinen Pfeilschleuder ermordet. Ich weiß nicht einmal, wie ich Lady Fran für ihren waghalsigen Einsatz danken kann!"

„Das ist ziemlich einfach, mein König", erklärte Fran. „Lasst meinen Gatten aus allen Gedanken, wenn es um die Rettung der Art der Wasserdrachen geht."

„Ich schwöre es Euch!", rief Sir Vincent sofort.

Königin Maya und die heilkundigen Damen nahmen sich der Verwundeten an. König Vincent winkte Cedric zu sich.

Sir Jims Knappe näherte sich mit gesenktem Blick und kniete ehrerbietig nieder.

„Du hast ein tapferes Herz und einen klugen Kopf, junger Mann", sprach der König. „Das soll nicht unbelohnt bleiben." Er reichte ihm seinen eigenen, überaus kostbaren Dolch.

Cedric bedankte sich hocherfreut für die hohe Ehre, die ihm damit zuteil wurde.

„Ich werde die vier Verräter morgen hinrichten lassen", legte König Vincent fest, als sich alle wieder am Tisch niedergelassen hatten.

„Ohne Prozess?", fragte Sir Timothy. „Seid Ihr nicht vorschnell, Sire?"

Der Vorwurf des Gefleckten Drachens saß. Der König besann sich sofort. „Folgt mir in mein Arbeitszimmer, Sir Timothy."

„Ihr habt mich vor einer großen Dummheit bewahrt", gab Vincent zu, kaum dass sich die Tür hinter ihnen geschlossen hatte. „Was ratet Ihr mir?"

Sir Timothy musste nicht lange überlegen. „Hört sie an. Bestätigen sie Eure Meinung, dass sie den Tod verdient haben, lasst sie gegen Sir Jim um ihr Leben kämpfen. Die Chance, gegen ihn zu bestehen, ist so minimal, dass es einer Hinrichtung gleichkommt, aber Eure Großherzigkeit betont."

„So werde ich es machen, doch Euch und Sir Patrick mit hinzuziehen, um die Wahrheit zu erfahren", erklärte König Vincent. „Ich kann mir, nachdem, was heute geschehen ist, keine Fehler leisten."

„Dann habe ich noch einen guten Rat für Euch: Sucht die Drachengrotte auf und versucht, die alte Magie zu fühlen."

Sir Vincent schaute Timothy nachdenklich an. „Auch das werde ich befolgen. Ihr tragt nicht umsonst den Geist des Großen Drachens in Euch, wie einst mein Vater. Vielleicht gelingt es mir, endlich mein inneres Gleichgewicht wiederzufinden." Er legte seinem besten Mann freundschaftlich die Hand auf die Schulter. „Gehen wir zurück und stoßen auf einen Sieg an, den ich all meinen treuen Rittern und einer wundervollen Lady zu verdanken habe."

Während einer eher stillen Dankesfeier, unterrichtete der König telepathisch auch Sir Patrick und Sir Jim über die ihnen zugedachten Rollen.

Ich denke, es ist in Eurem Sinn, die Aufgabe des Exekutors zu übernehmen, hörte Jim die Stimme des Königs.

Sir Jim erwiderte: *Das ist es in der Tat, Sire. Man hat uns beiden nach dem Leben getrachtet. Dass man Euch heimtückisch töten wollte, und das vor aller Augen, wiegt dabei um ein Vielfaches schwerer.*

In einer ruhigen Minute nahm Jim Cedric zur Seite. „Heute musst du dich heimlich meiner Waffen annehmen. Niemand darf davon wissen. Sie müssen höllisch scharf und spiegelblank sein. Mein Leben könnte von deiner Arbeit abhängen. Ich verlasse mich voll und ganz auf dich."

Cedric nickte kurz, zum Zeichen, dass er verstanden habe. Bei der erstbesten Gelegenheit schlich er sich hinaus und begann, seine Order zu erfüllen.

Lady Fran vermisste den Knappen schließlich. *Wo ist Cedric?*

Er führt einen geheimen Auftrag aus.

Wird er Hilfe brauchen?

Nein. Ich vertraue ihm.

Sir Jim dankte Lady Maya für einen grüßend erhobenen Becher und trank ihr zu.

Fran fragte nicht weiter, womöglich geschah, was Cedric tat, im Auftrag des Königs.

Am nächsten Morgen saß der König mit seinen beiden Ratgebern öffentlich zu Gericht, um gerechte Urteile zu fällen. Die Delinquenten wurden einzeln vorgeführt. Die Drachen lasen eifrig in den Gedanken der Männer und rasch stand fest, dass nur einer von ihnen völlig ahnungslos gewesen war.

Er hatte zwar gewusst, dass sein Herr nicht besonders gut auf den König zu sprechen war, aber gedacht, die Reise in die Hauptstadt gelte einer Aussprache, um die Differenzen aus der Welt zu schaffen.

König Vincent sprach ihn frei und der Ritter beeilte sich, den Burgbezirk zu verlassen. Man gab ihm sogar die Knappen aller angeklagten Herren mit.

Diese drei anderen verstrickten sich in Widersprüche, schoben sich gegenseitig die Schuld zu und versuchten, als sie erfuhren, dass die Herren von Wolkenfels getötet worden waren, alles auf diese abzuwälzen.

„Ihr seid erbärmlich", stellte König Vincent angewidert fest. „Ich gebe Euch trotzdem eine Chance, Euer jämmerliches Leben zu retten. Ihr werdet jetzt und hier im Zweikampf gegen Sir Jim von Kuckucksstein antreten. Es geht um volle fünf Runden Schwertkampf. Überlebt Ihr ihn, lasse ich Euch laufen. Ihr beginnt in der Reihenfolge, wie Ihr hier vor Gericht gestanden habt."

Ein kurzer Augenkontakt zwischen Sir Jim und seinem Knappen, da eilte dieser auch schon in die Burg, um Schwert und Harnisch seines Herrn zu holen. Lady Fran wusste im selben Augenblick, was am Vorabend Cedrics Aufgabe gewesen war. Sie hoffte inständig, dass dieser alles richtig gemacht und nicht das winzigste Detail übersehen hatte.

Ich vertraue ihm, wie mir selbst, hörte sie Jim wispern und beruhigte sich etwas.

Cedric rüstete seinen Herrn fachmännisch ein, kontrollierte mehrmals den richtigen Sitz jeglicher Riemen und Scharniere, schloss dann mit einem Nicken kurz die Augen, um zu zeigen, dass alles seine gewohnte Ordnung habe.

Für den König

Mit dem Ruf: „Lang lebe der König", betrat Sir Jim den Ring.

Sein erster Gegner hatte wohl nicht angefangen, sich irgendwelche Chancen auszurechnen. Er drang mit dem Mut der Verzweiflung auf Sir Jim ein, willens, ein schnelles Ende zu finden, statt stückchenweise zerhackt zu werden. Nur lag das weder in Jims noch des Königs Interesse, wie er auch recht bald herausfand.

Sein Glück war ein aufwendig vernietetes Kettenhemd, das Jims Schwert einigen Widerstand bot. Statt abgehackter Arme gab es schmerzhafte Blutergüsse, die ihn irgendwann doch erlahmen ließen.

Sir Jim hatte gleich zu Beginn des Kampfes erspäht, dass sein Gegner keinen Kettenschutz unterm Helm trug und sich darauf eingerichtet, ihm die Kehle durchzuschneiden. Dieses Vorhaben setzte er recht unspektakulär in die Tat um, als sein Kontrahent das Schwert nach oben riss und dabei den Kopf ein wenig zu hoch hob.

Das kreischende Geräusch, als das Metall des Schwertes Sir Jims zwischen Helm und Halsschutz entlang schrammte, ließ den Zuschauern das Blut in den Adern gefrieren. Der junge Drachenritter hatte mit solcher Kraft zugeschlagen, dass er den anderen glatt enthauptete.

Cedric wischte sich den Schweiß von der Stirn. Er hatte im Inneren mitgekämpft. Sein Herr war einfach unglaublich. Flugs eilte er zu ihm, um das blutige Schwert in Empfang zu nehmen. Gleich an Ort und

Stelle säuberte er es gründlich und schliff die Schneiden nach.

Knechte trugen den Toten vom Platz und legten dessen Waffen neben Cedric nieder, denn diese gehörten nun dem siegreichen Ritter.

Cedric zelebrierte es, seinem Herrn das geschärfte Schwert zu übergeben. Auf beiden Händen trug er es gemessenen Schrittes über den Platz und hob es mit gesenktem Kopf zu ihm empor. Als Sir Jim es in den Händen hielt, schaute er ihm fest in die Augen, nickte und schritt genau so langsam auf seinen Platz zurück.

„Ha! Das hat Stil!", wandte sich Sir Timothy an Lady Fran, die dieses Schauspiel ebenso genossen hatte. „Der Kleine erhebt seinen Herrn durch solche Gesten, dass es eine Lust ist zuzuschauen."

Den zweiten Gegner Sir Jims schien das Spektakel zwischen Knappen und Ritter nicht minder beeindruckt zu haben, als die Hinrichtung seines Vorgängers auf dem Kampfplatz. Er war schon schweißgebadet, als er den Ring betrat.

Bei einem Turnier pflegte der Herr von Kuckucksstein seine Gegner nur kampfunfähig zu machen, wie er aus eigenem Erleben wusste. Hier fungierte er im Auftrag des Königs als Scharfrichter. Und es bestand kein Zweifel, dass es kein Entkommen geben werde.

König Vincent gab das Zeichen, den Kampf zu beginnen. Der Verurteilte musste das Schwert mit beiden Händen packen, weil es ihm sonst entglitten wäre. Das Innenleder der Panzerhandschuhe fühlte sich von der Feuchtigkeit seines Schweißes glitschig an und an festen Halt war nicht zu denken.

Sir Jim zielte nach den Oberarmen, die von einem einfachen Kettenhemd bedeckt waren, während Schienen die Unterarme schützten. Die Spitze seines Schwertes bog die unvernieteten Ringe auf und fetzte schließlich ein ganzes Stück aus dem Geflecht.

Blut sprudelte aus dem tiefen Stich und der verurteilte Ritter konnte nur noch mit der linken Hand die schwere Waffe führen. Er ahnte, dass es sich nur um Sekunden handeln konnte, bis man ihm den Garaus machen werde.

Sir Jim schlug mit dem Schild das Schwert des Gegners zur Seite und trieb seines zielsicher in den Spalt zwischen Brust und Rückenpanzer des Kontrahenten. Der Damaszenerstahl drang durch die Rippen, als gäbe es keinen Widerstand. Ins Herz getroffen sackte der Ritter tot zusammen.

Und wieder eilte Cedric herbei, die Waffe seines Herrn für den letzten Kampf herzurichten. Ein fragender Blick, ob Sir Jim noch etwas benötige, dann war der Knappe auch schon mit Putzlappen, Öl und Schleifstein zugange.

Der Knappe Eures Gatten ist ein wahrer Künstler, hörte Lady Fran die Stimme des Königs.

Das steht außer Zweifel, Sire, antwortete sie, *zumal er nie zuvor ein Schwert dieser Fertigungsart in den Händen gehalten, geschweige denn geschliffen hat.*

Das glaube ich nicht! Sir Vincent schaute völlig verblüfft zu, wie sicher Cedric sein Handwerkzeug einsetzte, um die Waffe schließlich voller Ehrfurcht seinem Ritter zu reichen.

Der letzte Verurteilte wurde in den Ring geschickt. Sir Jim taxierte mit wenigen Blicken die gediegene Ausrüstung. Dick gesteppter Gambeson, vernietetes Kettenhemd, Gliederpanzerharnisch und ebensolche

Handschuhe, Kettenhaube unterm Helm und ein Schwert, das dem seinen kaum nachstand.

Lady Fran krallte die Finger ineinander. Im Gegensatz zu ihrem Mann war der andere Ritter frisch und hatte bei Turnieren ebenfalls schon beachtliche Siege errungen. Mit Sir Jim traf er das erste Mal aufeinander.

Nach drei harten Runden, in denen sich beide nichts schenkten, hörte Jim plötzlich überdeutlich die bangen Gedanken seines Knappen: *Ringt ihn nieder mein Herr. Ich bitte Euch sehr! Das Genick ist der verwundbarste Punkt, nach dem Gesicht, habt Ihr mir einmal gesagt.*

Jim musste lächeln. *Hast recht, mein Junge, auch wenn du mich nicht hören kannst.* Dann focht er zwei Finten, um an den Rücken des Ritters zu gelangen, und drosch ihm das Schwert mit ganzer Kraft in den Nacken. Der Metallrand des Helms verbog sich, es knackte laut und deutlich, als die Halswirbel brachen.

„Für den König!" Jim riss sein Schwert in die Höhe.

„Womit Euch nun auch Burg Grünwald gehören dürfte", sagte der, seinem Ritter mit einem Nicken dankend.

Sir Timothy meinte: *Ich denke, dieser Lohn ist angemessen.*

Unbedingt. Sir Jim nahm lächelnd Lady Fran in den Arm, obwohl die lieber sofort seine Blessuren verarztet hätte.

Cedric saß inzwischen neben einem recht ansehnlichen Haufen Waffen aus drei Schwertern, drei Schilden und mehreren Dolchen.

„Such dir von jedem etwas aus", forderte ihn Sir Jim auf, „als Lohn für deine ausgezeichnete Arbeit, inklusive eines guten Ratschlags."

„Dann möchte ich die Waffen des Herrn von Grünwald haben", bat der Knappe.

„Eine hervorragende Wahl", lobte Sir Patrick. „Welcher Knappe kann sich schon solch eines Schwertes rühmen?"

Cedric lächelte: „Nun einer, der sich von seinen Herrschaften wie ein Sohn behandelt fühlt."

„Dann hat es wohl keinen Sinn, dich abwerben zu wollen?", fragten der König und Sir Patrick gleichzeitig.

Worauf Lady Fran, Sir Jim und Cedric im Chor mit: „Nein, meine Herren!", antworteten.

Daraufhin brachen alle Anwesenden in fröhliches Gelächter aus.

„Ich kenne da noch zwei Knappen, die sich niemals locken ließen", schmunzelte der König, auf die Ritter Timothy und Jim zeigend.

Lady Fran pflichtete ihm lächelnd bei. „Unser Herr Knappe wird auch vor Ablauf des Jahres mit ähnlichen Aufgaben betraut werden, wie einst Sir Timothy."

„Was meint Ihr?", fragte der König.

Fran nahm Jims Hand. „Cedric wird der persönliche Leibwächter unseres Babys werden, wann immer Herr und Knappe zu Hause in der Burg weilen."

„Oh wirklich?", freute sich Cedric, während Jim mit weit aufgerissen Augen völlig verblüfft seine, über das ganze Gesicht strahlende, Gattin anstarrte. „Ich glaube, ich muss mich setzen", stammelte er dann, zärtlich Frans Arm streichelnd.

„Ach, ich liebe gute Nachrichten!", rief Sir Timothy.

„Juhuu, wir bekommen ein Geschwisterchen!", jubelten die Damen Shona und Caitlin.

„Und wir trösten uns gegenseitig", schlug König Vincent Sir Patrick vor.

Der seufzte. „Wird uns wohl nichts weiter übrigbleiben, wenn es das Schicksal für uns anders beschließt.

Bei solchen Dingen hilft mir auch mein Zweites Gesicht nicht."

Der König schüttelte lächelnd den Kopf. „Das ist nun schon das zweite Mal, dass mir Lady Fran das Leben gerettet hat, wenn sie Mutterfreuden entgegensah."

„Nur habe ich diesmal keine verbrannte Erde hinterlassen", lachte Fran. „Die paar Rauchspuren dürften sich rasch entfernen lassen. Fliegen wir nach Hause! Ich habe Sehnsucht nach unserem kleinen Kuckucksnest."

König Vincent hielt die resolute Lady und die Ihren auch nicht auf. Er war viel zu dankbar für das, was sie für ihn getan hatten.

So kam es, dass alle Drachen gemeinsam den Heimflug antraten.

„Sag mal, Cedric, kann ich deinen Vater damit begeistern, eine meiner Burgen als Verwalter zu übernehmen?", fragte Sir Jim, als sie sich auf dem Boden von den Rittern aus Emerald Castle verabschiedet hatten.

„Weiß ich nicht, mein Herr. Er hat immer im Schatten der Verwandten gestanden und denen nie etwas recht gemacht", entgegnete Cedric nachdenklich. Plötzlich lachte er. „Aber natürlich! Dass ich daran nicht gedacht habe! Mein Vater bemüht sich doch sehr um Eure Mutter. Sie hat noch nie über ihn geschimpft. Ganz im Gegenteil. Wenn die beiden nun zusammen dort ... ich meine ... dann können sie sich doch gegenseitig ... meine ich.

Eure Mutter hat Ahnung von Tieren und von der Feldarbeit. Sie sieht doch sofort, wenn etwas im Argen liegt. Mein Vater kennt sich mit Geld aus und ist Kummer gewohnt. Er findet immer gute Worte, um Streit zu schlichten."

„Dann suchen wir die beiden am besten sofort heim", kicherte Lady Fran. „Cedric, du bist ein Genie!"

Mutter Anne schlug die Hände vor das Gesicht. Sie wollte kaum glauben, dass sie, die einfache Frau aus dem Volk, plötzlich als Herrin auf einer Burg leben sollte. Noch dazu mit dem Mann, den sie von ganzem Herzen mochte. Cedric schaute sie so flehend an, dass sie gar nicht anders konnte, als sofort ja zu sagen.

Cedrics Vater bat sich eine Bedenkzeit von drei Tagen aus. Nur wusste die sein kluger Spross zu verhindern, indem er ihm verriet, dass Mutter Anne schon zugesagt hatte.

„Na, aber, wie stehe ich denn da, wenn ich Frau Anne mit der schweren Aufgabe im Stich lasse?!", rief Sir Benjamin. „Ich werde tun, worum Ihr mich bittet, Ritter Jim."

Lady Fran blinzelte Cedric verschwörerisch zu, aber so, dass es Sir Benjamin sehen konnte.

Der sagte sofort: „Ich bin stolz auf dich, mein Sohn."

„Wir auch!", erklärte Jim und legte Cedric den Arm um die Schulter. „Das, was er an Waffen bei sich trägt, hat er sich selbst erarbeitet, darunter einen Dolch des Königs. Seinen klugen Kopf möchte ich nicht missen. Zudem hat er sich nicht einmal von unserem König von mir fortlocken lassen. Das ist ein Bonus, den ich nie vergessen werde."

Sir Jim machte den Ankunftstermin seines Verwalters auf der Burg innerhalb vier Wochen fest. Musste er doch erst einmal selbst dort nach dem Rechten sehen und dem Gesinde kundtun, was er zukünftig erwartete.

Für heute wollte er mit Gattin und Knappen nur noch nach Hause, und die guten Nachrichten feiern. Dass die Ankunft der drei alle Burgbewohner herbeilockte, war zu erwarten gewesen. Man erspähte auch sofort, dass aus Cedrics Dolchscheide ein juwelenbesetzter Griff hervorschaute. Entsprechend ehrfürchtig wurde nun auch der junge Knappe begrüßt.

Lady Fran ließ das Badehaus heizen und rief der Magd hinterher: „Für Cedric fülle auch eine Wanne!"

Den Rest des Tages verbrachten Fran und Jim kuschelnd am Kamin, während Cedric einen freien Abend geschenkt bekam. Warm angezogen, weil der Raum unbeheizt war, nistete er sich da ein, was einmal eine Bibliothek werden sollte. Sich an den Büchern zu bedienen, hatten ihm seine Herrschaften ohne Einschränkungen erlaubt.

Lady Frans Exemplare, aus der Zeit als sie noch Königin war, hatten es ihm besonders angetan. König William hatte ihr all jene Bücher abschreiben und aufwendig bebildern lassen, die sie am meisten mochte. So tauchte Cedric in die Geschichte des Drachenclans ein und vergaß völlig die Zeit. Er schreckte auf, als Sir Jim die Tür öffnete und verwundert fragte, was er denn Spannendes lese.

„Ich werde zum Training pünktlich sein", beeilte sich Cedric, zu versichern, stellte das Buch ins Regal zurück und verschwand eilig im Bett.

Er war tatsächlich vor Sir Jim am Brunnen und begrüßte ihn mit einen fröhlichen „Guten Morgen".

„Wirst du auch noch so gut gelaunt sein, wenn mein Baby ein Mädchen ist, mit dem du spielen musst?", fragte Sir Jim.

„Ganz sicher. Lady Fran hat mich dazu bestimmt und so werde ich es tun." Cedric parierte den ersten Angriff seines Herrn. „Befehl ist Befehl. Ich werde gut auf das Kleine aufpassen und nicht einmal einen Käfer in seine

Nähe lassen. Das schwöre ich." Er wich geschickt dem zweiten Angriff aus.

Dann ging er plötzlich zum Gegenangriff über, weil er merkte, dass sein Herr völlig in Gedanken war. Jim hatte Mühe, sich der Attacke zu erwehren. Er musste aber schmunzeln, weil sich Cedric ein amüsiertes Grinsen nicht ganz verkneifen konnte.

„Du bist wirklich gut", lobte Sir Jim, sich nun etwas mehr vorsehend.

Als sie sich gemeinsam zum Frühstück begaben, kam ihnen Lady Fran entgegen. Sie zeigte auf das Haupthaus. „Könnt Ihr heute Meister Konrad fragen, wenn Ihr zu Sir Patricks Baustelle fliegt, ob man da noch zwei Etagen aufsetzen und das Haus bis an die Mauer verlängern kann?"

„Kann ich", erwiderte Sir Jim, ihr einen Kuss gebend. Auf Cedrics neugierigen Blick erklärte er: „Hier wird eines Tages ein Ritter Lohn und Brot finden, der auf meinen Ländereien mit für Ordnung sorgen soll. Ich habe auch schon ziemlich genaue Vorstellungen, wer den Posten bekommt. Er ist noch in der Ausbildung, aber der Beste, den ich kenne."

Das kaum merkliche Zucken eines Augenlides Sir Jims veranlasste Cedric, sehr ernst zu sagen: „Möge es genau so kommen, mein Herr."

Auf dem Weg zur Küste schloss sich ihnen Sir Ian an, dem sein Freund Jim schon etwas gefehlt hatte.

Drache Jim fragte: *Wollt Ihr Euch nicht auch endlich eine Frau suchen? Ihr könnt doch nicht der ewige Junggeselle bleiben.*

Ist wohl ein Erbteil meines Großvaters mütterlicherseits, bekam er zur Antwort. *Sir William, den noch heute alle zutiefst verehren, konnte sich auch nie entscheiden, bis er Lady Fran traf.*

Dass er sich dann ganz schnell entschieden hat, kann ich bestens nachvollziehen, erklärte Jim. *Ich wollte ja auch nur diese Eine. Wodurch ich nun, obwohl jünger als Ihr, Euer Stiefgroßvater bin. Das Drachenleben ist oft recht sonderbar.*

Sir Ian begann zu lachen: *Wisst Ihr, dass ich über unser amüsantes Verwandtschaftsverhältnis noch nie wirklich nachgedacht habe? Für mich bleibt Ihr in erster Linie mein bester Freund.*

Sir Patrick brütete bereits mit Meister Konrad über den Bauplänen. Er hatte den Baumeister noch einmal kommen lassen, weil er den unterirdischen Zugang zum Meer mit Drachenkraft schaffen wollte und fürchtete, dadurch den Bau seiner Festung zu gefährden.

Nachdem die drei Drachen eine Kostprobe gegeben hatten, wie sie ganze Blöcke mittels ihres Feuers lockern und aus dem Boden fetzen konnten, blieb Konrad den vollen Tag vor Ort, um den Bau zu überwachen. Man hatte beschlossen, zuerst den tiefen Schacht zu schaffen und danach die Burg zu errichten.

Lady Mo gesellte sich zu den beiden Menschen und Cedric übersetzte ihre Gebärden für Meister Konrad, damit der sich mit ihr unterhalten konnte. Der Knappe hatte sich alle Abenteuer seines Herrn aufs Wort gemerkt und konnte dadurch auch viele Tiere in Mos alter Heimat beschreiben, wofür er von ihr großes Lob erntete.

Proviant hatten die Drachen diesmal reichlich dabei und Mo musste nicht auf Fischfang gehen. Sie saß bei ihnen am Feuer und beobachtete die züngelnden Flammen.

„Manchmal wünsche ich mir, die Drachensprache verstehen zu können", seufzte Cedric, als die drei Drachenherren mit Mo eine Unterhaltung führten, an deren Ende sie Jim mit ihren großen Augen eingehend musterte.

Meister Konrad legte ihm eine Hand auf die Schulter. „Ihr, junger Freund, seid auch so ein Auserwählter. Eure ungewöhnlichen Fähigkeiten beeindrucken selbst mich und ich habe schon sehr viel gesehen."

Am Abend nahm Sir Jim Meister Konrad mit nach Burg Kuckucksstein. Cedric war es gelungen, dessen Pferd zu beruhigen, so dass es sich greifen und durch die Lüfte tragen ließ. Der Meister saß hinter Cedric auf dem Rücken des Drachens und klammerte sich an dem Knappen fest.

Lady Fran ließ deftig auftafeln und führte anschließend Konrad durch die Burg, weil der auf keinen Fall bis zum Morgen warten wollte.

„Nachts kommen mir oft die besten Gedanken", verriet er.

Zwei Tage später stand fest, dass Lady Frans Wünsche weder unerfüllbar noch mit übermäßigem Aufwand verbunden waren. Der Anbau wurde so geplant, dass das Aufstocken keine Hürde war. Zwar werde man die oberen Stockwerke dann nur über eine Treppe im Anbau erreichen, aber es gab zuhauf verwinkeltere Burgen.

Ein paar Tage später blieben auch die Nächte frostfrei und Sir Jim ließ mit dem Umbau beginnen. Lady Fran beaufsichtigte die Arbeiten, während er sich der weiteren Ausbildung Cedrics widmete.

Für Ruhm und Ehre

„Ich habe vor, dich für das Turnier im nächsten Monat zu melden", offerierte Sir Jim eines Morgens Cedric. „Du bist durchaus imstande, auch Rittern im Kampf das Leben schwer zu machen. So bekommen wir alle ein Bild, was du wirklich kannst."

„Oh danke, Sir Jim!" Cedrics Augen funkelten freudig.

Ian of Emerald Castle stellte sich gern zur Verfügung, gemeinsam mit Sir Jim im Training gegen Cedric anzutreten, um diesen noch schneller und präziser kämpfen zu lehren. Zwar hatte Cedric gegen zwei Drachen keine Chance, zu siegen, lernte aber in der Tat, sich immer besser seiner Haut zu erwehren.

Lady Fran saß meist am Kampfring und fieberte mit, wenn Cedric bedrängt wurde. Sie wertete als Beobachterin auch die Aktionen datailliert aus.

„Mach das Beste aus allem!", wünschte sie ihm, als er mit seinem Herrn zu Pferde nach Whitecastle reiste.

Unterwegs wurden sie von einigen Drachen überholt, die gemächlich am Himmel ihre Bahn zogen.

„Das sind die Drachen vom Emerald-Castle, da kommt Sir Patrick und dort hinten Sir Brandon mit Familie", ließ sich Cedric vernehmen.

Sir Jim schaute ihn fassungslos an. „Sag mal, wie geht denn das jetzt? Alles richtig und das, wo du nicht sehen konntest, aus welcher Richtung sie ursprünglich kamen."

„Weiß ich nicht, mein Herr. Ich kann fühlen, welcher Drache in meiner Nähe ist. Aber ich weiß nicht, warum das so ist." Cedric hob bedauernd die Schultern, keine bessere Auskunft geben zu können.

„Du erstaunst mich immer wieder." Sir Jim ritt eine Weile kopfschüttelnd neben ihm her.

Am Turnierort herrschte Trubel, als habe der König eingeladen. Über einer bunten Zeltstadt wehten die Banner aller möglichen Herren. Knappen und Laufburschen eilten geschäftig hin und her, um die Qualität der Waffen der anderen auszuspionieren.

Jim und Cedric wechselten einen kurzen Blick. Cedric hatte seine besten Waffen in nichtssagenden Scheiden versteckt und die reich verzierten Griffe verschwanden unter seinem Wappenüberwurf, den er über dem Harnisch trug. Der wiederum wurde von seinem Umhang verdeckt. Die Gegner würden schon zeitig genug erfahren, mit wem sie es zu tun hatten.

Sir Jim bezahlte ein paar Tagelöhner für das Aufbauen seines Zeltes, denen er auch noch einen Becher Wein spendierte. Cedric schmunzelte. All jene standen dann ganz sicher im Publikum, um ihn anzufeuern.

Etwa 40 Kämpfer traten an und schon bei den ersten Geschicklichkeitsspielen trennte sich die Spreu vom Weizen. Cedric agierte, wie er es mit seinem Herrn abgesprochen hatte, im vorderen Mittelfeld, um seine Kräfte zu schonen. Erst als es um die begehrten Plätze im Hauptturnier ging, wurde er plötzlich zum Tier und ließ einen nach dem anderen hinter sich zurück. Und tatsächlich war er einer der letzten 20 Kämpfer, die in die Endrunde einzogen.

Mit dem Schwert bewies er dann, dass man ihn nur wenig beeindrucken konnte. Er schickte einen nach dem anderen aus dem Ring und seine wachsende Fangemeinde spendete reichlich Beifall. Inzwischen hörten auch gestandene Ritter auf, den Knappen zu belächeln, als habe er sich auf die falsche Veranstaltung verirrt.

„Langsam solltest du Farbe bekennen", raunte ihm Sir Jim zu, als er zu den besten Vieren gehörte, die um den Sieg kämpfen würden.

Cedric nickte und verschwand im Zelt.

Sir Ian streckte plötzlich den Finger aus. „Seht Ihr, wessen Wappen Cedric auf dem Rücken trägt, mein Vater?"

Sir Timothy folgte mit den Augen dem Finger, sah aber Cedric nur von vorn.

„Nein, ich denke, es wird jenes sein, welches er auf der Brust trägt, das von Kuckucksstein."

„Mitnichten! Er tritt auch unter Euerem Banner an." Ian beschattete die Augen mit der Hand. „Das ist eindeutig ein gefleckter Drache mit Stern und Smaragdkristall."

Sir Timothy rieb sich die Hände. „Perfekt. Unsere eigenen Leute haben ja schon in der Vorrunde eine traurige Figur abgegeben. Kommt er unter die ersten drei, stifte ich ihm einen Gliederpanzerharnisch! So wahr ich hier sitze."

Sir Jim bekam von all dem nichts mit. Er hatte nur Augen und Ohren für seinen Knappen. Cedric hatte sich einige Blessuren zugezogen und keine Zeit gehabt, Lady Frans Wundersalbe aufzutragen. So biss er jetzt die Zähne zusammen, auch wenn ihm immer wieder Blut aus der aufgeplatzten Augenbraue übers Gesicht lief und mehrere Blutergüsse an Armen und Schultern heftig schmerzten.

Nicht gerade förderlich, für einen Kampf jeder gegen jeden. Sein breites Grinsen war durch das Visier nicht zu sehen, als einer von ihnen aus dem Ring gestochen wurde. Platz drei war ihm also sicher und den bekam er auch zum Schluss, denn die anderen beiden griffen ihn gemeinsam an, weil sie ahnten, dass er mit seinen Kräften am Ende war. Er nahm es nicht tragisch, zumal er dieser Attacke fast unverletzt unterlegen war.

Zudem wurde er von allen Seiten bejubelt, als habe er das ganze Turnier gewonnen.

„Unterschätze nie einen Kuckuckssteiner!", schmunzelte Sir Patrick, Cedric herzlich zum Erfolg gratulierend.

„Ich schicke dir in drei Tagen meinen Schneider", blinzelte Sir Timothy.

Cedric stutzte, dann huschte ein Zug des Begreifens über sein Gesicht. „Den mit der Blechschere?"

„Genau diesen!", versprach Sir Timothy. „Hast es dir verdient." Dabei deutete er in großem Bogen auf Cedrics Rücken. „Bist der Einzige, der hier meine Farben ganz oben gehalten hat."

„Stets zu Diensten, wenn es den Interessen meines Herrn nicht entgegensteht", lachte Cedric, sich sehr tief vor Sir Timothy verbeugend. „Und Dank von ganzem Herzen an Sir Ian."

„Ich bin sicher, was du dir heute erkämpft hast, ist nicht weniger wert, als der Goldpokal, den der Sieger bekam", erklärte Sir Jim, als er sich abends mit Cedric im Zelt zur Ruhe begab.

Der nickte heftig. „Dieser Überzeugung bin ich auch."

„Gütiger Himmel! Wie siehst du denn aus?" Lady Fran schlug die Hände überm Kopf zusammen, als sie zwei Tage später wieder zu Hause waren. „Bist du von einer Büffelherde überrannt worden?"

„Von etwas Ähnlichem, Mylady. Ich bin zwischen drei kämpfende Ritter geraten", erklärte Cedric.

„Sag nicht, du hättest die Endkämpfe erreicht!"

„Doch. Ich habe mir die Freiheit genommen, die Herren Ritter etwas über Gebühr zu ärgern", schmunzelte Cedric. „Ich finde, dafür sehe ich noch ganz gut aus."

Jim, der amüsierte Zuhörer des kleinen Wortgeplänkels, lachte schallend. Sein wehrhafter Knappe sah in der Tat erheblicher besser aus, als manch einer, der vor ihm aus dem Ring musste.

Gegen Mittag trabte ein Pferd in den Hof und Lady Fran glaubte zu träumen. „Habt Ihr Euch eine neue Rüstung bestellt?", fragte sie Jim, auf den Plattner ihres Schwiegersohnes deutend.

Jim schüttelte den Kopf und rief quer über den Hof: „Cedric, dein Schneider ist da!"

Meister Johann begrüßte zuerst die Herrschaften und folgte dann Cedric in seine Kammer, um Maß zu nehmen. Inzwischen klärte Jim seine Gattin auf, was es mit neuen Rüstung für seinen Knappen auf sich hatte.

„Wisst Ihr eigentlich, dass ihm die Mädchen schon nachschauen?", fragte Fran.

„Hab nicht darauf geachtet. Aber es wundert mich nicht. Er ist groß und breitschultrig, sieht gut aus, so weit ich das als Mann beurteilen kann, und hat schon beachtliche Erfolge vorzuweisen. Er ist den Müttern sicher eines Tages als Schwiegersohn sehr willkommen." Jim nahm Fran in den Arm und streichelte ihren Bauch.

„Euch ebenso wie mir, vermute ich." Sie hielt seine Hand ganz fest.

„Das gebe ich gern zu. Ich hätte nichts dagegen, wenn sich die Geschichte einiger Drachen wiederholt."

„Ihr sprecht mir aus der Seele." Fran schaute Cedric und Meister Johann entgegen.

„Ich werde den Panzer so fertigen, dass er mühelos verlängert werden kann", versprach der Meister Sir Jim.

Einige Wochen später reiste Cedric ohne seinen Herrn nach Emerald Castle, um seine neue Rüstung abzuholen, denn Sir Jim wollte Lady Fran nicht allein lassen. Drachennachwuchs hielt sich selten an menschliche Regeln. Er kam auf die Welt, wenn es ihm beliebte und alle Zeichen deuteten darauf hin, dass es jeden Tag so weit sein konnte.

Cedric, auf den ersten Blick nicht von einem Ritter zu unterscheiden, übernachtete in einem Wirtshaus. Bestenfalls auf den zweiten Blick bemerkte man, dass in seinem Gesicht keine Spur eines Bartwuchses zu entdecken war. Die meisten grübelten aber, was ihn von anderen unterschied, ohne dies zu erkennen.

Cedric aß, ohne von den fröhlichen Zechern belästigt zu werden, und ging anschließend sofort zu Bett. Der Wirt hatte eine Silbermünze extra erhalten, um so gut auf das Pferd des ungewöhnlichen Gastes zu achten, als sei es sein Eigenes.

Mit dem ersten Hahnenschrei war der Geharnischte aus dem Bett, erhielt ein einfaches Frühstück und ritt mit Dankesworten davon.

„War das nicht ein Mann des Herrn von Kuckucksstein?", fragte der Wirt seine Frau.

„Richtig. Er wird mir auch immer willkommen sein!" Sie hielt eine Münze hoch, die der Fremde gut sichtbar auf die Bettdecke gelegt hatte.

Die Smaragdburg erreichte Cedric bei strahlendem Sonnenschein. Lady Shona erspähte ihn als Erste, denn die Lichtreflexionen seiner Rüstung zogen sie, die Drachendame, magisch an.

„Frauen!", lachte Sir Timothy, ihn ebenfalls herzlich begrüßend. „Du bist wohl die ganze Nacht durchgeritten?"

„Nein, ich habe nur mein Nachtlager in keiner der Burgen aufgeschlagen." Cedric übergab sein Pferd einem Knecht.

Diesmal weilte er als Gast hier und nahm die Dienste des Gesindes dankbar an, statt sich selber um alles kümmern zu müssen.

„Man hat mich nicht einmal mit Blicken behelligt", erklärte er auf das ungläubigen Staunen Lady Shonas.

„Bei der Bewaffnung kein Wunder", grinste Sir Ian. „Es hätte ihnen mit Sicherheit nicht nur blutige Nasen eingebracht."

Cedric grinste zurück.

Der Plattnermeister kam aus seiner Werkstatt. „Ach, da ist ja!"

Sir Timothy ging mit hinein, um sich am Mienenspiel Cedrics zu ergötzen. Er kam auch voll auf seine Kosten. Meister Johann hatte die fertige Rüstung auf einen Ständer gehängt und mit einem Tuch abgedeckt, welches er herunternahm, als alle eingetreten waren.

Cedric glaubte im ersten Moment an einen Irrtum. Dieses unglaubliche Prachtexemplar konnte gar nicht für ihn gefertigt worden sein. In das Metall waren aufwendige, detailgetreue Drachen geätzt und auf der Brust prangte das Wappen derer von Kuckucksstein. Die Schulterplatten trugen das Zeichen des Gefleckten Drachens. Andächtig strich Cedric mit den Fingerspitzen über die fantastischen Verzierungen, ehe er die Prunkrüstung anlegte.

„Wundervoll, einfach wundervoll", murmelte er bei jedem Harnischteil. Er konnte bestens verstehen, warum Sir Timothy diesem Künstler ein Domizil direkt am Haupthaus seiner Burg zur Verfügung gestellt hatte.

Cedric war inzwischen komplett gerüstet und begann verschiedene Übungen auszuführen, um die Beweglichkeit des Harnischs zu testen. „Unglaublich", flüsterte er immer wieder verzückt.

„Zufrieden?", fragte Meister Johann mit behaglichem Lächeln.

„Ja, sehr. Ihr seid wahrlich der größte Meister."

„Komm mit", bat Sir Timothy. „Lady Shona kann es kaum erwarten, dich in diesem Prachtstück zu sehen." Er reichte Meister Johann einen Beutel Goldstücke und bat ihn noch, die alte Rüstung Cedrics zu inspizieren und, wenn nötig zu reparieren.

Lady Shona war nicht die Einzige, die einen längeren Blick auf Cedric werfen wollte. Im Rittersaal waren alle versammelt, die auf Emerald Castle Rang und Namen hatten.

Obwohl Sir Timothy das Thema Turnier außen vor ließ, ahnten einige, womit sich der Knappe Sir Jims diese außergewöhnliche Ehrung verdient hatte.

„Du bist unruhig", stellte Lady Shona fest.

Cedric nickte. „Ja, sehr. Ich habe Sorge, dass mich Eure Mutter und Sir Jim brauchen."

Lady Shona lächelte. „Am meisten wird dich jetzt Sir Jim brauchen, um seiner eigenen Unruhe Herr zu werden."

„Ich bringe dich rüber", bot Sir Ian mit einem Blinzeln an. „Aber erst, nachdem wir dich als Gast bewirtet haben."

„Vielen Dank, mein Herr. Das Angebot nehme ich gern an." Cedric beruhigte sich zusehends und konnte sogar den Leckereien auf dem Tisch mit Appetit zusprechen.

„Ich freue mich auf den Tag, dich als Ritter in diesen Hallen begrüßen zu können", verriet Sir Timothy. „Ich werde nicht mehr lange warten müssen. Beim nächsten Turniererfolg wird auch der König hellhörig werden."

Cedric schaute auf. „Ich habe die Botschaft verstanden."

Es war sicher, dass man auf Kuckucksstein die Ankunft des Babys mit einem Turnier würdigen werde. Sir Jim hatte das mehrfach angedeutet. Die Anwesenheit des Königs war zu erwarten, weil er es sich nicht leisten konnte, die Witwe seines Vaters und einen der besten Ritter des Landes zu verprellen.

Bereits vor der Mittagsstunde verabschiedete sich Cedric von seinen Gastgebern, Sir Timothy noch einmal von ganzem Herzen dankend. Er nahm von Meister Johann die alte Rüstung entgegen, entlohnte ihn für die Reparaturen und schwebte auf Drache Ians Rücken davon.

„Sympathischer Junge", murmelte Timothy. „Absolut bescheiden, obwohl er verdammt viel drauf hat."

„Aber ein zukünftiger Herzensbrecher", warf Lady Shona ein. „Habt Ihr die Gesichter der Mägde gesehen? Bevor er in der Prunkrüstung über den Hof schritt, wohlgemerkt!"

„In diesem Zusammenhang fällt mir noch was auf", warf Sir Timothy ein. „Er ist ein Adelsspross und hat nie darauf bestanden, in der Ehrenform angesprochen zu werden, die sein Geburtsrecht ist. Vom ersten Tag an hatte er sich jeder Knappenregel unterworfen, ohne ein einziges Mal zu murren."

Drache Ian landete direkt im Burghof. Vorsichtig setzte er das Pferd ab, ehe er Cedric von seinem Rücken springen ließ. Das Gesinde lief zusammen, um den fremden Ritter zu bewundern. Als Lady Fran aus der Tür trat, nahm dieser den Helm ab und ein erstauntes Murmeln ging durch die Menge.

„Du siehst umwerfend aus", flüsterte sie beeindruckt.

„Das finden die Mädchen auch", grinste Sir Ian, mit dem Daumen über seinen Rücken zeigend, wo sich die Mägde drängten.

Mit den Worten: „Dann muss ich ihn mir wohl schon jetzt als Schwiegersohn reservieren, falls mir Lady Fran eine Tochter zur Welt bringt!", nahm Jim Ians Hinweise und die Blicke zur Kenntnis.

Cedric bekam deutlich Farbe im Gesicht. „Meint ... meint ... meint Ihr das ernst?"

„Mir liegt nichts ferner, als dumme Scherze auf deine Kosten zu machen", erklärte Sir Jim. „Kommt erst mal rein und erzählt, was es Neues in der Welt gibt. Außerdem will ich ganz in Ruhe dieses Meisterwerk der Plattnerkunst betrachten."

„Verzeiht, wenn ich mich zurückziehe", bat Lady Fran. „Lasst am besten die Hebamme rufen."

Jim sprang auf.

„Ihr bleibt sitzen." Ian drückte ihn auf seinen Platz zurück, während Cedric mit langen Schritten hinaus eilte, auf sein Ross sprang und ins Dorf galoppierte.

Nach zwanzig Minuten war er wieder da und hatte die Hebamme vor sich auf dem Pferd sitzen.

„Das nenne ich prompte Erledigung!", lachte Ian. „Er muss sie irgendwo unterwegs aufgegabelt haben."

„Ich bin froh, dass Ihr und Cedric da seid", seufzte Jim. „Ich bin vor Aufregung und Sorge wie von Sinnen."

„Das hat meine Mutter sehr zutreffend vorausgesagt." Ian begann, um Jim wirklich abzulenken, mit Cedric über dessen neue Rüstung zu fachsimpeln. Nach wenigen Augenblicken beteiligte sich auch Jim endlich daran.

„Dauert das immer so lange?", seufzte er nach zwei Stunden, in Richtung Gang lauschend.

„Da fragt Ihr genau die Richtigen!", schmunzelte Ian. „Ich kann Euch sagen, wie man ein Kind macht, aber nicht, wie man es zur Welt bringt."

„Was habe ich jetzt eigentlich als Antwort erwartet?", stöhnte Sir Jim mit verdrehten Augen.

Ehe er noch etwas hinzufügen konnte, öffnete sich die Tür. „Eure Frau verlangt nach Euch!", rief eine Magd herein.

Jim war mit einem Satz aus dem Saal und mit wenigen Sprüngen die Treppe hinauf verschwunden. Im nächsten Augenblick ließ ein Jubelschrei die alten Mauern erzittern. Ian und Cedric wechselten einen erleichterten Blick.

Dann wurde im oberen Stockwerk ein Fenster geöffnet und Sir Jim rief auf den Hof: „Welch wundervoller Tag, ich habe eine Tochter!"

„Nun gibt es kein Entrinnen mehr!", lachte Sir Ian, Cedric mit dem Zeigefinger auf das Wappen des Brustpanzers tippend.

„Bin ich jemals schwierigen Aufgaben ausgewichen?", fragte der. „Vielleicht gelingt es mir ja, dass sie mich eines Tages mag und nicht als aufgezwungene Last ansieht."

Diesmal war es an Ian, verdattert zu schauen.

„Ihr habt vergessen, dass ich nur ein Mensch bin." Cedric stand auf, um seine zukünftige Gattin in den Armen ihres Vaters auf dieser Welt zu begrüßen.

„Genau das richtige Gewand für diesen großartigen Augenblick", sagte Sir Jim, ihm die Kleine vorsichtig in den Arm legend.

Cedric betrachtete lächelnd das winzige Gesicht, als sie plötzlich die Lider öffnete und ihn mit leuchtend blauen Augen fixierte. „Ein Drache", hauchte Cedric überwältigt. „Welch grandiose Überraschung. Noch mehr Gründe, das nächstbeste Turnier gewinnen zu wollen."

„In einer Woche ist es soweit. Ich gebe noch heute allen die Geburt meiner Tochter kund und rufe zum Kampf, ihr zu Ehren." Sir Jim trug das Neugeborene zu seiner glücklichen Mama zurück.

In den nächsten Tagen trainierte Cedric in jeder Minute, die er irgendwie opfern konnte. Er trat sogar gegen den Ochsen eines Bauern beim Tauziehen an, um seine Muskeln weiter zu stählen. Zwar gewann der Ochse, aber das hatte Cedric auch nicht anders erwartet.

Sein Hauptaugenmerk galt Tessa, der kleinen Tochter seiner Herrschaften. Von Geburt an mit den Fähigkeiten der Drachen ausgestattet, hielt sie Eltern und Leibwächter auf Trab.

Am Tag des großen Turniers kamen nicht nur die Drachen nach Kuckucksstein, sondern auch alle Ritter, die einen Ruf zu verteidigen oder zu verlieren hatten.

Tessa lag in ihrem Körbchen und starrte Cedric mit hypnotischem Blick an.

„Was hat sie nur?", fragte Sir Jim irritiert.

„Ihr solltet lieber fragen, was sie vorhat", berichtigte ihn Lady Fran. „Schaut nur!"

Cedric zog es unaufhaltsam die Augen zu. Er sah nur noch wogendes Blau, als drehe sich ein Strudel aus Schleierwolken vor seinem Gesicht. Jedes Mal, wenn sich seine Lider schlossen, schreckte er auf, ohne den Blick von Tessa wenden zu können. Beim dritten Mal schienen ihn seine Sinne vollends zu narren. Es wisperte und zischelte in seinem Kopf, als hätten sich Dutzende Schlangen darin eingenistet. Dann endete der Spuk und Tessa schlief ein. Cedrics Gestalt straffte sich.

„In ein paar Minuten beginnen die Kämpfe", hörte er Sir Jim sagen. „Du solltest dich bereit machen und deine Gegner in Augenschein nehmen."

„Ich bin schon unterwegs!" Cedric griff nach seinen Waffen und verließ gemessenen Schrittes den Platz neben der Wiege der kleinen Lady.

Fran nahm ihr Töchterchen auf den Arm. „Junge Dame, ich hoffe sehr, Ihr habt für und nicht gegen ihn gearbeitet." Der Unschuldsmiene des Drachenwinzlings war nicht zu entnehmen, was er bezweckt hatte.

Cedric hatte sich recht schnell einem Gegner zu stellen. Er erledigte den rangniederen Ritter allerdings fast im Vorbeigehen. Denn der musste noch in der ersten Runde Schwertkampf vom Platz getragen werden.

Die nächsten Kontrahenten hatten es in sich. Cedric besiegte zwar alle vier, zog sich aber Prellungen und

Schnittwunden zu. Sir Ian kümmerte sich um seine Verletzungen, ehe die anderen merkten, dass sein Platz für einige Minuten verwaist gewesen war.

„Mach sie nieder!", spornte er Cedric flüsternd an.

Lady Tessa fing an zu weinen. Sie beruhigte sich erst auf Papas Arm, von wo aus sie die Kämpfe beobachten konnte. Als Cedric wieder an der Reihe war, begannen ihre Augen das typische blaue Licht auszusenden, welches Drachen das Sehen, in völliger Dunkelheit, ermöglichte.

Diesmal war es ein unbedeutender Drachenritter, aber durch diesen Hintergrund ein sehr ernst zu nehmender Gegner, der sich Cedric entgegenstellte – und er war unglaublich schnell. Cedric gab wirklich alles, ohne ihn ernsthaft beeindrucken zu können, als er mit einem Mal deutlich die Stimmen seines Herrn, Lady Frans, sowie die der Ritter Timothy und Ian hören konnte, als ständen sie direkt neben ihm.

Statt sich zu wundern, befolgte er die Tipps, die ihm diese zuflüsterten und schickte in der fünften Runde seinen Gegner kampfunfähig aus dem Ring. Lady Tessas Augen hörten im gleichen Moment auf zu strahlen und sie schlief sanft ein.

„Ah ja. Langsam begreife ich", schmunzelte Mama Fran. „Kleines hilfreiches Hexlein."

So ging das nun mehrere Kämpfe lang. Immer wenn sich das Schicksal gegen Cedric stellen wollte, sah er das blaue Leuchten und hörte es von der großen Tribüne wispern. So ging der Sieg im Schwertkampf schließlich doch noch an ihn.

In der Pause vor dem Lanzenstechen, kam ihm Lady Fran zufällig mit Tessa entgegen. Cedric nahm den

Helm ab, lächelte die kleine Dame liebevoll an. „Danke, meine geheimnisvolle kleine Drachenlady."

„Tut, wonach es Euch drängt", ermunterte ihn Lady Fran, die seine Gedanken las.

Cedric wunderte sich über gar nichts mehr. Er folgte der Aufforderung und küsste Tessa dankbar auf die Stirn. Die quietschte vor Vergnügen und Cedric wurde ganz warm ums Herz.

Vor der Tjost schraubte Cedric den Rüsthaken an seinen Brustpanzer. Nun kam es auf Kraft, Gleichgewicht und das Quäntchen Glück an, den anderen gut zu treffen.

Es hatten sich zu diesem Wettbewerb nur zehn Teilnehmer gemeldet, der Rest leckte seine Wunden. Cedric schlug gleich bei der ersten Paarung erbarmungslos zu. Treffer mitten auf den Brustpanzer und der Kontrahent lag wie ein Käfer zappelnd auf dem Rücken. Die meisten Ritter brachen in Gelächter aus. Selbst der König konnte es sich nicht ganz verkneifen.

Bei den nächsten Anritten nahm sich Cedric besonders in Acht, nicht wenige hätten sich gern für die unfreiwillige Komik seines ersten Gegners an ihm gerächt. Nur gab er ihnen keine Chance dazu. Selbst nur geringfügig getroffen, lehrte er sie alle das Fürchten. Es grenzte an ein Wunder, dass es keine Toten gab.

Als der letzte Kontrahent regungslos am Boden lag, riss Cedric triumphierend seine Lanze hoch. Dann ritt er den Platz ab, um von Mädchen und jungen Frauen die begehrten Siegerkränze einzusammeln. Seine Lanze füllte sich zusehends bis an die Spitze.

Lady Fran hatte einen besonders großen Kranz aus dunkelroten Blüten an das Babykörbchen gehängt und

Cedric hob ihn sacht mit der Spitze der Lanze herunter, ohne den Korb zu berühren.

Beifall brandete auf, denn allen war klar, was dieses Zeichen bedeutete, nämlich dass er in Tessa seine zukünftige Gattin sah, wie es ihr Vater offenbar wünschte.

König Vincent winkte Cedric heran. „Ich halte es wie Sir Jim und sichere mir gute Männer, bevor es andere tun. Knie nieder Knappe Cedric. Ich schlage dich Kraft meines Amtes zum Ritter. Erhebt Euch Sir Cedric!"

Der neue Ritter des Reiches dankte seinem König in sehr bewegten Worten und verriet: „Meinen heutigen Sieg widme ich meiner zukünftigen Gattin, Lady Tessa."

Spätestens jetzt hatte es auch der, oder vielmehr die, Letzte begriffen, dass der schmucke Ritter nicht zu haben war. Das hielt aber kaum eine davon ab, ihm nicht doch schöne Augen zu machen. Wie Sir Jim belustigt feststellte.

„Wie wird es nun wohl weitergehen?", sinnierte Sir Patrick.

„Mit tausend Abenteuern, auch weiblicherseits, denn keiner kann von ihm verlangen, zu warten, bis Tessa im richtigen Alter ist. Wie ich ihn kenne, wird er gern für diese Erfahrungen bezahlen, statt anderen Mädchen sinnlose Hoffnungen zu machen", schmunzelte Sir Jim. „Was wird eigentlich mit Euch und Lady Mo?"

„Ich mag ihr gar nicht sagen, was ich gesehen habe", erwiderte Sir Patrick resigniert. „Es gibt für ihre Art keinen Fortbestand. Das hindert mich aber nicht daran, ihr das Leben so schön wie möglich zu gestalten."

Er nickte Cedric auf der anderen Seite des Platzes zu, der herübergrüßte. „Lasst uns lieber Lady Tessa und Sir

Cedrics Sieg gebührend feiern. Wer weiß schon ganz genau, was die Zukunft wirklich bringt."

* wird fortgesetzt*

Weitere spannende Serien:

Die Nebelwald-Saga
Band 1: Der Nebelwald
Band 2: Die Schlacht um Wildforest
Band 3: Unter dem Banner des Gefleckten
         Drachen
Band 4: Eine neue Dynastie
Band 5: Prinzenraub

Die Aurëus-Saga
Band 1: Der Spiegel des Aurëus
Band 2: Das Geheimnis des Aurëus
Band 3: Die Urenkelin des Aurëus
Band 4: Die Drachen des Aurëus

Nixen-Clan
Band 1: Adaia
Band 2: Die Meermänner von Tuvalu
Band 3: Alarmstufe rot
Band 4: Im Reich des Lóng
Band 5: Rückkehr in die Menschenwelt

Hörbücher, eBooks oder Kinderbücher ab 8 Jahre unter:
https://www.sinas-drachen.com/